Espera passar o avião

Flavio Cafiero

Espera passar o avião

todavia

Para meus pais e meu irmão

Vou te contar um troço. Senta aí. Dessas coisas que acontecem com um amigo. É, uma história. Você lança mão de avisos desse tipo antes de contar uma. Era uma vez, sabe como? Porque toda história é um trato e, anunciado assim, o acordo fica mais ou menos estabelecido. No cinema, por exemplo. Há muito tempo, numa galáxia muito, muito distante. Filmes são tratos que valem por cerca de duas horas. Você teve a ideia, selecionou e articulou os fatos, escreveu um roteiro, alguém gostou e produziu, filmou, montou, e aí exibe, e eu acredito, ou pelo menos tento. Acordo de cavalheiros. Suspensão voluntária da descrença, o nome. Romance, boato, biografia não autorizada, tudo trato. Essa coisa que vou te contar, por exemplo, desses troços que acontecem com um amigo. Era uma vez um homem, passageiro do voo TP184, que deixou Lisboa numa madrugada de inverno e chegou ao Rio de Janeiro numa tarde de verão. Vem a aeromoça com os procedimentos de desembarque, portas em manual, os bordões de despedida, e a história engrena. Não é a introdução perfeita, o avião, esse até loguinho, longe de ser o primor das aberturas, mas é uma opção. Se você pensa no trato, o mais difícil costuma ser o começo. Plantar a história, o termo. E pode ser uma boa imagem, essa de plantar, mas não se você imaginar um grão, uma semente que você enterra, rega e coloca no sol para germinar, porque ninguém sabe direito de onde uma história brota, a gente cava e nunca encontra. Toda história é desde sempre, pensando bem, um fio que se emenda em outro, você puxa, não acaba, e puxa, mas nunca descobre como é que os pedaços se conectam, e no subterrâneo dos acontecimentos, minimamente costurados, irrompem na superfície em forma de historinha. Esse troço de avião, o até loguinho, por exemplo, também desde sempre, já vinha acontecendo. Aí você diz: olha, tenho essa para te contar, senta aí e abre mais uma, era uma vez um sujeito que embarcou num voo Lisboa-Rio. Assim ou mais para trás? Muito bem, mais para trás, e você puxa o fio, rebobina até chegar, digamos, a uma festinha. Era uma vez um dentista e uma funcionária pública, fim dos anos sessenta, cuba-libre, "Lucy in the Sky", a festinha da amiga de um primo, na visão do moço, ou da colega de repartição, do ponto de vista da moça, e a dona da casa faz a ponte, aquela é fulana e esse aqui beltrano, o prazer é meu. O casal se apaixona de cara. O casal namora, tem almoço nos beltranos, outro lá nos fulanos, e um dia estende a noite no banco traseiro do Fusca. Há uma gravidez, o clássico dos bancos traseiros. E aí a história começa. Começou? O casal assina a certidão antes que a barriga cresça, e, dessa barriga, nasce um filho. Parto normal. Depois de um ano vem o segundo, cesariana, que o cordão umbilical enroscou, apertava o esterno do menino. Outros filhos viriam, uma menina e o terceiro menino, mas ficaremos nesse, o do cordão umbilical, que será, para todos os efeitos, nosso protagonista. Toda história tem um. Em grego: protagonistes. Protos quer dizer primeiro, mas, mesmo não tendo sido o primogênito, ainda assim, o segundo filho será protagonista. Questão de tempo. Toma o primeiro banho, dá os primeiros passos, e leva o primeiro tombo, machuca a orelha, tadinho. Uma ferida aberta no corpo de um herói pode indicar algo importante, você sabe. E daí? O menino rasga a orelha, terá uma falha no lóbulo direito para o resto da vida, e a história começa. Começa? O primeiro som emitido, segundo a mãe: ma. Outro clássico. A primeira palavra com mais de uma sílaba, segundo o pai: mujo. Ninguém soube dizer o que era, mas heróis emitem mensagens que, a princípio, não se entende. O primeiro registro escrito vem aos cinco anos de idade, no verso de um papel de presente. O papel de presente: aquele vermelho da Mesbla. O lápis: Faber-Castell preto, borrachinha na ponta. O que o menino escreve: Felipe. O nome, em grafite, a caligrafia tremida do protagonista. Protos é primeiro, já sabemos, e agon é luta, e a luta começa: a primeira braçada sem boia vem aos seis, na piscina intermediária do Fluminense Football Club, a pedalada sem ajuda de rodinhas vem aos sete na Monark Monareta que a mãe leva numa rifa, aos oito racha o espelho do banheiro arremessando a raquete da Glasslite contra a irmãzinha. Um espelho quebrado, veja só. Relevante? Aos nove ganha um par de tamancos dos avós. Heróis costumam receber presentes. Amuletos, patuás. Entra num cemitério aos dez, o São João Batista em Botafogo, dia triste, o sinônimo da tristeza, o herói estaca diante do portal e lê a inscrição lá no alto, revertere ad locum tuum. Volte para seu lugar, a tradução. Daria um começo interessante, espécie de marco zero, o menino olhando para cima e soletrando a frase em latim. Passa a comer beterraba aos onze, berinjela aos doze, a vó enche de queijo para tampar o gosto, é o elixir, o espinafre do Popeye, ou o superamendoim do Pateta, e compra o primeiro disco aos treze, o novo dos Smiths, e conhece o Zé Mário aos quinze, o melhor amigo. Completa o ensino médio aos dezessete, na turma trinta e um do Santo Inácio, e a primeira trepada ocorre no mesmo ano, com uma garota do segundo. Envia a primeira carta aos dezoito, quando o Zé viaja em intercâmbio para a Flórida. O bloco: folha pautada Tilibra. A caneta: Bic 4Cores, mas prefere a tinta azul de sempre, garranchos borrados de suor, as férias em Friburgo, peguei uma virose na Páscoa, um abraço, FMV. F de Felipe, você sabe, e Felipe vem de Phílippos, amigo dos cavalos, ou amante da guerra. O M é de Martins, o consagrado a Marte, deus das batalhas. Olha aí, a guerra, em duplicata. Por parte de mãe, essa guerra. Do pai vem o V, de Viegas, que é ânus. Rêgo. O cu, esse mesmo. Algo de intestinal no menino, herói visceral, ou o guerreiro do cu do mundo, pode ser, e a guerra já corre solta, ou não? Presta vestibular para jornalismo, mas tranca dois anos depois, e logo vem outra, administração de empresas, que abandona aos vinte e quatro. O primeiro emprego é na videolocadora Santa Clara, mais ou menos nessa época. O diploma chega aos trinta, finalmente, bacharel em cinema, sempre quis, mas é assim, o vou-não-vou típico dos heróis diante da missão. Aos trinta e dois sai de casa rumo à Espanha dos avós, Barcelona, depois Londres, um tempinho em Berlim, antes de aterrissar em Lisboa. Conhece a esposa aos trinta e três em um set de filmagem no Porto. Primeira paixão verdadeira, gosta de dizer, aquele ali é o assistente de som, essa é Ana, nossa assistente de arte, prazer, e tudo fez sentido, o casal namora, o casal estende a noite, há uma gravidez, e um aborto, vão morar juntos no Rato e comprar amuletos no El Corte Inglés, viajam pelo Mediterrâneo, Grécia, Turquia, vem o câncer de mama, o longo tratamento, e, na sequência, o Felipe embarca para o Rio, e pronto. Até loguinho, o avião, bem-vindos ao Rio de Janeiro. E a história, a essa altura, já vai longe. Vai ou não?

I

Aeroporto Galeão, tarde

O voo TP184 parte de Lisboa na madrugada de uma quarta-feira de inverno e, catapultado por descargas de ventos acima dos padrões, chega ao Rio de Janeiro antes do horário previsto, numa tarde pachorrenta de verão. Voo perfeito, segundo o piloto. Número de passageiros a bordo: duzentos e noventa. Temperatura externa: trinta e sete graus. Perfeito. A aeromoça dá início aos procedimentos de desembarque, o até loguinho, a humilhação derradeira que é atravessar a classe executiva, aquele cheiro de sabonete guardado, e vem o Fluminense, Mesbla, a Monareta. Sempre vem. Mais alguns números: dez, as horas de voo, quatrocentos, a tarifa em euros, sete mil, a distância em quilômetros. Aproximadamente. Cultiva esse apreço por medidas, o Felipe, tentando estimar, enquanto ajusta a mochila nas costas, o intervalo desde a última visita. Vamos lá, teve turnê do papa, Jogos Pan-Americanos, duas eleições para presidente, Copa do Mundo, e teve o funeral do tio Mauro, e nada. O Felipe não veio. Muito tempo. Tantos anos e os passageiros nunca foram tão educados, imagina, o que é isso?, eu é que agradeço. A aeromoça encerra o voo com o sorriso retocado, meticulosamente preenchido, até a volta, a comissária, que aeromoça não se diz mais. Obrigadinho o quê, nós é que agradecemos, vencemos o Atlântico, hidratados e quentinhos, duzentos e noventa heróis, um carregamento de protagonistas. O Felipe não queria filmar no Rio, questionou o Zé Mário até o limite, tem certeza? Não queria, mas veio. Obrigadinho o quê?

Nem tanto tempo assim e o pátio do aeroporto surge animado por uma agitação inesperada, o destempero de costume, mas um tanto monótono, sabe como? Uma palavra: adestramento. E um certificado: ISO 9001. A segunda etapa de um dia azul, os turistas de verão, horário de verão, tudo mergulhado em verão, e sem nuvens. Alguém teve a ótima ideia de aplicar uma película fosca à parede de vidro, para aplacar o entusiasmo da luz, mas, você sabe, o sol não cabe, é como tentar fazer as malas na volta ou empacotar um bebê nas fraldas, os raios combativos. Um halo vulcânico irrompia do chão, colinas de contêineres flutuavam em trajetos bem encaixados, carrinhos e empilhadeiras, um atrás do outro, mínima variação na velocidade. O funcionário forrado de chumbo passa instruções ao piloto de um jatinho particular, naquela gramática marcial e secreta, um robozinho, as mangas longas, braçadeiras fosforescentes, o ar fatiado por uma coleção de braços. Outro funcionário espera o jatinho ancorar enquanto, rádio em punho, narra procedimentos, agita as mãos como se, de algum alto-falante, sirenes ditassem o ritmo. Essa urgência rançosa, sabe qual? Os aeroportos das grandes cidades eram assim, autoramas, mas ali os robozinhos padeciam dessa vontade à revelia, o motor não vem de fábrica, essa forcinha imprudente empurrando os corpos. A coreografia, de alguma forma, parece discordar do lugar e da hora. Entende?

Dentro do finger, o desembarque é interrompido. Afundou o nariz na cabeleira da passageira à frente, o perfume acaju chega à boca e deforma o semblante azedo de fim de voo, e lá vai o Felipe, corpo armado para o espirro, mordeu a ponta da língua, retesou o abdômen, convoca um exército de músculos para que o desconforto não se instale de vez. Tenta arrancar um fio de desculpas da glote, a passageira já agarrada à Louis Vuitton, mas não adianta, o pedido de perdão nem seria ouvido, as turbinas, o sistema de ventilação, o aeroporto funcionando lindamente. Coloca a mochila entre as pernas, acolchoadíssima, mais confortável que o assento da econômica, o equipamento de áudio é mais feliz que o dono. Lá fora, a porta do jatinho já se abriu, o robozinho relaxou os braços e, desarmado, esfrega a lateral da cabeça. Quer arrancar as orelhas, parece. Os fones antirruído estão ali, mas petulantemente pendurados no pescoço. Assim, entende? Tantos anos e nem tudo mudou. A alergia, por exemplo. Lá vem espirro, e sempre vinha, pinça o nariz com força,

> A MÃE Não prende, menino. Vai acabar ficando surdo.

massageia a cicatriz do lóbulo direito, um tique, abre e fecha a boca, mas o ouvido segue entupido. Da próxima vez vê se obedece, bufaria a mãe. Os passageiros já se acumulavam no finger, e o rapaz da TAP pede que todos aguardem, para nossa segurança. Um pirralho loirinho diz que sim. O pestinha. O Felipe na 15C, insone desde Lisboa, o moleque na 14 com a franja esticada até os cílios, rostinho cubista com um par de lentes verdes e tagarelas, sempre alguém vigiando, que o mundo andava assim, um olhando para a cara do outro. Vigiando o quê? O pestinha mascava, dava sede só de ouvir, e sem tirar o olho de cima do Felipe, até que uma cadeira de rodas desponta no corredor,

> O RAPAZ DA TAP O moço tá dodói, tem que aguardar aqui, parceirinho.

e o parceirinho compreende, pendurado a um casal de velhotes, e diz que tá bão, e não para de ruminar, mas tá bão, a gente espera. O espirro finalmente sai,

O VÔ   Cadê o lenço que o vô deu?

e, pelo coice do espirro, o Felipe recua meio passo, um raio de sol penetra por uma fresta e pá, foi como um soco. Respira, homem. Os olhos miúdos, o fogo aceso lá no alto.

A MÃE   Vai dizer o motivo ou já comeu a língua? Vamos todos à praia, não quero ninguém sozinho em casa.

É assim mesmo, você despeja cal, areia e, por último, o cimento, aí mistura tudo e em pouco tempo o conjunto começa a empedrar, a memória funciona mais ou menos desse jeito, um saco cheio de cenas à espera da ativação, e lá vai o menino, três décadas para trás, vem Glasslite, o Pateta, Faber-Castell. O sol nunca mais ia se pôr, parecia. Fogaréu na testa, Copacabana, mar-eterno-cantor, e tal. O menino corria na direção da água, não passava das dez, desde cedo aquelas temperaturas, é janeiro, um desses verões, e acelerava, ninguém sabia o porquê, ainda sem direito a dizer não, não vou à praia, que vai passar um filme na TV,

O PAI   Não canse a beleza da sua mãe.
E A MÃE   Que não sobrou muita.

e iam todos, mamãe, papai e os quatro filhotes em escadinha, ainda quatro, uma família Von Trapp em desfile pelos quarteirões que separam o condomínio Visconde de Abaeté do calçadão da avenida Atlântica. A bolsa gorda da mãe, vestido batik com alças em nó, aqueles óculos abelha-rainha que cobriam metade do rosto, Fabinho de esteira no ombro traçando rotas entre os desenhos das pedras portuguesas, o Felipe colado ao irmão, imitando o zigue-zague, e a Bianca no encalço inventando a fila, no dó-ré-mi esganiçado que tinha

aprendido no programa da Educativa. Tortura, aquele dó-ré-
-mi, ô, inglesinho bosta,

    O PAI Ó... Palavreado, Felipe.
    A MÃE Você sabe onde eles aprendem essas coisas, não sabe?
    O PAI Que coisas? A bosta do palavrão ou a bosta do dó-ré-mi?

e mascarou o sorriso, torceu o pescoço à procura da piscadela, o pai no fim da fila, vigia da prole, dinheirinho enrolado em saco plástico e enfiado no cós do calção, desde sempre o azul-
-marinho frouxo da sunga, lançando pontapés de incentivo no traseiro do Miguelito, o pequerrucho da trupe, esbaforido no esforço dos passos para compensar as perninhas. Cadeiras dobráveis nas mãos, barraca debaixo do braço, o pai nem suava. Os serviços de aluguel ainda não sonhavam em ser inventados, você tinha que levar as próprias tralhas para o dia à beira-
-mar, e era comum encontrar um canto reservado ao equipamento de praia nas áreas de serviço da Zona Sul. Na casa do Felipe as cadeiras dormiam em ganchos acima do tanque, as barracas enfiadas no vão do lava-roupa, e tudo precisava ser substituído de tempos em tempos, o alumínio oxidava e o tecido mofava, a maresia era um espírito chato que cheirava a sal e passeava invisível pela casa, destruindo o toca-fitas e as esquadrias da cozinha.

    O IRMÃO MAIS VELHO Oi, eu sou o maresia, vou virar você em caramujo.

Mujo. E quando o monstro-maresia dava as caras, o Fabinho abria os braços em garras e fazia olho de peixe, a Bianca se escondia atrás da porta, prenúncio de almoço, fominha, areia pela sala, mamãe pedindo pelo amor de deus, que empregada só segunda.

E O RAPAZ DA TAP Bem-vindos à Cidade Maravilhosa.

Revertere ad locum tuum. Obrigado, responderia o Felipe, se fosse de responder. Verificou o zíper, trava as fivelas e devolve a mochila às costas. Uma vez liberada, a fila de passageiros segue à direita, só observar as placas, painéis novíssimos, fonte sem serifa, setinha para os banheiros e o baggage claim. A Copa do Mundo ficou para trás e a cidade, agora, se preparava para as Olimpíadas. Letras apolíneas, portanto. Esse cheiro de obra, as reformas, ninguém mandou prender o espirro, a dorzinha de cabeça. Mãos dadas aos velhotes, o pirralho da franja contorce o corpo para seguir em sentinela, o vão entre os olhos e, nele, o nariz quase inexistente, acompanhava o esquisitão enquanto os avós, diante de um painel da Riotur, admiravam a fotografia de uma praia colossal. O esquisitão aproveita e ultrapassa o trio, mas, antes de descer as escadas, vai precisar conferir, e lá está, o pirralho de costas para a foto aérea, aquele arco de areia desde o Leme até o Arpoador. A foto cumpre duas funções: serve de tapume para as obras e inaugura as promessas de uma estadia irretocável. Uau. Nossa. Puxa. O cenário da infância em alta resolução, e vem tamanco, vestido batik. Ainda de butuca, o pirralho. Olhando o quê? Vilão da Disney, o Felipe. Não parece? Esquisitão, o moço.

A IRMÃ O pai falou que trocaram o Felipe na maternidade.
A MÃE É meu extraterrestre, meu marcianinho. Colocaram teu irmão na minha barriga.

Ser um marciano, o menino adorava. Um tipo de licença para construir mundos secretos. Sorvete de creme em vez do chocolate chip-chop, laranjada sem açúcar, e quanto mais ácida, melhor, quebra-cabeça de quinhentas peças no lugar dos carrinhos de ferro, e os tamancos de madeira, souvenir da viagem dos avós ao Ceará, ou Bahia, e que cismava em usar, o emborrachado do chinelo dava agonia, uma enxurrada de cismas que ninguém sabia de onde. Era chegar ao Posto 4 e abandonar o cortejo, disparava com os joelhos dobrados na altura dos quadris, parecia um palhaço, sunguinha do Zé Colmeia, tamancos calçados nas mãos, e as risadas soltas do Miguelito. Corria com o sol no cocuruto, e acelerava. Um filme: *Os incompreendidos*. No longa do Truffaut, Antoine Doinel escapa do reformatório e, na cena final, vê o mar pela primeira vez, e aí corre até amansar os pés na água, então vira o corpo como se alguém o chamasse, a imagem congela e a lente se aproxima, o rosto do fujão num zoom, em flagrante de desesperada alegria. E era desse jeito, o Felipe, um pequeno Doinel, rima acomodada na lembrança anos à frente, já na faculdade de cinema, não parava até sentir a umidade nos pés, e de nada adiantavam as ordens berradas pelo pai, chegar à praia e zás, cruzava a quadra de vôlei, desviava de banhistas, e já estaria com as solas adormecidas na água quando a família aparecesse. E daí a rotina, o pai fixava o guarda-sol com aquela força toda, mais pra cá ou mais pra lá, nunca ficava conforme o desejo da esposa, as forminhas de fazer esculturas pulavam de dentro da bolsa de palha, pá e ancinho, e uma bola para os dois mais velhos, com os habituais alertas de não pode acertar as pessoas, os rame-rames saudáveis de um clã ainda saudável. Na tentativa de se enturmar com os mais velhos, com insuficientes três aninhos nas costas, o Miguel desaba atrás da bola.

A MÃE Hoje tem bandeira vermelha, cuidado com a correnteza.

O Felipe ô, nem vem, que o irmão mais velho era exclusivo, olha lá, pai, o Miguelito tá indo pra água...

E O PAI Segura seu irmão, ora. Você é aleijado?

O tempo gotejava. Excursões em trio para molhar as pernas na arrebentação. O Fábio ficava de cócoras para refrescar os fundilhos, mas o Felipe sabia que era xixi, e fazia igualzinho. Mate e limonada eram as únicas iguarias permitidas pelo pai, e mesmo assim a mãe bronqueava, vai saber com que água o moço preparou, torcia o nariz enquanto lia a *Revista de Domingo*, de pouquinho em pouquinho, crianças controladas nas entrelinhas, dois, três, cadê o Fabinho?, quatro. O jornal oficial do clã: *JB*, o *Jornal do Brasil*,

O PAI Alguém consegue entender o que essa louca escreve?

e a cronista do *JB*: aquela louca da Clarice Lispector,

A MÃE O que foi dessa vez?
O PAI Nem sei dizer. Essa pequena bebe, ou o quê?

o pai pê da vida com a cronista, e com o vento, nunca foi capaz de ler o *JB* dobradinho em quatro como faziam os outros maridos, herança que o Felipe assumiria: abriria os jornais, fosse onde fosse, e seria o pai na tentativa de domar as folhas. Os domingos com sol eram desse jeito, e compulsórios. Às vezes o tio Mauro peregrinava de Del Castilho com os enteados, vez ou outra tia Elza dava as caras, pele torrada e lenço imortal na cabeça, arrastando aquele filho com cara de Ênio,

O IRMÃO MAIS VELHO (*com um cascudo*) Não fala assim, que ele é doentinho.

às vezes o grupo subia a dez, até quinze integrantes, mas não naquele dia. Apenas os seis, naquele dia. A orla nem estava lotada, só procurar um pouco e você encontrava espaço perto do mar, mas foi na clareira colada aos Viegas que um grupo de jovens abriu as esteiras. Riam alto. A vigilância da mãe entrou logo em sintonia, os assuntos, drogas, palavrão, ou sexo, é possível, o Felipe não reteve tantos detalhes, mas guardou as alusões ao filme a que o irmão implorava havia semanas para assistir. A vitrine do Roxy com fotografias de gelar as tripas, *O exorcista* inaugurava a onda dos arrasa-quarteirões, produções que equilibrariam a guerra entre as salas de estar e as de exibição, a garotada dando um tempo na TV e retornando aos cinemas com recordes de bilheteria, os estúdios salvos da bancarrota, e as franquias a reboque, sequências inesgotáveis conferindo ares folhetinescos às fitas. Falava assim, o vô: fita. E aquela voz torta só podia ser da endemoniada da fita, boca repuxada, os irmãos apurando os ouvidos e conferindo de esguelha,

  A POSSUÍDA Stick your cock up her ass.

mas é pouco o que o Felipe registra, porque o foco se concentrou, a partir de então, em um objeto específico: o rádio de pilha. Igualzinho ao do tio Mauro, só que azul. A menina da voz de demônio ligou o rádio e o locutor, a princípio, falou baixo, mas um dos rapazes aumentou o volume logo que a música entrou. Sobre a canção que saiu da caixa a memória do Felipe jamais se decidiu, mas algo leva a cena para os lados da disco music, o Tony Manero de paletó branco na capa da manchete, e os globos espelhados, onipresentes nas festas de playground. Os últimos arrufos da epidemia *Dancin'Days* ainda seriam sentidos pela versão adolescente do Felipe, questão de anos para o Michael Jackson fundir a discoteca ao rock and roll e embaralhar definitivamente os gêneros, a onda dos passos coletivos logo morreria ao som de "Thriller" para, em seguida, o moonwalk de "Billie Jean" pavimentar de vez o caminho para as danças com o próprio umbigo. É, talvez fosse mesmo uma daquelas canções, que nem dos Bee Gees, "More than a Woman", ou "Night Fever", separar as lembranças guardadas das recém-adquiridas, você sabe como é, tarefa delicada. O pai desistiu de entender a Clarice e, num cochicho com a esposa, rouba a atenção do filho, a orelha ferida já agarrada aos ruídos, morteiros do réveillon, tardes de Fla-Flu, o mundo com os dentes à mostra, o bate-estaca da Gafisa e a caminhonete com propaganda do Peg-Pag, músculos a postos diante da mínima beligerância, sabe como?

O PAI (*para os jovens*) Vocês se importariam em baixar o volume? É que estamos tentando ler e conversar...

O corpo enrijeceu, foi mesmo instantâneo, e o líder dos jovens reduziu o volume sem olhar para os lados, mas reduziu só um pouco, nem tanto. A sequência seguia, vinhetas, outras canções, mas é o transtorno do pai que o Felipe crava, o cenho, os lábios, como se forçassem a leitura, ou rezassem pedindo paciência. A praia inteira condenada àquele silêncio. De mentira, o silêncio do pai, o menino sabia, desconfiava dos silêncios e já começava a etiquetar cada um deles, que cada silêncio era de um tipo, o vô que ensinou. Silêncio de guarda, aquele do pai. Esperando, não tô nem aí. Mentira. A trincheira de verão se espreguiçava pela tarde, ó mate, ó limão, o zum-zum subterrâneo e fático, tinha biscoito Globo, o cuscuz de tapioca nos tabuleiros das falsas baianas, e isopor da Yopa, mas parava aí, e sem grande alarde, os ambulantes ainda comedidos, bem antes da maré de economia informal tomar a areia com esfiha, camarão no espeto, sanduíche natural, abacaxi-xi-xi, olha aê, toda sorte de petiscos, e sem falar nas cangas, bijuteria, boné, boneca, tudo anunciado a amplos pulmões. Você ouvia o zum-zum, sim, mas era ruído branco, a temperança ainda dava as cartas em momentos de lazer coletivo. O rádio azul foi exceção. De vanguarda, o rádio. E o pai ali, calado. Mentira.

> O FISCAL (*gritando e apontando*) Passaporte na mão, por favor, this way, brazilians à esquerda, please.

O passaporte aberto na página certa, o Felipe da foto com o rosto escanhoado, o do aeroporto com a barba cheia, prontinho para a conferência eletrônica. A ideia era que a operação fosse mais rápida que a manual, mas o bricabraque é modernidade olímpica, os passageiros ainda não foram treinados, aí a fila emperra outra vez, a preciosa mochila de volta ao chão, protegida. A fila ao lado corre bem até a chegada do pirralho com os velhos. Vovó logo passa para o outro lado, expressão de orgulho a caminho da repatriação, e o pestinha quer fazer a operação com as próprias mãozinhas, e consegue, corre até a vovó, e masca, está feliz, também passei. Vovó faz festa. Pirralho grita, e daquele jeito. Vovó bate palmas. Vovô fica preso na barreira, confundiu as páginas, funcionário chega para socorrer. Pestinha grita, funcionário e vovó se encaram, sorriem. A fila do Felipe finalmente destrava, mochila no ombro, código de barras no leitor, abre-te sésamo, e o pirralho pausa o grito só para espiar, puxa a velhota pelo braço, o Felipe fazendo cara de maresia, mão em garra,

> A MULHER DO FREESHOP (*para o Felipe*) Vamos dar uma conferida nas promoções, querido?

e o querido continua em frente, ignora o freeshop e segue a setinha do baggage claim. Os passageiros da executiva já estão lá, comprimidos, carrinhos colados à esteira rolante como se as malas pudessem escorregar magicamente. Ainda que o painel insista na esteira quatro, a bagagem será resgatada na três, o vaivém é como um previsível colar havaiano, alô de boas-vindas. A vontade de fumar galopava nas artérias, e o Felipe sua, pescoço, barba. Uma cutucada na coxa. É o pirralho. Mostra a língua, e uma surpresa se dá, o rostinho ganha traços harmoniosos. Até que é bonitinho. Tomando o bracinho do neto, o velhote joga um sorriso no ar, pelo incômodo, mas não, não é engraçado, o monstrengo vai sendo arrastado até ser colocado na cesta do carrinho de bagagens, e mostra a língua mais uma vez, e então inspira fundo pela boca, sem saber se respira ou faz careta, mas sem parar de mascar. A demora. A franja. Todo mundo olhando.

A IRMÃ Você acha que é o centro do mundo?

O público andava mesmo interessado em anti-heróis, última moda nas séries da HBO, e nos cinemas, o jeito que os roteiristas encontraram para convencer você de que todo ser humano pode se converter em um sortudo Harry Potter. Cinematerapia. O lado vilão dos semideuses nunca antes explorado com tamanha veemência, você pode ser uma Julia Roberts batendo boca com a mãe, uma pretty woman recheada com Prozac perambulando pelos corredores da casa de infância, ou pode ser um Robert Downey Jr, ser galã e, mesmo assim, assumir delírios persecutórios, Homem de Ferro inseguro, Sherlock Holmes blasé, distribuindo pontapés de tae kwon do como quem joga flores à plateia. Tédio global, última etapa. Falta pouco, Felipe. Cantarola enquanto espera. O Havaí é aqui, o Haiti... A imagem talhada na canção está ali. Agradecemos a compreensão, pela inconveniência, o mármore que nasceu encardido, o amarelado familiar do Galeão,

O CAETANO Aqui tudo parece que era ainda construção/ e já é ruína/

mas confunde a letra, os novos heróis estão, de fato, liberados para o erro. O Haiti é aqui, o Havaí não é aqui, algo assim. Está enfrentando a cidade, enfrentava o Galeão, "enfrentar" é o verbo favorito da mãe. Verbo-herança, todo mundo tem um desses. A mãe enfrentava o trânsito da Santa Clara com a Nossa Senhora, enfrentava o médico da osteoporose, a louça do almoço,

A MÃE Estou enfrentando uma gripe daquelas, só eu sei.

e o Felipe, agora, enfrenta as estampas das malas. Um artista plástico que faz pinturas com chocolate: Vik Muniz. Outra artista, que produz telas com flores muito bonitas: Beatriz Milhazes. Mas é o Romero Britto, tem Romero em Lisboa, Romero em Nova York, em Istambul, e os Romeros desfilam pela esteira numa demonstração de otimismo e amor, bolinhas divertidas e corações azuis, todo mundo com cara de palhaço Carequinha, a contribuição do país para um mundo tão difícil. As malas multicoloridas e um telão bem atrás, como cenário de concerto de rock, pá, a luz laranja, anunciando a inauguração do Museu do Amanhã. Ficou lindo, arquitetura assinada, leu a respeito, o Museu do Amanhã vai ser o símbolo da revitalização do centro, legado olímpico, e é do amanhã, o museu, que todo mundo gosta de futuro, o presente é difícil, dói. Melhor dos mundos, o futuro. Porque não existe. Você sabe. Atrás do telão, mais tapumes, agora sem fotos de praia, o Galeão permanentemente com tapumes, o madeirame foi se incorporando à decoração ao longo das décadas. Um grandão de gravata controla o fluxo de saída, o mecanismo de abre/fecha fora de serviço, ar-condicionado a meia bomba, e o gravatão puxa e empurra a porta para que os passageiros possam mergulhar de vez no inferno. O pirralho vai embora com os velhotes, ainda à procura do esquisito, até desaparecer. O esquisito praguejando, Haiti, Havaí, abacaxi-xi-xi, olha aê. E essa pressão na nuca, deve ser o calor. Preta e reluzente, a mala vem, presente da Ana, fez questão de comprar uma nova de fibra de vidro, a velha foi para o lixo, ou deitadinha fora, como dizem os portugueses. Mochila nas costas, arqueia a coluna, prepara os braços pra enfrentar o peso, mas a fraqueza chega aos joelhos, aquela hora em que você jura que vai conseguir, mas não, e cai para trás. Um celular toca. Levanta bracinho, mexe a cabecinha, algo assim, entra o hit do último verão, o nariz escorre, a visão turva, a mala vai dobrando a esquina. Senta no carrinho vazio e, como se um bandido apontasse uma bazuca, abraça a mochila. Espirra duas, dez vezes,

> A ANA Santinho, bebê.
> A VÓ Deus te crie, te abençoe e te guarde.

e a musiquinha não para, ai se eu te pego, abaixa a perninha, essas canções de merda que você nunca esquece.

> O PAI Ó... Palavreado, rapazinho.

Esmagou os olhos e amarrou a garganta, tenta empurrar o esguicho contra o estômago. Vem a clareira da praia, o rádio azul, você já sabe como funciona, sempre vem.

> O PAI Vocês vão se ofender se eu, de novo, pedir pra desligar o rádio? Ainda estamos tentando conversar.

Assuntos nasceram e morreram, implicâncias entre os irmãos, as risadas em cima das piadas do Millôr, que a mãe lia e os pequenos fingiam entender, mas o pano de fundo era o pai, pai versus rádio de pilha. Dali a alguns anos, quando os videocassetes chegassem ao país, assistiria ao filme da possuída, a cabeça da Linda Blair rodopiaria sobre os ombros e o vulto do Max von Sydow surgiria de maletinha e chapéu, e então sentiria uns calafrios, pulinhos no sofá,

A POSSUÍDA Stick your cock up her ass, you motherfucking.

e relembraria o suspense da praia, tatuando na pele imagens truncadas e cobertas de sol. O pai se levantou, dispensou um afago na cabeça do Miguel e tomou o balde para, sem explicações, despejar na areia o montinho coalhado de joaninhas. Caminhou até o mar, encheu o balde com água e voltou, olhando para a frente, para a frente, a Bianca tentando imitar as passadas, os pezinhos perdidos nas pegadas fundas do pai. O Fábio, de pé, libera o caminho, num pinote. Só o Miguel alheio, nas bênçãos da ignorância, tentando recuperar as joaninhas. Querendo acalmar a prole a partir do mais arisco, a mãe apertou o braço do Felipe. Os dedos fortes da mãe. O bronzeador, cheiro de coco e urucum. O pai puxou o ar e pesou o corpo, estava agora de frente para os jovens, uns quatro ou cinco beirando os vinte, uma eternidade separando aquela juventude da infância dos filhos. E, num gesto com a cabeça, como quem pede licença para tirar os pratos, se agachou e recolheu a antena. Com cuidado, tomou o rádio pela alça. O Felipe estremeceu, barriguinha gelada, um olho fechado e o outro vidrado na cena. O pai afunda o aparelho na água. Assim. Tomou o rádio, afundou no balde e, de volta à cadeira, retomou a leitura, caladinho. Daquele jeito, nem um pio. Mentira, pra boi dormir, carochinha, era de autoridade, o silêncio. A quina do rádio, logo ali, e os jovens à espera. À espera de quê? O Felipe fechou a mão e enterrou os nós dos dedos contra a areia, soco em câmera lenta, o rosto parcialmente encoberto pelo ombro escorregadio da mãe, coco e urucum, trilha olfativa das manhãs de domingo, e comprimiu a vista, pronto para espirrar. O escarcéu sossegado da praia, e o aeroporto, olha aê. O dim-dom dos avisos de chegada. E, nessas horas, todo mundo faz igual, você fecha os olhos e espera, tudo fica escuro, pausa boa. O escuro bom, nessas horas, você sabe, é como um silêncio portátil. E você fica assim, no silêncio de mão. Até passar.

2

Apartamento no Flamengo, manhã

Uma broca, um resmungo ranheta chegando da sala. A broca corroía o concreto aos golpes, fazia o ar tremer, e até que durou, você sabe como é, a gente até se acostuma, mas, de repente, vem o rotor contínuo de uma batedeira, a mãe fazendo bolo, a intensidade oscilando conforme a resistência, a massa mais densa num ronco grave, a parte rala em melodia aguda. E o dueto se estabelece, a Bosch estruturava o tema e a Planetária Arno respondia com variações, picos afiados coincidindo aqui e ali, numa polifonia de travar a mandíbula.

O IRMÃO MAIS VELHO (*fechando a porta*) Fica aí, tá bom? Eu já volto.

Prisioneiro obediente, o Felipe. Ficou ali, no armário de brinquedos, escondido no breu. O pirata fechou a porta e partiu em missão. Que missão? Você tá aí, Fabinho? Não estava. E o adágio sobreviveu por um tempo, o dueto insistia, até a furadeira do pai desistir, a velocidade cair e a broca se calar, abandonando as pás da Planetária num solo, o vaivém renitente, até que a batedeira da mãe também desistiu. Uma pausa do tamanho de Copacabana, o ruído branco das ruas retomando cada canto, freios e buzinas ecoando no concreto e se embaraçando num coro confuso, e havia também as ondas, o chiado vago de espuma. Uma via de mão única e sem retorno se desenhando, o pirata nunca mais vai voltar, e estamos prestes a descobrir. E daí vem o grito, uma garganta rasgada lá na esquina, e depois só o rastro, como se o som parasse no tempo, sabe como? O prisioneiro empurrou a porta com os pés e o armário, rangente, se abriu numa fenda, a luz do dia retornava, escrivaninha amarela, golfinhos sobre o verde-água das camas, janela guilhotina, o quarto da infância inteirinho ali, e a fresta se ampliou até deixar de ser fresta e tudo ficar branco. A luz explodia, muito branca, e é só esperar, outro grito, agora bem perto, no cômodo ao lado, urro materno e definitivo, com começo-meio-fim, você é capaz de imaginar aquela mãe, mãos levadas à boca, tentando impedir que a voz se espalhe. E ia ser sempre assim, aquela explosão, branca, parecia mesmo que o sol nunca mais ia se pôr. O furo sem prego na parede chapinhada, a massa compacta atirada ao lixo, cheirando a laranja, o pai debruçado na janela e a mãe contra o travesseiro, as pessoas lá embaixo ao redor do corpinho. Qual era o segredo escondido entre a Bosch e a queda, a Planetária e o grito? Como foi esse naco de tempo, onde tudo podia ter sido diferente? Você espremido no meio, granjeando as migalhas da pausa, aqui, vem cá, as promessas que o silêncio deixa, sabe quais?

 A VÓ Fala alguma coisa, Felipe. Esse menino não fala?

Uma história pode ser contada através de imagens, sim, mas também através de sons, e você sabe, o silêncio é uma espécie de som. Virou esse, o cacoete.

 O VÔ É meu pequeno Ravachol, meu netinho enfezado. Deixa ele. Vai ser filósofo.

Um competente diretor de som, foi no que deu o Felipe, as orelhas de abano projetadas com perfeição demiúrgica,

O ZÉ Felipe, o inventor de silêncios.

título eficiente, caso a vida ganhasse versão literária, um Paulo Coelho da vida, best-seller traduzido para o mandarim e adaptado às telas para ser exibido em salinhas multiplex.

O ZÉ Inventor de silêncios. Bonito, né?
O FELIPE Acho cafona.

Acorda pela hora de Lisboa, o inventor de silêncios. Demora a se dar conta, tentou cochilar mais um tanto, mas o dueto sinfônico barricava a letargia, furadeira e batedeira, alertas, lembrança de um domingo funesto, a vida inteira sob os mesmos efeitos. Um cheiro acre de fundo de garrafa. Na véspera, cerveja soou bem. Não tinha nada na geladeira do Zé, só cerveja, então beberam. Beberam mais. Sim, pediram um frango a passarinho, que boiava em gordura, mas continuaram a beber, e dormiram bebendo. Agora, as consequências. A água descia pelos canos, barulhinho de jardim japonês entre os tijolos. Sai da cama e veste a samba-canção que servia de pijama, vai mijar no banheiro em frente, aquele espelhão. A porta do Zé está entreaberta, arrisca o nome do amigo, não vem resposta. Caixas empilhadas num canto, a cama às avessas, um montinho de camisetas brancas, CDs, DVDs, discos de vinil e fitas cassete tomavam toda a extensão de um longo console abaixo da janela, o museu do Zé Mário todinho ali, em nova embalagem.

O FELIPE Por que você não roda aí, no Recife?
O ZÉ Vai ser no Rio, Jiló. Meu primeiro longa. Tem que ser lá.

O FELIPE O filme vai ser gravado inteirinho dentro de um apartamento. Não entendo, nem vai ter paisagem.
O ZÉ Todo cineasta volta pra casa um dia. É minha vez.

Encaixado no pino da vitrola, *Alchemy*, do Dire Straits, mas a capa vazia é do Pink Floyd, *The Final Cut*, os discos e as capas raramente coincidiam. Há vestígios de pó branco sobre o preto da capa, mas o clichê da cena fica por conta dos acessórios, a cédula de vinte enrolada em canudinho, cartão de crédito. Direção de arte, o nome. Velhos hábitos. Não saberia dizer se o Zé chegou a parar. Acha que sim, teve ameaça de internação, teve médico, o pai voando até o Recife. Percorre o mundaréu de portas do palacete e escolhe uma delas, decoração um tanto indigesta, uns dourados, fórmica escura, a alcova do pai e da madrasta, claro, um latifúndio de cama. O quarto seguinte era uma mistura de escritório com depósito, o carpete espesso lembrava a pele de um urso-polar, livros ordenados em dégradé, gravuras embaladas em plástico-bolha, e a inconfundível coleção de equipamentos que o Zé acumulou ao longo dos três curtas-metragens. Então vai ser aqui, escritório acarpetado, a nova sede da Rolidei Filmes.

O ZÉ Todo cineasta volta pra casa um dia. A Caravana Rolidei finalmente chega ao sul.

Não entende. Enlouqueceu, o Zé. Recife era a nova meca do cinema nacional, dava aulas numa boa, na faculdade caça-níqueis, amealhava edital atrás de edital e rodava seus filmes com tranquilidade e subvenção pública. Fez curtas competentes por lá, um deles de gênio, que chegou a viajar o planeta em festivais de segundo escalão. Tantos anos vivendo com a mãe, apê com varanda em Boa Viagem, fachada de mármore, coco gelado, as regalias da costa nordestina, maré mansa, um aristocrata que comia as alunas e trepava até com os alunos mais ajeitadinhos, voltar para o Rio, trocar um palacete por outro? Não encontra o Zé na cozinha, chega à sala. Salão. O apartamento de Lisboa não chegava à metade daquela metragem. Uau. Opa. Nossa. Com uma janela dessas você até considera a existência de deus, não conseguiu disfarçar o impacto na tarde da véspera, a porta da rua se abriu, o Felipe largou a mala e desenrolou os olhos como se diante de uma paisagem inédita.

O ZÉ Meu pai ficou rico, o que eu posso fazer?

O apartamento tinha a frente vazada para a baía, aquela boca escancarada e desdentada com todos os elementos de um cartão-postal recordista de vendas, o Pão de Açúcar, obra-prima da geologia, e os jardins do aterro, veleiros voltando do mar, fileiras de postes aguardando a noite, o céu num lusco-fusco alaranjado e impossível. Diferente da vertigem que a praia do Leblon produz, esparramada ao pé da montanha, ou Copacabana, com as pernas abertas para o Atlântico, o aterro do Flamengo parece maquete, passarelas em curva de arco-íris, cada arvorezinha caprichosamente decalcada entre as pistas expressas, o asfalto serpenteando no meio dos gramados pintadinhos de verde, passeio sem ângulos, volume de fumaça em expansão. Naquele janelão, o aterro parecia uma paisagem inserida eletronicamente, sabe como? Chroma key, a técnica. Cenário de estúdio, troço de nababo, a Marília Pêra poderia a qualquer momento atravessar a sala matraqueando ordens a mordomos que só arranjam emprego na trama de uma novela de TV. E o Felipe é assim, não perde a chance, e a chance se abriu: um bufo de descaso liberado logo que a reverência à paisagem fraquejou. Nem percebe os próprios subtextos, mas o Zé sim, e o subtexto é: tanta ostentação, pra quê? Essa vocação trapista, oxe, Felipe, sim, o pai do Zé fez dinheiro, distribuidora de autopeças, nadando nas últimas correntes da indústria automobilística, e o apartamento ficou sendo a joia da coroa, um caixotão art nouveau erguido nos anos cinquenta antes que parte da baía fosse coberta com terra. O melhor amigo vai viver aqui, a partir de agora. Nunca deixará de ser filho, mamãe e padrasto e, agora, papai e madrasta. Baixe a guarda, oxe, ou então deixe pra lá... Não enfrentará o Zé. Natais, bodas, funerais e batizados, tanto tempo sem enfrentar aquela paisagem,

    O FELIPE Estamos sem dinheiro, pai.
    O PAI O pai ajuda. Venha para o fim de ano. Damos um jeito.

tanto tempo sem pisar na terra roubada aos tupinambás, como se aplicava em dizer o tio Mauro, e agora ali, o Felipe e a cidade. Ótima cena introdutória, belo quadro de storyboard, o protagonista com a mala junto ao pé, diante da baía, dente contra dente, no controle.

    O ZÉ Oxe. Baixe a guarda, Odete Roitman.

E não foi a primeira vez que o Zé batizou o amigo com o nome da vilã nacional mais ilustre, senhora afrancesada que levantava a fuça para os conterrâneos e se referia ao Rio como balneário tupiniquim. Personagem hilário, embora distante do núcleo cômico, e era daquele jeito que o Felipe definia a própria terra, caso algum europeu perguntasse: drama em chave de comédia, ou a sátira de uma tragédia. Cidade-novela.

    O Zé adorava novelas, despejava citações. Se você pertence a uma geração que espichou diante da telinha, com Telefunken antes de sair para a escola, Telefunken depois do dever de casa, e mais Telefunken antes do jantar, uma turma que não tinha a menor vergonha de discutir folhetim nos intervalos das aulas, orgulhosa por testemunhar a era platinada das emissoras, se você cresce numa época em que aparelhos de TV em cores são ainda privilégio, o entendimento médio da audiência ainda alto, estúdios coalhados de atores e escritores engendrados no teatro e no rádio, time com escopo suficiente para erguer o que ficou conhecido como a maior instituição cultural do país, se sua vidinha de criança se mescla indecorosamente ao, vá lá, Zeitgeist nacional, você terá as veias definitivamente ligadas ao circo eletrônico, querendo ou não. E o Zé queria, sim, inescapável, *Vereda Tropical*, lembra? O Felipe caprichava na amnésia, *Vereda Tropical* foi aquela do naufrágio? Não, não foi. O Zé amava o passado e se imbuía de lembranças, enquanto o outro, não sei, não lembro, fugia das memórias, simulava confusão, deixa isso pra lá, sacumé... Mas lembrava, não lembrava? Das novelas, de todos aqueles enlatados americanos. *Magnum. Casal 20.* Os especiais de humor, *Planeta dos Homens*, até os mais antigos. E da censura, a cartela datilografada ocupando a tela e anunciando os programas, Ministério da Justiça, Polícia Federal, Divisão de Censura de Diversões Públicas,

> O LOCUTOR OFICIAL Atenção, senhores pais. Aqui termina o horário livre.

a voz grave de porta-voz, dá para esquecer? A mãe rosnava, parte pela programação, parte pela censura, mas permitia que os filhos ficassem acordados até tarde, que meus filhos vão assistir o que a mãe deixar, não o que os borra-botas decidirem em Brasília. Como boa moça de esquerda balneária, criticava a Rede Globo, nunca tinha sido de TV, mas contava com a emissora para servir de babá, e a Telefunken funcionou como um eficiente forte apache, tanto para o Felipe quanto para os irmãos. A estática na tela, pelos eriçados, fazia pele de galinha, como disse a Ana. O bombril na antena, os fantasmas da TV de tubo.

    O PAI Vocês vêm para o Natal?
    O FELIPE Não podemos deixar a Lulamae sozinha.
    O PAI Traz a Lulamae. Nós não comemos gatos, vai ter peru.
    E A MÃE Sua alergia deve ter melhorado, com as bolas de pelo.
    E O FELIPE...
    E A MÃE Pronto, emburrou.

Uma batelada de silêncios desfilou pela infância do menino emburrado, lá no Visconde de Abaeté, a poucas quadras da praia. Vários tipos, recebendo etiquetas. O silêncio dublado, por exemplo, o tipo mais assíduo. Você falava para dentro, todo mundo falando para dentro. Para fora, só o trivial. Você dizia coisas como tá na hora da escola, ou vambora que o ônibus não espera, incapaz de dizer algo que escapasse ao dia a dia, sabe como? Não tinha palavra, a partida do Fábio. Mujo? Não tinha. E assim, com o pai e a mãe aparvalhados pelo maior dos dramas, a programação de TV não encontrava barreira, entrava pela antena coletiva e ocupava tudo, o Reginaldo Faria pescando um marlim em alto-mar, e dá-lhe João Gilberto, "Wave", o motor arranhado do Botafogo-Leblon se imiscuindo nas falas dos atores e na melodia das trilhas sonoras, e pode até parecer estranho, mas a voz do João Gilberto acabou ficando com cheirinho de fumaça, e a Regina Duarte, como chorava bonito, ninguém chorava como a Regina Duarte, e as baladinhas em inglês, do Chicago ou da Carly Simon, "Coming Around Again", tudo embolado nas garrafas de cerveja que tilintavam no botequim do térreo. Vamos lá, tá na hora. Ó o dever de casa, rapaz. Aquela miscelânea de sons era tudo o que você tinha para ouvir e, de certa forma, dizer. Uma família mal dublada, entende?

A MÃE (*tocando a sineta*) O jantar está na mesa...
A IRMÃ Espera, mãe. O desenho tá acabando.
A MÃE Ou desliga ou não come. E vai lavar essa mão.

Já o silêncio do jantar era outro, embora semelhante. Silêncio falastrão, o nome. Com a TV desligada, as refeições ficavam eloquentes e você podia encher a mesa de perguntas sobre o dia no colégio, a natação, a aula de jazz, ou podia opinar sobre política e economia, uma colheita de palavras raspadas lá do fundo e penduradas no lustre. Os pais tentavam, a mãe se aplicava, a gente chega lá, a esquerda ainda vai dar um rumo pra esse país, essas coisas de mãe engajada, mas acabavam de comer e o pano caía, o pai chacoalhava o jornal e tentava ser um pai típico, chafurdava no sofá enquanto a mãe enfrentava a cozinha, ficava lá, entre os azulejos, controlando os vizinhos pela área interna, lustrando a bancada de inox que a empregada encontrava invariavelmente limpa todas as manhãs, ou buscando a nesga de orla, de volta à sala, o tantinho de oceano que o ângulo do prédio permitia. Um comentário ou outro sobre um show, ou teatro, que não frequentavam. Esforço.

O FELIPE Tô assistindo, pai, não desliga.
O PAI Você tá caindo de sono, amanhã tem escola. Vem. O pai te leva de cavalinho.

Na hora de dormir o silêncio trocava outra vez de máscara, e aquele sim era diferente. Silêncio tampão. Só o abajur da sala aceso, a estática do tubo de imagem se apagava e você cobria com lençol a bulha que agitava a inconsciência. Pesadelos interrompiam a noite, engasgos podiam nascer de qualquer um dos sobreviventes. Nem sempre, mas acontecia. No Felipe, o tampão contava com uma liga extra, a furadeira e a batedeira, prefaciando grande parte das noites. Torcia, no fundo, que todos carregassem mal equivalente, que sofressem da mesma incapacidade de resgatar os silêncios extintos. Como era antes? Como eram os domingos antes da morte do Fábio? Barulhinhos conhecidos, à beira do imperceptível, a trilha típica de um lar, um tipo de silêncio que não se explica ou reproduz. Esqueceu. Como era?

    A MÃE Mais um Natal sem meu filho. Por quê?
    O PAI Fizesse como os antigos, trouxesse a Ana Cristina para se restabelecer nos trópicos, respirar o ar marinho.
    O FELIPE Tem bastante mar aqui em Portugal, pai.
    A MÃE Não seja grosseiro com seu pai, estamos com saudade.

E como foi aquele, específico, domingo único, o mais misterioso dos silêncios, soterrado na arqueologia dos sons? O intervalo das pás e da broca, separando o irmão mais velho dos demais. Quem calçou o Kichute, tomou o garoto nos braços e deixou no parapeito? Um domingo que, você sabe, era para ser apenas mais um. Que músculo empurrou o irmão? Que força imprudente puxou o filho?

    O ZÉ Buenos días, Butch.

A mão pousa sobre o ombro do Felipe, como se fosse aguardada, como se tudo estivesse devidamente roteirizado e o ator, ruinzinho que só, não demonstrasse surpresa.

    O FELIPE Onde é que você se meteu? Vasculhei a casa inteira.
    O ZÉ Não quis te acordar com a descarga, fui cagar no banheirinho de empregada. O encanamento desse apê parece um parque de diversões.
    O FELIPE Você voltou a cheirar?

Socialmente. O Zé cheirou socialmente durante a madrugada, com a porta fechada, ouvindo "Romeo and Juliet". Com diligência, o Felipe contrai os ombros. Cinco segundos de contato físico é quanto suporta sem que os nervos se revoltem. O Zé compreende o código, reconhece as aversões, então descola os dedos com suavidade,

> O ZÉ Vou passar um café pra gente.

e deixa a sala na direção da cozinha. O Felipe já ia dizer que estava enjoado, que nem pensa em colocar uma migalha que seja na boca, mas então se vira e vê, cocaína não era o único hábito mantido por ali. Aquela mania de andar pelado. Não tinha ninguém em casa? Ficava sem roupa, o Zé. E o Felipe? Não era alguém?

> O ZÉ (*empinando a bunda*) Você, pra mim, é ruído branco.

O contraste abismal entre a lombar e as nádegas, lá vai, o bicolor inconfundível de um rato de praia. E você pensa: de onde, essa amizade? Você acha inverossímil os dois.

Os bons companheiros, máfia de infância, praticamente de infância. O encontro, na verdade, foi na adolescência, mas as fronteiras entre os primeiros estágios da vida eram, nos anos oitenta, linhas pontilhadas, crianças permaneciam criancinhas por mais tempo, e os dois se cruzaram justamente na zona cinzenta para viver as transições em simbiose, corda e caçamba, ainda que o Zé fosse ano e meio mais velho, aluno em marcha lenta na matemática, duas repetências nas costas, e ainda que fosse mais maduro nas atitudes, segurança na fachada, e chegasse mais longe no trato com as garotas, e fosse amante das ruas, enquanto o Felipe optava por ouvir música trancado no quarto, a MPB venerada pelos pais somada ao pós-punk do The Cure, The Smiths, o desânimo atávico traduzido nas canções. Década de oitenta, você sabe, uma arrastada antecipação do fim do mundo. O Felipe lançou o apelido: Espeto. Todo mundo lembra do personagem, gato caipira de pelo castanho e gravata em farrapos, um dos comparsas do Manda-Chuva, casava bem com os traços felinos do Zé, antes de o Zé afinar as feições, antes de o Zé adotar o oxe e ficar bonito e enjubado como um leão. Fala, Espeto. Cadê você, Espeto? O Espeto até permitiu que a alcunha fosse usada pelos mais próximos, atendia sem zanga, mas depois proibiu, só podia ser Espeto com os dois a sós. Proibido mesmo, de brigar feio. E o Zé não poupou o algoz de tentativas de vingança, uns e outros chegaram a chamar o Felipe de Jiló, por exemplo, personagem de novela que usava chapéu de couro e deixava as orelhonas para fora, mas o Jiló durou pouco, não mais do que o tempo de exibição. E os dois, Espeto e Jiló, não passavam dia sem inventar estudo ou pesquisa, um grude, dizia a mãe, debatiam sobre rádio e discutiam filmes, que já amavam filmes, cinema,

> A BRUXA DO HUMAITÁ (*corrigindo o Zé, na frente dos colegas*) Vocês amam cinema, não filmes. Filmes são fábulas. Já cinema... Bem, cinema é como vocês contam essas fábulas.

já amavam cinema, montavam tabelas de avaliação para as produções da Sessão da Tarde e julgavam por quesitos, história, elenco e, claro, mensagem. Mensagem, veja só, uma fase pós-infância em que roteiros mereciam ser filmados apenas por razões superiores. Tinham opiniões pouco divergentes em relação à maioria das fitas que, aos poucos, ganharam permissão oficial para assistir no Roxy. Imperativo vencer cada faixa de classificação etária, rito de passagem ansiado e comemorado. Nos fins de semana nem sempre se encontravam, o Zé fincava os pés na areia e o Felipe se trancava em retiro com o Morrissey e o Robert Smith. Teve o intercâmbio nos Estados Unidos, o Zé viajou por seis meses para Orlando, mas a grande trégua veio mesmo com o fim do segundo grau, quando a mãe do Zé pediu o divórcio e voltou para o Recife. Lá se foi o melhor amigo, arrastado pela mão, distância difícil, mas sem dramas, graças ao vórtice de novidades que tiveram pela frente, o Felipe tentando parar quieto numa faculdade, o recém-pernambucano segurando as rédeas do curso de arquitetura e persistindo até o último crédito. O reencontro seria na faculdade de cinema. O Zé aparece do nada, o senhor das surpresas, disposto a morar com o pai, prestou vestibular na encolha, passou nos exames e ingressou no semestre seguinte ao do Felipe, que precisou trancar uma matéria aqui e empurrar outra ali até que os dois se emparelhassem no mesmo ponto do curso. Juntos outra vez, atravessavam a baía para assistir às aulas em Niterói. Sonolentos, tomavam o vento das barcas, a marola dos navios cargueiros, algo de onírico cobriu aqueles dias de travessia. A fase nordestina havia modificado o jeito do Zé, agora confiante, estilo agregador, sorriso estudado, disfarçando os caninos protuberantes que deixavam a expressão um tanto vampiresca, diploma de arquitetura na mochila, defendendo a teoria de que arquitetos costumavam se converter em excelentes cineastas. A depender dos argumentos recitados aos colegas, estavam todos diante do novo Glauber, Cacá Diegues, ou mesmo Arnaldo Jabor, que o Zé idolatrava por uma única produção, *Eu sei que vou te amar*, Fernandinha Torres premiada em Cannes, paixão cismada que o Zé contraiu,

> O ZÉ Quem disser que não gosta da Fernandinha está fora da equipe do meu longa, ficou claro?

minha Fernandinha, dizia. Insistia em incluir a Fernandinha nas eleições recorrentes para Musa da Retomada, o cinema nacional em assídua retomada, você conhece esse resfolegar, o acertar das marchas até a próxima crise, o próximo corte orçamentário. Ninguém enxergava o que o Espeto garimpava naqueles olhos empapuçados de coxia e palco, os olhinhos de susto da Fernanda Torres, segundo o Umberto e suas expressões com pé na poesia. Mas o Zé amava, e construiu duas certezas no decorrer daqueles anos: rodaria um longa com o Felipe tão logo se formassem e a estrela seria a musa. Foi ainda nessa época que o Zé esboçou as primeiras linhas do longa que, agora, produziria. É, mas não contaria com a atriz-fetiche, que ficou popular com os tipos hilários da TV. Até arriscou entrar em contato, enviou tratamento de roteiro, galgou seus graus de separação,

    O ZÉ Uma droga, a Fernandinha não embarcou.

e a frustração rendeu seus minutos de depressão, uns minutinhos só, que o Zé não é dado a melancolias profundas, apenas o suficiente para justificar a meia garrafa de uísque e o berro clássico na varanda, enxotando o ar ruim agarrado às vísceras. Gritava pelado na varanda de Boa Viagem. Se você assiste a uma cena dessas, não esquece nunca.

    Agora, pelado outra vez, mas com a baía no lugar dos arrecifes, café no lugar do uísque...

    O ZÉ Não quer mesmo café? Bom pra ressaca.
    O FELIPE Estômago embrulhado, Espeto.
    O ZÉ Lembra do que a gente fez ontem à noite?
    O FELIPE Claro.
    O ZÉ Ah, você às vezes esquece uma merdinha.
    O FELIPE Não, não esqueço. Faz tempo que não tenho amnésia alcoólica.

O ZÉ Se você prefere pensar assim...
O FELIPE Dá pra largar o pau enquanto fala comigo?

Tinham cheirado juntos, era isso? Não, não tinham, o Felipe saberia. Sim, saberia, há anos não sofre de amnésia alcoólica. Nada tinha acontecido, os papos tortos do Zé. Uma nuvem passou, e o sol de volta, sente o morno nos pés, aquela tepidez, querendo ser quente, doidinha para queimar, a luta entre o sol e o fresquinho do ar-condicionado central. Sensação revisitada, sol e Consul, o combinado carioca. Vem esteira de palha, guarda-sol de pano, mas também a ressaca, o Zé de pau na mão, filho da puta. Foi do que o Zé mais gostou da visita a Portugal, as praias de nudismo a poucos minutos de Lisboa, Felipe e Ana debaixo da sombrinha recatada e o Espeto fazendo jogging com o pau em pêndulo. Grita para o Zé lá na cozinha, resolveu aceitar o café,

O FELIPE E vê se põe uma cueca.

e difícil é admitir que, no meio de tanta reimpressão, tinha coisa boa. É o Rio, mas tem Zé. E tem cinema pela frente. O calor chacoalhava o vidro da janela, o bondinho subindo o morro, a baía aberta bem à frente. O mal-estar do aeroporto retorna, o joelho fraquejava novamente, vai ver é fome, e os olhos se fecham automaticamente, o mundo fica vermelho. Chama o Zé outra vez, que trouxesse um cremicráquer, desabaria ali mesmo se não comesse alguma coisa. Vendo o bondinho subir. O bondinho descer, olha lá.

3

Automóvel do Zé Mário, tarde

Se você visita uma cidade como o Rio, a depender da hora do dia, o escuro factível é vermelho. Estamos em janeiro, perto das onze. Você fecha os olhos e tenta. Com a tática do silêncio portátil, conseguia anular, vez ou outra, a taquicardia. Nem sempre. O trânsito da cidade, por exemplo, é angústia incontornável para o Felipe. Em Lisboa só se deslocava a pé ou de metrô, raramente sobre rodas, então conta até dez e alonga os brônquios, fecha os olhos e vai. Cadê o silêncio? O Zé Mário não parava de falar, contando casos, inteirando o Jiló dos assuntos. Motor esfolado, o do Toyota, a máquina roncava em ciclos, e é apenas um ronronar para quem está do lado de dentro, lá fora a história era outra: setenta, a envergadura do barulho, em decibéis. No limite do inaceitável. O porta-malas chacoalha abarrotado de quinquilharias, a mochila com o equipamento de áudio embutida a fórceps no meio da orquestra, entre pastas, fios e as adoradas caixas T, queria a mochila protegida entre as pernas. Conta até dez e, com as pupilas contraídas, o vermelho se converte na luz branca estourada e rotineira.

O ZÉ (*para o enfermeiro*) Ele costuma ter esses piripaques.

Diagnóstico do Zé: piripaque. Diagnóstico no prontuário: pressão baixa, aliada à forte reação alérgica, e à ressaca, e à carência de carboidratos, disse o enfermeiro, são quilômetros de pacientes por dia, o ar-condicionado não dá conta no verão. Foi parar na emergência do Rocha Maia, caiu duro de frente para a baía antes que o café e o cremicráquer chegassem. E o Zé naquele sorriso largo do Recife, tentando animar o clima estéril do pronto-socorro, o desejo aceso pelo par de bíceps do enfermeiro, auxiliar de enfermagem, as mangas do auxiliar de enfermagem esticadas à beira do rasgo. Meu amigo é desses, chega ao Rio e tem logo piripaque, ó, a conversinha... Engenhoca de sedução, o Zé,

O ZÉ (*ainda para o enfermeiro*) Obrigado por salvar meu brother.

e ainda deu uns tapinhas no bração, como forma de explicitar o jogo, obrigadinho, até loguinho. O Felipe fez que não notou, não sabe lidar com a sexualidade difusa e mal acomodada do Zé, que vez ou outra rachava o tabu na base da piada,

O ZÉ Tá vendo aquele casal no bar, o careca e a morena cadeiruda? Traçava os dois, sem dó.

arriscando anedotas casuais, abordando o tema pelas beiradas, mas é complicado, o silêncio era um lugar tão bom, e tão cômodo, fica difícil quebrar, mesmo com as iscas lançadas pelo amigo. Só faltava o Zé ressuscitar o velho plano de dividir uma mulher, vira e mexe propunha, chegou a sugerir textualmente durante as filmagens do último curta no sertão de Pernambuco. A relações-públicas da prefeitura, bora lá, bora dividir, dar uma relaxada. Um jeito de implicar, quem sabe, ou talvez o amigo falasse mesmo sério. Jamais, o Felipe, nunca, nunquinha. Bissexual, o Zé? Ninguém sabe. Sim, claro que é. Mas o

Felipe não se esforça, nunca quis entender, ninguém processava muito bem os betweens do Zé Mário, então... Já era assim na época da escola, da faculdade? Provável. Sim, claro, será que ele é?, o Felipe respondia que não sei, vai lá e pergunta, coisa dele. Aqui, agora, dentro do Toyota, não será diferente, a regra sempre foi mudar de assunto. Pensa num tema, mas o Zé Mário é mais rápido.

O ZÉ (*ligando o som*) Uma trilha sonora, pra animar a chegada?

Trilha sonora gravada especialmente para a ocasião. Típico. Mas o aparelho de som não funciona, o que também é típico. Pouca coisa mudou por aqui, o Espeto vai se revelando em boquirrotas reprises, teve nudismo doméstico, pó, capas de disco trocadas, a adolescência geracional eternizada nos rastros, e agora o desleixo com as máquinas. Há uma espécie de mandala escavada em baixo-relevo no vidro do carona, uma crista densa de poeira repousa sobre o para-brisa,

O ZÉ Lembra a história que a gente escutava na aula de geografia? Que o mundo ia acabar em uma batalha sangrenta por água? Aqui no Florão da América a batalha já está valendo. Crise hídrica, irmão. Lavar carro só com pano úmido.

crise hídrica, o apreço institucional pelos eufemismos. Seca, o nome. A seca parecia querer se instalar definitivamente no sudeste do país, os paulistas fechavam as torneiras e o racionamento, caso não chovesse, logo atravessaria a cidade maravilhosa para trombar com a perene frente nordestina. Rios encolhidos, nascentes pedindo missa. Um conceito inédito cativava a grande imprensa, o "rio aéreo", massa de vapor que se forma delicadamente na Amazônia e desce o território nacional para despencar em aguaceiro no sul. Descia. Desceu, um dia. Rio aéreo é poético. E a imprensa venerava o rio aéreo, gastava a metáfora sem parcimônia. A imprensa sisuda demorou, mas acabou aderindo ao sistema de modismos diários. O Felipe evitava jornais sisudos, ou qualquer amontoado de notícias, leva a sério a estratégia de isolamento, batia em revista as manchetes, sim, mas só clicava se o assunto avançasse a ponto de invadir o cotidiano e tornar impraticável seguir ignorante, assim, sem passar por idiota. Procure saber? Desviava. Especialmente dos assuntos das bandas de cá, nada de cultivar a saudade dos tristes trópicos, essa florzinha exótica que expatriados adubam diariamente. Cri-cri, estraga-prazeres, um mala sem alça, o Jiló, alcunha perfeita, admite. Nasceu no lugar errado, a vó cantava a bola, que cegonhas às vezes perdem o rumo. Desafeto das praias e do tapinha nas costas, futebol, congraçamentos ao ar livre, até acha que gentileza gera gentileza, certo, mas suspeita da cordialidade pau-brasil. Você nunca vai ver o Felipe de verde e amarelo, com-muito-orgulho-com-muito-amor, para assistir a partidas de vôlei no Maracanãzinho. Carnaval nem pensar, sem tcherê-tchê-tchê, pelo amor... Tchê-tchê... O axé já era, os pagodeiros também, mas novidades tabajaras costumavam espocar em rádios lisboetas, e foi a vez, no último verão, das pencas de derivados sertanejos, um hibridismo caboclo para cada ocasião, e o dito sertanejo universitário embalou as festas pimbas da primavera portuguesa. Puta merda, aquele tchê-tchê, fazia muxoxo de maresia quando a Ana empunhava canção do gênero, só para infernizar o namorado, um par de dias e aí esquecia, e então vinha com outra, a sucessora no jabá, todas mais ou menos iguais, nem chegavam a ser de fato variações.

    A BRUXA DO HUMAITÁ Drama é mudança, é contraste, o drama pede variações, enquanto o lirismo exige constância e repetição.

E o tchê-tchê, se a Bruxa do Humaitá ainda vivesse para emitir opiniões, revelaria bastante sobre a terra dos coqueiros. Esse eterno retorno. Eterno retorno, antes fosse,

O TIO MAURO Essa terra é pura permanência.

tá bom, tá bão, a gente senta e espera. O lirismo tosco ganhava espaço e os europeus achando bacana. Ó, Felipe, deixa disso, que europeu é assim, redescobre os latinos de tempos em tempos e convida para tocar em Montreux, se deixa encantar pelo exotismo-exportação, como se os primos remediados acabassem de surgir no mapa. Deixa pra lá, que o lirismo tosco, afinal, não é exclusividade, o mundo inteiro anda um tantinho piegas, ou não? Aquele lero-lero de abundância, por exemplo,

O ZÉ Vai, pede para o universo, pede em voz alta, vai...

você agora pode fazer exigências ao universo, você merece abundância, palavras da monja, do Prem Baba, estava na bíblia dos novos pastores evangélicos, prosperidade, a palavra, queira com força, que a gente merece o melhor,

A MÃE Nunca nasce coisa que preste da abundância.

vai, grita... Gritar para o universo, coisinha cafona. E o mundo gritava, cantava dois ou três tons acima, deixando a caixa auditiva, e a existencial, esticada como um motor de Toyota velho. *The Voice Portugal*, tinha. *The Voice Índia*, *The Voice Tailândia*, até o povo campeão em felicidade solfejaria as canções das divas no *The Voice Butão*. Você liga a TV em qualquer caverna do globo terrestre e encontra um júri virando cadeiras e apertando botões para aclamar alguma forma de Adele ou Mariah

Carey. Ainda tinha, Mariah Carey? No *The Voice* tupiniquim devia ter Adele sertaneja, Adele funk. Não, que funk não rende solfejo, era garganta bruta, pedido de socorro. Ah, também tocava funk em Lisboa, e, vez ou outra, com vergonha da iguaria carioca, se camuflava em bisavô,

> EL VIEGAS   Soy Felipe Viegas, es mi nombre.

e a Ana entrava na brincadeira, o disfarce se transformando em teatrinho particular, que sí, Felipe es español. Um quê de atriz, a Ana, mas o marido era patético, não se dava bem com a língua dos antepassados. Patético.

> A IRMÃ   Qual o problema com o funk, Felipe? Deslumbrou? Mora em Lisboa e tá se achando europeu?

Viviam tempos difíceis, a Ana e o Felipe. Não pela trilha sonora, claro, mas pela crise, a econômica e todas as outras a reboque. As produções audiovisuais sofrendo com o estio de crédito, o técnico de áudio e a diretora de arte passaram maus bocados para acertar as contas. Se nunca nascia coisa que prestasse da abundância, como repetia a mãe, quem sabe? Recessão, cintos apertados, a Lisboa periférica gritando nas ruas ao som do funk carioca, e o lirismo tosco dos batidões parecia a antítese de uma revolução, tum-tum-tchã, tum-tum-tchã, vou fazer você dançar, mexe a bundinha, e então volta pro lugar. Sempre voltava. Portugal derretia, o planeta já vinha derretendo, que essa história também é desde sempre. O capital copulava no colchão dos banqueiros e ia tomar sol nas ilhas Cayman, enquanto Bruxelas pedia austeridade. As passeatas por avenidas centrais, ocupação de praças, nem Wall Street escapou, e nem a turma das túnicas, teve Primavera Árabe, teve protesto em massa até mesmo na terra da permanência, que não vai ter Copa, que vai ter, não vai ter. Teve. Teve grito, e, no fim, mexe a bundinha, dá uma voltinha e volta pro lugar,

    A MÃE Manda quem pode, obedece quem tem juízo.

muito barulho por nada, sabe? Não há lugar possível, você pensa. Uma palavra: expulsão. Em bom português: xô. Um catatau de gente migrando em massa como se fossem andorinhas tugas, tinha sírio, tinha norte-africano, como se fugissem do verão, Welcome refugees, Go home refugees, o irreversível processo de expulsão que, para o Felipe, acontecia desde a infância, essa dança das cadeiras, Copacabana nunca foi lugar, e nem a cidade, ou o país, agora o mundo se empenhava em não ser. Para onde?

    O ZÉ Todo cineasta volta pra casa um dia.

Revertere. Sabia bem. Aquela conversinha, o Zé não parava de repetir coisas, parecia realidade paralela, homem falante, oxe, você atolado em mal-estar e a matraca aqui, ombro a ombro. Bom, o reencontro. Mas era o Zé, e aditivado com pó, outro patamar, muitos tons acima, sabe? Uma amizade de tantos anos costuma ser desse jeito, você faz falta, ê saudade, é ótimo, mas... Sabiam tudo um do outro, mas tudo pouco, tudo muito implícito e recheado de ar. O Zé não soube explicar direito o motivo da mudança para o Rio, tampouco soube explicar quando voltou para o Recife depois da formatura, logo que o Felipe se mandou para a Europa, tudo bem, foi ser cineasta com mainha, mas voltar, e pela segunda vez, para quê? Vai ver que o universo mandou, só dizia que era tempo, que já passou da hora, e tal, aquele papo de revertere ad cu do mundo. Agora ali, os dois no cu do mundo mais bonito do planeta, rumo ao primeiro longa da grande promessa do cinema, Zé Mário Vaz, guardem o nome.

O ZÉ (*batendo no aparelho*) O rádio estava funcionando, juro, ontem mesmo...

Pressão baixa, veja bem: é o Felipe. De onde vinha o nervosismo na garganta? Não é só cocaína, o Zé abre o porta-luvas e saca um CD gravado especialmente para a recepção, seleção temática, o Zé tem dessas coisas, costura em detalhes as visitas de amigos estrangeiros ou expatriados, leva para encher a cara nas biroscas relevantes, seja Rio ou Recife, promove churrasco, junta gente que perdeu contato, paixões de verão, e grava coletânea de chorinho, badauê, ressuscita predileções, aquela banda, aquele show na Apoteose, e até ciceroneia passeios a pontos turísticos, caso a visita exija, mas com o cuidado de misturar os oficiais aos apócrifos. Dava um cansaço. Um tão para fora, o outro tão para dentro, como pode? Levou a Ana para conhecer o Recife, oito anos antes, e o Zé obstinado na programação, esgotaram Pernambuco e desceram até a Bahia, aquele mesmo Toyota, só que novo, praia atrás de praia, sem calendários, executando um traçado mental e robusto, mas sem parecer, incluindo de um jeito casual tudo o que julgasse imperdível, e prevendo, claro, rápidas escapadas com o Felipe, colocar o papo em dia e planejar o eterno longa, deixando a Ana solta para ir ao Mercado Modelo comprar fitinha do Senhor do Bonfim.

O FELIPE Podia ter comprado umas Havaianas. A gente revendia na terrinha e garantia a renda de um mês inteiro.

Uma seleção em compact disc, emblemático. O Zé escolheu ignorar o advento da nuvem cibernética, ou pendrives capazes de armazenar a discografia do século XX, tecnologia só na hora de filmar, o percurso será à base de um diminuto raio laser lendo bandinhas dos anos oitenta. Insere o CD e, por milagre, o aparelho responde. A primeira a sair do baú: Blitz, banda mais original que o país conheceu, na opinião histriônica do Espeto, e "Volta ao mundo" é o cultuado lado B, clássico do léxico particular da dupla, letra despretensiosa da qual poucos se davam ao trabalho de lembrar, pequena e bem construída historinha que diz bastante sobre o espírito nômade que uniu os dois.

> O ZÉ Puta merda, a gente adorava essa música.
> O VOCALISTA Estou cansado de cinema/ vou morar em Ipanema/...

Morar em Ipanema, como se fosse longe o suficiente. Ipanema, na adolescência, foi o mais longe que deu para ir com tamancos nos pés. O Felipe inspirou,

> O VOCALISTA Uma maneira de acabar/ de acabar com essa paz/ Com essa paz insuportável/ Que temos vivido/...

e inspirou mais, vem Mesbla, caneta Bic, e inspira daquele jeito, tentando mandar recado, o Zé no ritmo, balançando a cabeça.

> O FELIPE (*expirando, daquele jeito*) Posso fumar?
> O ZÉ Aqui dentro? Sem chance.
> E O VOCALISTA Conheci uma havaiana/ Que se chamava Ana/ E digo a gata era uma onda/ Parecia Jane Fonda...

Premonição absurda, aquele verso. Nunca havia se dado conta, uma gata chamada Ana, ainda que a Aninha fosse uma branquela sem sombra de Havaí nos genes, e não tivesse nada de Barbarella, algo entre uma Winona Ryder tímida e uma Mia Farrow assustada. A gata que era uma onda e parecia Jane Fonda... Vai, não é tão ruim.

O ZÉ Dá pra desamarrar a tromba?

O FELIPE Tô um bagaço da viagem, acabei de sair de um pronto-socorro, aí você vem com essas musiquinhas...

E então o Zé Mário interrompe a execução e arremessa o carro no sossego. Mentira, o sossego. Lero-lero, moca, balela. Sem a rusga das primeiras horas, o relacionamento dos dois soaria irreconhecível. O Zé idolatrava o passado, anzóis atirados à memória, paredes tomadas por polaroides, novela, rótulo de cerveja, e tinha o vinil, e as fitas VHS, o jeito que arranjava para lidar com o futuro. Os códigos de vida do Felipe tomaram a estrada em mão oposta, rapaz empenhado em viver no presente, e deixa o futuro lá, o futuro era apenas uma esperança remota de fuga, saída de emergência compulsória, e convidativa, mas bloqueada por braçadas e braçadas de entulho, e aquelas músicas do Zé, oxe, pior tipo de detrito, lixo tóxico que se esgueirava pelos arquivos da memória e fazia emergir sentimentos em chorume, difíceis de evitar, mais difíceis ainda de aguentar. E ainda bem que a Ana era como o namorado, ou marido, sabe lá, poucas prateleiras, alguns filmes e livros, e nada de badulaques de viagem, porta-retratos ou brinquedinhos de infância. O Zé Mário é impraticável.

O ZÉ ...
E O FELIPE ...

Silêncio meio de costas, variante do silêncio tampão. Você tagarela para dentro, em busca de um atalho, alguma curva de retorno, caça um jeito de engatar em ponto neutro, e sem pedido de desculpas, talvez uma gozação, talvez, jamais pedidos de perdão, que, uma vez concedidos, empurrariam a amizade para o campo das dívidas. Não cabem expiações, nunca couberam. O sol já tentava sumir, a tarde ia para o mar enquanto o carro se avizinhava à avenida Brasil, buscariam mais um tanto de equipamentos para as gravações, casa de não sei quem, gambiarras do Zé, gambiarra de cinema sem grana, carioquíssima, a gambiarra. O Felipe, na infância, morria de medo da Brasil, a família percorria a avenida de ponta a ponta para chegar à região serrana, a mãe pedia proteção aos anjos, só pedia, bem longe da era das exigências, cena curiosa, a mãe materialista negociando com seres imaginários. Comunistas das bandas de cá tinham permissão para a crença, pedia que o carro não enguiçasse, o pneu não furasse,

A MÃE E que o Fábio não tenha vontade de ir ao banheiro.

porque parar naquele acostamento era risco de vida. De morte. Risco de morte, que alguém decidiu, risco de vida não se diz mais, não é assim? A avenida engarrafada, o carro cruza o viaduto enquanto o Zé anuncia que vai tentar outro caminho. O Felipe sobe o vidro, um começo ruim entre os dois, sabe disso, acionou o ar-condicionado, o cheiro da cidade entra pelos dutos de ventilação, fluxo quente, gasto. O Zé segura o riso. Detectou a brecha: o mau humor do brother, ironicamente, reconduzirá a amizade à superfície.

O ZÉ (*aquele sorrisinho*) O ar não tá funcionando.

O Felipe dá uma ajeitada no banco e, com um bufo, abre outra vez a janela e tira um cigarro da mochila. Revira o bolso em busca de um isqueiro, olha na direção do painel, busca a anuência do motorista, de ladinho. Claro, o isqueiro do painel não funciona, nada funcionava direito na vidinha idílica do Zé. Localiza o próprio isqueiro e, com o cigarro aceso, o clima muda. Era como se a canção da Blitz e a fumaça do cigarro empatassem a partida e, ao mesmo tempo, sublinhassem os limites de cada um.

As obras das Olimpíadas deixavam o trânsito louco, e, sem querer, voltam para o centro da cidade. O Zé não faz ideia de como proceder, que caminho tomar, tanto tempo morando fora. Os dois. E esse calorzinho... Não tem vento, futum de sardinha. E você tenta imaginar para que tanto carro, para onde ia tanta gente. Uma sirene dispara bem perto, dessas que avisam a população da iminência de tsunamis ou acidentes nucleares, parecia.

> O ZÉ É o terminal das barcas, vai ver tem uma zarpando.
> O FELIPE E precisa disso tudo?
> O ZÉ A gente andou nessas barcas por quatro anos, cara. Sempre foi assim.

Não, nunca foi assim. Noventa, em decibéis. Zona de risco. Não são as barcas. Pensa nos fones bloqueadores do aeroporto. Alguns anos fora e você esquece, consegue esquecer o barulho que uma cidade de doze milhões de habitantes se esmera em produzir. A sirene não para, urgência sabe-se lá de quê, a humanidade sob o toque inflamado de trombetas, mesmo ali, no grotão inzoneiro.

> A MÃE (*desistindo do jornal*) Vocês estão escutando?
> O PAI Ninguém arromba carros à luz do dia. É alarme falso, são os malditos pombos.

É assim, um sistema antifurto reverbera sem pausa, minutos acima, e foi um pombo, ou bêbado, até que o dispositivo cessa e você percebe que sim, deus, olha só, um alarme esteve por aqui, e por horas, estava aqui agorinha mesmo, você nem notou.

> A MÃE (*retomando a leitura*) É, acho que parou.

O silêncio usa disfarces, melífluo, toma formas inusitadas, um alarme antifurto, por exemplo, ininterrupto e com efeito anestésico.

    O ZÉ Pronto, neném, parou. Desfaz o beicinho.

    O Zé aperta a bochecha do amigo. Zezinho ali, pueril, prestes a recuperar a implicância, te amo, sua besta, lá vem... A ironia sentimental amaciando o confronto. Brusco, o Felipe afasta o rosto e devolve a mão do motorista ao volante. Arqueou a sobrancelha, está num beco sem saída, vai tremular a bandeirinha branca,

    O FELIPE Você trouxe o carro do Recife, essa estrada toda, com o ar-condicionado quebrado?

e o próprio Felipe aperta o play, permitindo que a música volte.

    O ZÉ E O VOCALISTA Dando a volta ao mundo/ Setenta e oito dias, setenta e nove dias, no oitenta quero estar/ Quero estar no Rio/...

Não, não queria. O Zé puxa a letra e canta junto. Voltei, depois de tanto tempo, todo cineasta, é o que está dizendo. Quero estar no Rio. Outra sirene, de ambulância, e uma explosão de dinamite na altura da Glória, impossível voltar para o Brasil, a cidade inteira em obras. Quero estar no Rio. O CD pula para trás. Um motor envenenado de motocicleta, rasante. O Zé repete, quero estar no Rio, o verso arranhado, o Felipe já de maresia,

    O FELIPE Evandro Mesquita, né? Estava tentando lembrar.

um soco no painel e a música retoma a marcha,

E O EVANDRO   No oitenta quero estar/ Quero estar no Rio, cheguei...

a exclamação feliz do vocalista, e o acorde final da guitarra. O Zé investe novamente, o Felipe desvia a bochecha outra vez,

A BRUXA DO HUMAITÁ (*chapada, apontando para o teto*)   O ritmo é uma flecha, uma direção. E todo ritmo quer, no fim, voltar ao começo. Um filme, de certa forma, faz o mesmo.

a velha dinâmica se restabelece, uma nova música entra, arranjo puxado para o reggae, Herbert Vianna apresentava suas armas. Uma música termina, outra começa, o tom suave dos trópicos ascendia às alturas, feliz. E mais um motor envenenado, e um tiro. Quase nada em comum com aquele tanto. Tudo bem. Vai cantar, quer deixar o Zé feliz. Mas, antes, fecha os olhos.

4

Apartamento na Gávea, tarde

E silêncio também pode ser de luto. Tem esse, do tipo luto. Um minuto em homenagem. E deve vir daí, tamanho pavor, esse medo que os silêncios provocam. Enquanto disser alguma coisa, você estará vivo. Então você fala. E fala mais. Enquanto alguém escutar, haverá esperança. A notícia do dia deixaria o país de luto, sim, mas não em silêncio, que silêncio, sabe como é... O país ia se inflamar, com chamada no *Jornal Hoje* e tudo, o repórter, exímio contador de histórias, ativando a imaginação da turma.

O SÍNDICO (*consultando o smartphone*) Aniversário, estão dizendo.

Você acaba de completar quinze anos. Você sabe uma pirambeira até o fim, até o topo da favela, ou comunidade, você ultrapassa as fronteiras da comunidade e equilibra o corpo no platô de uma pedreira abandonada. Os jornais não conseguem apurar o motivo tão rapidamente, dia do aniversário, quem sabe?, ou promoção, outra hipótese aventada, um salto na hierarquia da facção, mas, pela razão que for, você dá um tiro para o alto e zás, a bala atinge a mão do Cristo Redentor. Buscando infiltrações no monumento, uma dupla de engenheiros escuta o estalido, a trincada na pedra-sabão, braço esquerdo. A dupla será entrevistada em diversos programas, os da linha sensacionalista, com letreiros em maiúsculas, mas também os do tipo rodinha de amigos, com poltrona e xicrinha de chá, e um dos engenheiros, o mais bem-apanhado e eloquente, digerirá os acontecimentos ao vivo, e já na manhã seguinte, debatendo com aquela atriz que recolhe cachorros de rua, polemizando com o porta-voz da arquidiocese, enquanto a apresentadora faz propaganda de lasanha congelada, sim, foi mais ou menos desse jeito, Fátima, como se tivéssemos nascido outra vez, pá, bem na palma esquerda do Redentor, tipo chaga mesmo. Seara, a marca da lasanha. Mas você não vai parar no primeiro tiro, e descarrega outro, e a segunda bala burla o guarda-metas divino, os engenheiros talvez nem tenham se dado conta, mas juram ter avistado um risco luminoso contra o céu, e a bala ganha altura até acertar a asa direita de um Airbus A319 em processo de aterrissagem no Santos Dumont. Altura estimada: mil e cem metros. Número de passageiros: cento e dez, chegando de Salvador, escala em Vitória. E, sem respirar, você libera a última bala, que por pouco não atinge uma das turbinas, e que perde força, a rota alterada pelo vácuo da aeronave, e que começa a cair, a cair, até se alojar imperceptivelmente em um crânio. E o repórter é bom, a audiência acompanha, a cena em câmera lenta: você agora é uma menina no gramado da praça Afonso Pena, quatro anos de idade, macaco de pelúcia, pés descalços, boca esfarelada de biscoito, o filhote de golden retriever correndo em volta, o primeiro passeio do Bubi, vem cá Bubi, e o Bubi apaga sem latido ou vestígio de dor. Um trending topic: R.I.P. Bubi. A cidade vai se indignar com as diferentes versões da morte do cão, boa parte do país sentirá dolorosas pontadas no peito com a voz embargada da âncora do jornal, vai ter passarinho e peixe dourado, até iguana com o nome Bubi, e crianças, Bubi Soares, Bubi Gonzalez. Mas ainda não, a história do Bubi está sendo gestada, e a versão oficial, a cardeal, daquelas

com cheiro de tinta e que deixa a mão suja de preto, começa a
ganhar corpo nas redações, a narrativa ganha impulso. As narrativas. "As", que narrativa não vem mais no singular. Uma,
duas, três narrativas, primeiros relatos on-line com falhas ortográficas, Afonso Pena ou Afonso Peña?, tira do ar, coloca de
volta, atualiza a notícia, conteúdo, é conteúdo, que notícia é
coisa de vô, os conteúdos vão sendo arremessados, um mundo
subterrâneo percorrido, essa realidade paralela onde as coisas
não param de acontecer, primeiros zum-zuns nas redes sociais,
teve um moço que viu, estava lá e postou. O horror, às vezes,
encontra suas imagens. Você e o cão dão a volta ao mundo. Je
suis Bubi. O rapaz teria fugido de uma emboscada no Dona
Marta, ou morro da Coroa, ou não, foi cerco policial,

    A MÃE Milícia burguesa. Gorilas de farda.
    O SÍNDICO Marginalzinho, né... Cadeira elétrica nele, podia ter matado a garotinha.

teve banzé na delegacia, bando de filadaputa, a equipe do *JN*,
do *JR*, *JC*, todos os jotas na porta da DP, diz que a menina é
sobrinha de alguém, diz que não, que é uma sobrinha qualquer, bala perdida, confronto na saída do metrô da São Francisco, assalto a uma agência dos Correios, não, desses moleques se divertindo com arma, lugar de menino é na escola,
menor vulnerável para a associação de mães, marginal em miniatura para o senhor que apregoa, e cospe, fiquem agora com
capítulo inédito de Êxodo, é hoje que o mar vai se abrir, na
glória do senhor.
    A porta do elevador se fecha, e o Felipe lá dentro, ainda sem
saber, e tenta recompor, com esforço e sem sucesso, o horror
do instante em que o projétil penetra o pelo amarelo do cão.
O síndico, rolando a tela do smartphone, lê a nota que acaba
de despontar no portal de notícias, algo sobre a expectativa de

vida de um golden retriever. Tanta coisa acontecendo. Guerra na Síria, o bebê real prestes a nascer em Londres, chacina de estudantes no México, um golden retriever com o corpinho ainda quente, e os bons companheiros pensando em quê? Só em cinema. O síndico dobra o corredor de cabeça baixa, deseja boa sorte aos dois, quero ir na estreia, e desaparece.

O ZÉ   É aqui, irmão. Pode falar. Perfeito, não achou?

Inconcebível, a locação. O apartamento, encafuado no topo de uma ladeira, subia em torcicolo até a floresta, um paredão de árvores emoldurado pelos batentes da janela. Aquela quietude, espécie de silêncio original, o mundo já foi assim, sabe como? Estão às portas da maior floresta urbana do planeta, uma mancha escura que cobre a montanha e avança em todas as direções da cidade. O Felipe gostava da floresta da Tijuca, mas só nas bordas. Das chácaras e casebres embrenhados na mata tomava distância, pé atrás dissecado com primor pela Ana: ambientes controlados eram o habitat do marido, não encontrava conforto em lugar que escapasse à moderação, e as florestas representavam o arquétipo oposto ao dos sets, barulhinhos inesperados, trilhas que recuavam em círculos, reflexos espectrais à *Branca de Neve e os sete anões*. Um pesadelo de infância: o menino entre o muro do Jóquei Club e o gradil do Jardim Botânico, a noite sépia, poucos postes, e a certa altura, numa zona mais escura, um ladrão o agarra pelo braço. Costumava acordar no mesmo ponto, naquela zona sem postes. A frequência do sonho diminuiria com a morte do irmão, mas ressurgiu no limiar da juventude,

A IRMÃ   São as correspondências urbanas para nossos medos ancestrais, o Jardim Botânico no papel de floresta, as lâmpadas como pequenas luas, o ladrão é o lobo mau...

interessantes, as interpretações da Bianca, ok, interessante. Um almanaque de psicologia, a Bianca. Ê, Bianca. As questões, a irmã cheia de questões. Ali, no apartamento do Alto da Gávea, com um intervalo seguro entre as janelas e os galhos, estariam resguardados de lobos e bandidos, e da cacofonia do trânsito, e dos buracos olímpicos, e a salvo dos blocos carnavalescos que, a cada ano, se antecipavam mais à data. Carnaval merecia destaque no index de aversões, e fica fácil entender o que são ambientes falsamente controlados se você já tiver ido a um bloco no Rio de Janeiro, por mais planejado que seja, com banheiro químico e rota divulgada na internet, apoio da prefeitura e patrocínio da Ambev, por mais domado que seja pela oficialidade das coisas. Tem gente que adora surpresa, mas aquilo era o diabo aos ouvidos do Felipe, aquela epidemia sazonal de alegria. E a festa de rua só fazia crescer, reflorescia após décadas subjugada pelos desfiles da Sapucaí, por isso ia abandonar a cidade antes do sábado de Carnaval, nada de dionisíacas patrocinadas, era alinhado a Apolo, o previsível é bom. Ali, na encosta tranquila, ficaria à vontade, à caça de sons e silêncios.

O roteiro previa um apartamento em Copacabana, bairro imensamente distinto da Gávea. Um apartamento com ruído branco típico, o do roteiro, mas era fácil resolver, iria até Copacabana e gravaria o ambiente, liquidaria a tarefa em uma hora de peregrinação pelas ruas da infância, e então aplicaria ao fundo em dimensão debilmente perceptível, transformando floresta em beira-mar. O apartamento pertencia à irmã do produtor, o Cláudio, a caçula passaria as férias em viagem pelo sul da Ásia, o espaço seria da equipe por quase um mês, fariam dele o que quisessem, contanto que não estraçalhassem a paz da vizinhança, regassem as plantas no fim da tarde e alimentassem os gatos que se ressabiavam pelos cômodos. O Felipe prevê de imediato o desafio, três bichanos miando e ronronando, mas não emite comentários, porque gosta de gatos, faziam lembrar Lisboa, a Ana e a Lulamae enroladinhas no inverno. Gasta um minuto acariciando os bichanos. Ajayô, Biscuit e Tóti, os nomes, vai entender a lógica. Não sabe dizer quem é quem, mas um deles avança a linguinha áspera, fareja o tênis, a saliva da colega portuguesa, talvez, cheirinho de Lulamae. O homem contemporâneo é capaz de escutar bem mais do que escutaram o Homo habilis ou o erectus, ou mesmo o sapiens medieval, a paisagem sonora das cidades e a sofisticação dos instrumentos musicais teriam ampliado nossa área auditiva, alçando os ouvidos à fronteira do ultra, limite da dor, e do infra, bem perto do silêncio, mas e um gato? O que Ajayô era capaz de distinguir?

O PRODUTOR Felipe Viegas? Não, não dá pra acreditar!

Gritar desse jeito, para quê? Pobre Ajayô. Largou os novos amiguinhos e cumprimentou o Cláudio, não se viam desde a formatura, concede esse meio abraço e recebe em troca uma caixa de antialérgicos, desses que não provocam sonolência. Agradeceu, valeu, quanto tempo, cê tá bem?, tô. E endereça um sorriso ao Zé, porque poucos detalhes escapavam àquela cabeça de capitão, estava mesmo no lugar certo, a capacidade rara de manter um olho na tela e outro na equipe.

O ZÉ Acho que dá. Não dá?
O FELIPE Tem que dar. Claro, vai dar.

A peleja das próximas semanas, não apenas vinculada aos gatos ou à convivência, mas sobretudo em relação ao tempo, o tempo que corre, que é curto, que voa: ia dar tempo de rodar tudo? As cenas seriam relativamente longas e em menor quantidade que a média, poucos planos, ritmo mais dentro da tradição europeia que da norte-americana, o que, por um lado, economizaria tempo, mas, por outro, deixaria o andamento à mercê dos imprevistos, qualquer ruído apontado pelo diretor de som, qualquer objeto intruso detectado pelo diretor de arte, qualquer sombra que o iluminador enxergasse e minutos de registro seriam atirados no lixo. O adjetivo: excitante. O substantivo: terror. As perspectivas eram ótimas, atores de primeira, segundo o Zé, equipe arguta, previsão meteorológica a favor, ia fazer tempo bom,

    A MOÇA DO TEMPO (*apontando o painel*) Tempo firme na grande área clara.

tempo firme, firme, que falta de chuva em pleno estio não podia mesmo ser notícia boa. Vai aprendendo, Felipe. Com o tempo firme tudo caberia no cronograma, quem sabe sobra um tantinho para emergências, que acontecem, e para refilmagens, sempre desejadas e nem sempre factíveis. Uma meta: três semanas e um longa de uma hora e vinte.

    O DIRETOR DE ARTE Não acredito. Viegas, tu ainda existe?

    É, parecia mesmo algo difícil de acreditar por ali, mas o Felipe ainda existia. Agora é a vez do Umberto, diretor de arte, que zanzava em estado de euforia pela locação espalhando props, itens os mais variados, a assistente indo e voltando com livros, fotos, bibelôs, tentando transformar a morada feminina no apartamento masculino rabiscado no roteiro. Não que diretores de arte sejam pessoinhas propriamente calmas, mas o fim de ano havia atrasado as tarefas e o Umberto exalava apreensão. Numa explosão injustificável de afeto, abraça o Felipe. Foi lá e abraçou. Assim. Forte. O Zé enseja aquela expressãozinha de escárnio, observa o orelhudo dentro da tortura afetiva. Mais um adjetivo: divertido. No superlativo: divertidíssimo, o

Felipe, querendo cortar a efusão musculosa do Umberto. Comum que conhecidos esquecessem o detalhe, o rosto do Felipe não denuncia personalidade arredia, antes o contrário, autoriza afagos, bonachão, passos tenros, trama mansa da voz, um arranjo de gestos e maneiras que deixava as relações embaraçadas, uma simpatia desconfiada que por vezes suscitava compaixão e encorajava os temidos contatos físicos. E o Umberto é um gauchão, abraço de tríceps e bíceps, as tatuagens raspam o nariz do adversário e ativam a alergia crônica.

    O PRODUTOR Deve ser o pelo dos gatos. Já pode estrear o antialérgico.

Tantos anos e o Umberto fielmente atado ao perfil dos dias de universidade, brutamontes sensível, máquina de envolver garotas, o grande rival e, segundo diziam, desejo enrustido do Zé. Podia ser. O homão é um tipo. Um metro e noventa, todinho de preto, calça preta, camiseta preta, boné preto cobrindo a cabeça raspada, apenas o All Star num azul berrante. Os colegas de turma tiravam sarro, lá vem o Uruberto, as garotas suspirando pelo projeto de Marlon Brando, que recitava umas poesias bem ruins, mas que tinha os dentes perfeitos, uns dentes que, diante dos caninos protuberantes do Zé, deixavam o competidor exasperado. Mistério é conseguir sobreviver com tanto preto sob o massacre solar do Rio de Janeiro, aquilo sim, ato de bravura e resistência, coisa de macho do Sul, né? E o mais surpreendente, jamais usava bermudas, não se rendia a deixar as canelas finas de fora. A assistente do Uruberto destoava da figura taxativa do chefe, daquelas meninas com cara de Santa Teresa, sabe como? Não a santa, mas o bairro. Boêmia chique, molinha, gata, a assistente. Representante da tribo dos autoiludidos, certamente, adeptos de uma cidade original que, de raiz, mantinha pouco, a emulação do que o Rio poderia ser caso os fatos tivessem ocorrido da forma exata que a imaginação coletiva projetava. Para a tribo dos iludidos, o Rio é um paraíso quimericamente cravado em uma fenda do tempo, a Shangri-La etérea que flutua entre a Mangueira, morro que viu o samba engatinhar, e Ipanema, mas não a Ipanema estrepitante e prestes a descambar em uma nova Copacabana, mas aquela de brechó, Ipanema Vinicius, a Ipanema Leila Diniz que chegou a ditar as modas nos idos dos setenta. O Felipe conhece bem essa subespécie carioca, muitas vizinhas assim, salve Santa Teresa dos cabeças-frias, deusa do tá beleza, tá favorável. Não suportava Santa Teresa. O bairro. A franqueza geográfica, por lá, definhara havia décadas, não passava agora de cenário. Virou esforço.

> O FELIPE Nada de samba na Lapa, rave na praça Tiradentes ou teatro no Vidigal. Não vou, Zé. Nem se atreva a pedir.

Mas a assistente do Umberto está ali, a montanha veio a Maomé, sempre vinha, com blusa de alcinha e sem sutiã, piercing miudinho no nariz, cabelo amarrado ao estilo afro, sotaque de vendedora da Company, ou Cantão, sabia lá o Felipe que butique andava em alta, e a esquálida superioridade que emana de uma inconfundível menina da Zona Sul, cumprimentos lânguidos e flerte com o enfado, sílabas esticadas ao máximo, orbitando as conversas com ãrrans, risadinhas escamoteadas. Ãrran. Ãrran.

> A ASSISTENTE DE ARTE Açúcar ou sal, chefinho?

As orelhas, já livres do entupimento pós-voo, entorpecem.

> A ASSISTENTE DE ARTE Responde, flor. É açúcar ou sal?
> O DIRETOR DE ARTE/FLOR Sal. Acho que é sal, gatona.

A ASSISTENTE DE ARTE/GATONA Chá ou café, honey?
O DIRETOR DE ARTE/HONEY Quero um clima de café, e, aos poucos, vamos deixando uns toques de chá pelo apartamento.

Sabe como? Uns toques de chá. Café, depois chá. O Felipe puxa o Zé até a cozinha, pergunta o que foi aquilo. Café ou chá, sal ou açúcar, depois viria o quê? Coca ou Pepsi?

A ASSISTENTE DE ARTE Destilado ou fermentado?
O DIRETOR DE ARTE Boa. O que você acha, diretor?
O DIRETOR Destilado, Umberto. É uma casa destilada. Depois vai fermentando.

E o Zé não podia fazer outra coisa a não ser rir. Felipe sério. Já apartados da dupla, discutem sobre a técnica praticada há anos pelo Umberto. Sucesso, o método: estabelecidas as preferências do personagem, baseadas em binômios, a equipe de arte ganhava norte, assim chegavam aos detalhes, objetos deixados sobre as mesas e as pias, coisa do tipo. O Felipe não se continha, tom de deboche, dessas gargalhadas artificiais que esgotavam a paciência. Beatles ou Stones? Marvel ou DC?

O ZÉ A cenografia tá pronta, Felipe. Estão só garimpando os detalhes. Você sabe, não se faz de bobo.

Entravam, aos poucos, na zona parda e lamacenta que separava o profissionalismo da viciada relação de melhores amigos. Precisariam trocar de chapéu, sabiam, mas o começo era penoso.

O ZÉ O método tem sua lógica, pensa bem.
O FELIPE A sala é o quê? Do tipo chuva ou tipo sol?
O DIRETOR (*daquele jeito*) Vai ter que ser do tipo sol, porque não tenho verba pra caminhão-pipa. E vai ser Marvel, porque sou

o diretor e o diretor prefere Marvel. E Rolling Stones, porque os personagens já perderam a inocência. E aí? Satisfeito?

O FELIPE E se o personagem não tiver preferência e mamar tanto uísque quanto cerveja, como a gente? Ou se ele for indiferente, se tanto fizer se doce ou salgado?

O ZÉ É cinema, Jiló. Ficção. Truque.

O FELIPE Praia ou montanha? Perguntaram pro roteirista?

O DIRETOR O Luna já chegou, ligou há pouco e está a caminho. Você pode perguntar. Mas não esqueça que, se o roteiro é dele, a história é minha. Eu gosto da cenografia do Umberto. E, dentro dessa locação, quem é que manda?

O chapéu aperta. Cuidar do próprio trabalho, Jiló. Melhor. Não fazia o estilo do Felipe, cachorro ou gato, Mônica ou Cebolinha, assado ou frito... Alheio ao isto-ou-aquilo, vasculha os cômodos. Pisa firme no assoalho, o rincho baixinho da madeira. Torceu as maçanetas, rangido apetitoso, eficaz. Arquivava o repertório na memória, vai precisar do acervo, uma vez que, no filme, muitos acontecimentos iam se dar em paralelo, em cantos que a câmera não revelaria, Kiarostami, Farhadi, paixões confessas do Felipe, referências explícitas do Zé. Nos filmes dos iranianos o personagem recebe carta branca para dar o recado e sair de cena, segue a vida e o público fica lá, vigiando um quarto vazio ou um canto de parede, o tempo pingando, decantando as sensações que a cena largava por ali. Era o que o Zé chamava de sobra de ação, herança da nouvelle vague, esse rastro deixado pelo ator, e que emulava, emulava, até o corte da cena, ou até que o personagem voltasse, o público tentando ler as minúcias, para onde o cara teria ido, o que fez?

A IRMÃ Não sei como você aguenta esses filmes.
A MÃE Não seja ignorante, Bianca.

Vai até o banheiro e solta estrilos para o teto, vem a vó, Sucrilhos, a reverberação do chalé de Nova Friburgo. Sai batendo portas, fecha gavetas, arrasta a sola do tênis no piso, e pula, e arfa, apita. Os passos de um personagem podem comunicar tanto quanto a voz, é no que acredita, passo tem pressão, a qualidade da sola, se de madeira ou borracha, passo dá cadência, nada de fabricar em estúdio, passo bom era passo de ator, respiração também, captada na boca da atuação. E aquele roteiro era uma dádiva, muito pé e respiração, um rizoma de imagens e sons diretos, pouquíssimas falas.

> A IRMÃ Ninguém vai ver. Vai ser desses filmes que passam em Botafogo e ficam duas semanas em cartaz.

Todos os filmes do Zé seguiam a mesma cartilha, você não se deixa levar por cenas encadeadas em excesso, na lógica obrigatória da causa e consequência, você não encontra personagens psicológicos sublinhando as ações com caras e bocas, tem que se dedicar, e pagar a taxa. Imagem e som, e basta, o resto é com o público. O primeiro curta, rodado no sul de Pernambuco, teve um resultado razoável,

> O ZÉ Vai ser sobre um casal entrincheirado numa praia deserta, os dois mudos à sombra de um ato sexual que nunca se consuma, os sons ao redor, as sombras, o medo, mesmo sabendo que não há nada por perto, que estão sozinhos e...

um filme bom, mas com reservas, reservas do próprio Zé, que não aprovou a qualidade técnica. Muito sol, o vento levantava vapor d'água e jogava areia nos equipamentos, a luta dos atores contra as rajadas. Estava no roteiro, sim, queriam vento. Mas não como aquele. Tentaram decupar em palavras o vento ideal, o vento que o Zé imaginou, aquela masturbação criativa, nas delícias da pré-produção.

O FELIPE Vento não tem voz, Zé. O que produz som é o atrito do ar, cada superfície produz um vento diferente.

O ZÉ Mas eu quero um assim, como se o vento fosse o estado natural do ar, sem golpe nem chicotada, como se o vento não fizesse barulho.

O FELIPE Sem som, mas que produza som?

O ZÉ Isso. Entendeu?

Se os diretores de cinema não alimentassem esse tanto de loucura, como seria o cinema?

O ZÉ Você sabe descrever esse vento?

Não soube. Combinaram que fariam do jeito que desse, envergaram o roteiro e meteram o casal dentro da barraca de camping, protegido das lufadas, e aí gravaram daquele jeito, e o Felipe simulou o vento em estúdio. O vento certo. Mas que vento certo era aquele? Não sabia. E, claro, não ficou bom. Razoável. Já o segundo curta foi mágico, esta a palavra: encantador.

O FELIPE (*pausa, pensando*) Dois garotos adolescentes vigiam a vida um do outro pelas janelas de um condomínio, sem nunca se conhecer, apenas se cruzando na rua ou no supermercado, assim, apartados pelas circunstâncias, até que um deles...

O ZÉ (*interrompendo*) Tá bom, tá bom. É só pra resumir, story line. Não precisa contar o fim.

O Zé fotografou a arquitetura do Recife de um jeito estranho, que cidade era aquela? Filme árido, de solidão penetrante. De onde, os personagens?, aquela gente, nada a ver com o Zezinho, aquela gente. A personalidade do diretor desaguava em outras bandas, signatário inconteste de um amor fraternal, consciente das mazelas e graças de seu tempo, sim, mas esperançoso, dentro das medidas, um conquistador de amigos e aglutinador de talentos. O Zé ficava ali, codificado em alguma esfera, mas de que jeito? A vida do diretor não combinava com as histórias que contava. Houve quem dissesse que a inspiração era o Felipe. Bobagem, não importa de onde viessem, os curtas eram bons. E o terceiro, respeitando a progressão, foi o melhor.

> O ZÉ (*em entrevista ao jornal local*) É a história de um homem que luta pela vida de uma árvore, a sombra do quintal, o parque da infância, mas um empecilho no caminho do progresso, obstáculo que precisa ser removido para que o sistema de água chegue até o vilarejo, depois de anos de promessas de eleição.

O filme foi rodado no sertão, embrenhado em um agrupamento de casebres rústicos que, no enquadramento certo, se transformou em uma ruazinha de cidade pequena. Se você assistir à última cena, nunca mais vai tirar da cabeça. O velho enrola o fumo à sombra do cajueiro, sentado de cócoras, um cachorro estatelado junto ao portão, uma vala aberta bem à frente, tábuas servindo de ponte, a rua transformada em um enorme revirado de terra, e a lente toma distância até deixar a casa com a aparência de uma ilha, a árvore de copa larga, agora a salvo, imagem potente, carga poética, mas com irrefutável realismo, as duas forças em atrito, poesia e realismo, dando consistência ao cinema cada vez mais rico do Zé. O mundo inteiro precisava conhecer aquele ator, velhote de palavras esparsas, ocupando o isolamento, fortaleza pura.

> O ZÉ Não tem simbolismo, não é uma parábola sobre a solidão ou o progresso. Parem de ver coisa onde não tem, é apenas um homem que ama um cajueiro. Só isso. Ponto.

Mesmo assim o repórter local tascou a chamada: "Cineasta carioca faz crítica ao progresso e à política nordestina". Mania de opinar em chave errada, aquilo tirava o Zé do sério. Era só uma história, por favor, imagens e sons, disso é feito um filme.

A BRUXA DO HUMAITÁ A duplinha aí no fundo, Bergman e Tarkóvski. Honrem suas filmografias e calem suas belas bocas.

A Bruxa chamava o Felipe e o Zé assim, Bergman e Tarkóvski, sem deixar claro quem era o russo e quem era o sueco. A brincadeira tinha um porquê, os dois amigos construíram a veneração pelos cineastas já nos primeiros meses de faculdade, alavancados pela própria Bruxa, uma Maria Bethânia de vestido marrom com quilos de pó compacto no rosto, uma mariposa de cabeleira farta e grisalha que recebia os alunos em saraus ao pé do Cristo, no beco sem saída onde morava. O Zé lamentou, gritou na varanda, copo alto de uísque na mão, ao receber a notícia, a Bruxa morreu antes de assistir ao primeiro curta, todinho dedicado a ela. Os filmes exibidos pela professora ajudaram a moldar a percepção dos dois discípulos, as pausas do sueco e o tempo esculpido do russo, a Liv Ullmann, atriz favorita de um, o Anatoli Solonítsin, ator-fetiche do outro, a presença leve dos corpos, o peso nas intenções. Os filmes dos saraus raramente vinham legendados, era língua bruta, japonês, dinamarquês, alemão, sem conexões com o português, e as imagens, assim, precisavam comunicar em máxima potência. Escola maiúscula, a da Bruxa. A danada era arrogante, ô, mas arrogância tem seu lugar, ou não? O Felipe suspeitava que era o Tarkóvski. Sei lá, pela aura gasosa dos ambientes, pela opressão que, como uma neblina, chegava de fora, uma busca intuitiva e quase animal pelo espaço utópico, geografias possíveis. Mas vez ou outra era alertado pelo Zé, bem possível que fosse Bergman, era do sueco, afinal, o que os críticos batizaram de

Trilogia do Silêncio, cenas contorcidas entre portas e quartos, cortinas, basculantes, e o sufoco das relações pessoais, erosões em família. O Felipe era um misto, Tarkóvski entre quatro paredes, Bergman andarilho e sonâmbulo, ficou decidido assim,

> O ZÉ Silêncio no set.

e aquele era, deus, o melhor silêncio do mundo. Do tipo silêncio mesmo, porque era o eleito. O Zé dava a ordem e perdia a pressa, e uma admiração serenamente feliz penetrava o Felipe. Mal podia esperar para ver a máquina em funcionamento, Felipe era mais Felipe vendo a própria face, ali, abrindo alas para o mais solene dos estados.
 Terminou de esquadrinhar a locação e procurou um canto na área de serviço. Os pássaros que voavam do lado de fora eram diferentes dos que visitavam a casa em Lisboa, mas é em Lisboa que o Felipe chega, aos melros, e aqueles outros, bem irritantes, que guinchavam como golfinhos e cujo nome nunca conseguiu localizar. Envia mensagem a Ana, o terceiro alô do dia, tudo bem por aqui, e acende um cigarro. Ia ser bom, já era bom. Um homem de uns quarenta anos aponta na porta da cozinha, cabelo crespo emendado a uma barba espessa. Capitão Caverna. Nem tanto, mas lembrava.

> O CAPITÃO CAVERNA É aqui?
> O FELIPE Não sei. Acho que é.

As portas das locações estão sempre destrancadas. Era o roteirista. Pesquisou na rede, a Ana achou charmoso, o moço tinha brigado com o barbeiro, parecia, barba de ermitão, mas é o próprio.

> O ROTEIRISTA Gustavo Luna, prazer.
> O FELIPE O Zé Mário está lá dentro. Pode entrar.

O roteirista agradece, na base do meneio, e vai na direção da sala. Da soleira, faz um recuo. Uma conferida no inventor de silêncios.

O ROTEIRISTA Você deve ser o Felipe.

O Felipe apaga o cigarro no tanque, solta um resíduo de fumaça na floresta e, abrindo e fechando a boca, massageando as têmporas, estende a mão. Cumprimento forte, o do sujeito. Ameno, ao mesmo tempo. Educação, o nome. A primeira impressão, como nos binômios do Umberto. Aliado ou oponente? Sinal verde ou vermelho?

O FELIPE Posso te fazer uma pergunta?
O ROTEIRISTA Claro.
O FELIPE O personagem do filme. O Inquilino, dono da casa. Ele gosta de viajar?
O ROTEIRISTA Sei lá. Pode ser. Acho que gosta. Por quê?
O FELIPE Estava aqui pensando. Ele prefere praia ou montanha?

5

Átrio do colégio, noite

Dois meninos magros, um de frente para o outro, o mais comprido com rosto bronzeado, a nesga de pele descascada, um rio vermelho que nasce no nariz e se embaraça na raiz dos cabelos, cachos escorrendo por cima, a boca num vago sorriso de ironia,

O ROSTO BRONZEADO Praia, claro. Fazer o quê, numa montanha?

o mais baixo com as bochechas infladas, a capilaridade azul dos vasos sanguíneos, pálpebras inflamadas, escovinha, sobrancelhas grossas e emendadas na mediatriz da testa.

O CABELO ESCOVINHA Prefiro ficar no meu quarto mesmo.

O cabelo escovinha adorou o filme, por mais que se fizesse de amuado. Boa iniciativa, embora audaciosa, a de fechar uma centena de adolescentes em um anfiteatro, segunda-feira, depois de uma tarde inteira de aulas, e para assistir a *Bye bye, Brasil*. Cinemateca Seis e Meia, o nome da sessão. Ideia do coordenador de história, o Fransérgio, ou Frank Sérgio, graças ao abismo que trazia na fronte, professor sádico que, como tantos, alimentava o prazer de ver os alunos sofrerem com inabilidades específicas. Os alunos odiavam o Frank, Felipe nem tanto, dividido entre as opiniões dos colegas e a admiração do tio Mauro, entre o imutável pé atrás que o pai mantinha em relação a quase tudo e o apoio ideológico da mãe. O Frank ministrava a aula e atirava as perguntas, dava algumas dicas e, para inibir chutes, lançava a assinatura,

> O PROFESSOR Essa pergunta é Mobral, Mobral...

chavão repetido uma dezena de vezes por aula,

> O PROFESSOR Digna do Mobral, quem não souber responder, por favor, peça transferência para o curso noturno.

e o costumeiro deboche com as turmas da noite, gratuitas. O próprio Frank dava aulas das oito às onze, confesso apoiador, ensinava história para adultos atrasados nos estudos que viravam alunos após o expediente como pedreiros, empregadas domésticas ou motoristas. Mas não perdia a piada.

O período noturno era orgulho do reitor. Um dos porteiros do Visconde de Abaeté cursava a quinta série e enchia a boca para anunciar que estudava na mesma escola que os meninos do setecentos e um, que estava prestes a alcançar o Felipinho. Os dois tantas vezes se cruzaram na porta da escola, seu Didi chegando, bigode fininho e bem desenhado, a vó dizia que fazia lembrar um cantor de rádio dos anos trinta, e o Felipe acenando de longe, deixando o porteiro satisfeito na mesma medida em que enfurecia a irmã. A carcaça indigesta que a Bianca assumiria na vida adulta já emitia faíscas, azedíssima. De onde vinha aquela empáfia? Integravam um lar progressista, afinal, nem tanto pelo pai dentista, mas sobretudo pela mãe funcionária pública. Muito bem, ninguém arriscaria explicação, igualmente, para o jeitão do Felipe, garoto calado, encravado em uma cidade opinativa além da conta. De onde, as famílias? Que mistura era aquela? Cada um dos três irmãos, no futuro, abriria distância do núcleo original de formas diferentes. A Bianca ia se meter na psicologia, o Felipe no cinema, tentativas sinuosamente paralelas de estabelecer lógica na confusão, e o Miguelito ia se formar dentista para herdar o consultório do pai, mas acabaria agricultor em um subúrbio de Santiago, ativista, defensor das hortas urbanas e da rainbow flag. O Felipe nunca foi de procurar explicações, mas, olhando de perto, de onde, a própria misantropia? De onde a atração do Miguel por pessoas do mesmo sexo, caso único na árvore genealógica, até onde sabiam, e de onde, deus do céu, aquele ranço reacionário da irmã? O Felipe cumprimentava o seu Didi e a Bianca lá, fula da vida,

 A IRMÃ Dá pra abaixar esse braço?

e a atitude só eriçava o desafio, o irmão chegaria a gritar o nome do porteiro só para enlouquecer a menina. Gritando, o Felipe, veja só: irmãos, o nome disso. A mãe repreendia o comportamento da filha, o pai pedia ao filho que compreendesse,

 O PAI Você odeia gritos, Felipe. Gritar pra quê?

o casal de meia-idade já na fase do se-virem-sozinhos-e-não--atrapalhem-nosso-sofrimento. Ilógico, aquele punhadinho de gente, pais e filhos, irmãos e irmã. Psicologia ou cinema: tentativas de sentido? Portugal e Chile: rotas de fuga? Até onde o pai desenhava o destino da prole, em que medida a mãe talhava rechaços e preferências, como era que um irmão acomodava o outro?

 O PROFESSOR Quinta-feira tem teste, e o tema será o filme da próxima segunda. Mobral.

A Cinemateca Seis e Meia mal começou e deu sinais de fracasso, naufragaria nas primeiras sessões se o Frank Sérgio não arrumasse jeito de lotar o anfiteatro. E aí deu em *Gandhi*, filme sonolento que havia amealhado o Oscar um ano antes, derrotando o *E.T.* do Spielberg e deixando irada a turma com menos de quinze anos.

> O PROFESSOR Tem prova de livro nas aulas de literatura, por que não posso aplicar prova de filme? Todo mundo assistindo, obrigatório.

O sádico teve a ideia de instituir a Cinemateca por motivos diversos, nenhum deles ligado ao apreço pela sétima arte, diziam. Entre os poucos professores sindicalizados, ostentava regalias no organograma, tinha respaldo da lei e só podia ser demitido por justa causa, encarnando assim o personagem engajado, dos que vociferavam contra o capitalismo e faziam piquete durante as greves. Um sindicalismo meio frouxo, sim, um pé na clandestinidade, dizia a mãe, outro na proteção oficial, aos olhos do pai, país cindido e de dupla personalidade, no diagnóstico etílico do tio Mauro, que bradava monólogos durante os almoços em família.

> O PAI Lá vem o anarquista, afastem a garrafa desse homem...

O tio Mauro era particularmente simpático às opiniões do professor e a todo modo de luta, e a Cinemateca não seria nada mais do que aquilo, demarcação de território, um desafio lançado à reitoria, certeza, provocação mesmo. O país cindido atravessava fase das mais esquizofrênicas, defendia o tio, patologia cuja origem remontaria aos tempos do Império, quando a família real, fugindo do avanço napoleônico, se mudou para a colônia.

O TIO   E foi aí que o centro ficou assim, encravado na periferia.

Mobral. Parecia que combinavam o discurso, tio e professor, os dois juravam que vinha dali a tal patologia, e que o mal teria avançado exponencialmente com o advento da República, regime mal acomodado em um tanque de vícios, presidente metido a rei, senador com privilégio de corte, imigrantes e retirantes assumindo as vagas dos escravos,

> O TIO   Tudo igualzinho, mas ligeiramente diferente. Somos Pedro e Paulo de *Esaú e Jacó*.
> O PROFESSOR   É o livro que vocês deviam ler nas aulas de literatura.
> O TIO   E não essa patacoada de Lucíolas e Iracemas.

e por aí seguia, o blá-blá-blá, tempos atrapalhados, forças confusas, o Felipe começando a intuir que discurso-é-que-nem-bumbum-cada-um-tem-um, máxima que o pai lançava quando a esposa e o cunhado se inflamavam a ponto de discordar, embora sempre concordassem, jogando biriba e entornando Marcus James ou Natu Nobilis nas noites de sábado.

> O PAI   Já está enrolando a língua. Melhor recolher as garrafas.

Tempos confusos, já. E, no proveito da baderna, o Frank Sérgio inventava coisas como a Cinemateca ou o Festival de Música Estudantil, que mal chegou à segunda edição. Ao contrário das sessões de cinema, o FEME foi defendido com unhas e bíblias pelas professoras de religião, a Companhia de Jesus era um tradicional ninho de esquerda, a Teologia da Libertação encontrava refúgio em corações jesuítas, freiras e padres chegados a uma leve subversão, e nada mais subversivo, na época, do que a música popular. Por falta de talento dos alunos, o festival foi extinto, e a Cinemateca deu continuidade aos intentos, projeto apoiado dessa vez pelo professor de educação artística, eterno relegado a segundo plano. Nada fácil, o Frank, homem de bastidores, alianças, conseguiu instituir as sessões e deu uma leve agitada nas ideias dos alunos,

> O PAI Brisa populista, pra agradar a otário.
> A MÃE Antes isso do que ensino religioso.

cerca de oito sessões, por aí. O Felipe assistiu a *Caçadores da arca perdida* e prometeu nunca mais pisar no anfiteatro, o filme não passava de pretexto para que os alunos exibissem a irreverência adolescente em território oficial, casais driblavam o inspetor com mãos e bocas petulantes, bolinhas de papel voavam projetadas na tela. Não se encaixava ali, ainda não beijava, e execrava manifestações coletivas, já desconfiado de que agrupamentos eram, no geral, tão rasos e previsíveis quanto os filmes de aventura. Filmes de super-heróis, no futuro, seriam estranha exceção, *Homem-Aranha*, *X-Men*, influências póstumas do Fabinho,

> A MÃE Lá vem, outro macho de collant, mais um falo voador.

mas o Indiana não, com aquele nunca voltaria a flertar, aquela fobia de serpente tentando mergulhar o personagem em tinta humana... Caía no tédio com o Harrison Ford, que os colegas idolatravam, os moletons do Indiana que os riquinhos traziam de viagens a Orlando, com estojo do Freddy Krueger e caneta do Luke Skywalker. Servia para aquilo, o cinema, ativar arrepios e vender bricabraques, até as meninas se empanturravam com aquela testosterona, Maid Marian, Lois Lane, Mary Jane, uma coleção de namoradinhas à sombra dos heróis. Depois de bocejar com a busca frenética pela arca, voltaria apenas para as últimas sessões. O professor de literatura, ciumento, exigiu a exibição de títulos nacionais, e o Frank programou *Inocência*, adaptação do livro do Visconde de Taunay. Para amansar os brios literários. Fracasso. Menos de vinte alunos na sala, apenas três chegaram ao fim. O Felipe foi um dos resistentes, junto com a Denise, tão esquisita quanto ele, e um garoto de outra classe do sexto ano, magrelo que vivia apartado pela condição de repetente. Repetir de ano e seguir na mesma escola era o suprassumo da humilhação, nem sequer haviam trocado um olá até ali. O Felipe saiu do anfiteatro e, no portão da rua, sem saber que era observado pelo Zé, cruzou com o Rodrigo. Apelido oficial: Robrigão, popular desfiador de lorotas sexuais, que aguardava o motorista enquanto aproveitava os minutos sem supervisão com os dedos safadinhos na cintura da Larissa, aquela Linda Carter encarnada.

> A LARISSA/LINDA CARTER Gostou do filme?
> O FELIPE Gostei, sim.
> O ROBRIGÃO Como assim? Gostou desse cocô?

As proibições tácitas de uma geração. Não era permitido gostar de filmes nacionais, muito menos se fossem de época ou adaptações literárias. Os três juntos, então, nem cogitar. Mas o Felipe esqueceu, ousou gostar um tiquinho.

> E O FELIPE (*mudando o tom*) Baita filme. Rendeu um bom cochilo.
> A LARISSA/LINDA CARTER Ah, tá. Levei um susto.

E as risadas do Robrigão, isso aê, Francisco, a Larissa não corrigia o nome, deixava que o Felipe ficasse Francisco mesmo. No futuro, o Francisco assistiria novamente ao filme, e não veria grande qualidade, mas, naquela noite, se deixou encantar secretamente. *Inocência* era diferente de tudo o que passava na televisão, diferente do que via no cinema com o pai. Boa, aquela lentidão. Reconheceu a própria face na expressão dos personagens. Pessoas possíveis, sabe como?

    O ZÉ E tinha a Fernandinha no papel principal.

É, tinha a Fernandinha, ainda com carinha de susto e bochechas gigantes. E enquanto disfarçava as opiniões diante da Larissa, reparou no aluno repetente que passava perto e olhava para trás, veja lá, o Felipe flagrado na mentira, se esmerando em agradar ao estrato dominante da sexta série. Figurinha peculiar, esse Felipe, foi o que o Zé deve ter lido a partir da cena: quem é esse menino, esse aí, que aguentou a modorra até o fim, e que ainda por cima conhece a menina mais bonita do mundo? O Zé acompanhou de longe o embarque no carro da Larissa, que era apenas vizinha de rua, os pais se revezavam nas caronas. Só isso, dividir o banco traseiro com duas mochilas no meio foi tudo o que o Felipe teve da Larissa. Peculiar, é, foi o que o Zé deve ter achado. Voltariam a se cruzar nos dias seguintes, dividiriam a mesona da biblioteca e lançariam cumprimentos flácidos, mas viriam a se falar apenas na última sessão da Cinemateca. O fracasso de *Inocência* desaguou numa querela irreversível entre o professor de história e o de literatura, quizomba que extrapolou a coordenação e virou bate-boca de corredor.

    O PROFESSOR Não vou exibir lixo nacional. Meus alunos não gostam.

A coordenadora, para equilibrar os ânimos, estabeleceu que filmes nacionais continuariam na grade, mas respeitando a censura etária, visto que as chanchadas ainda predominavam na temática nacional. O que o Frank fez? Com o amor-próprio ferido e a valentia de carteirinha incendiando o bolso, alterou na surdina o filme da sessão seguinte, maquiavélico, alegou contratempos com a chegada da fita e, no lugar de *Carruagens de fogo*, exibiu uma cópia ruim do filme do Cacá Diegues, e pronto, foi o desafio final. Queriam cinema nacional? Pois.

Muitos alunos já haviam se organizado para assistir à saga de superação e, portanto, o fracasso de bilheteria não se repetiu. O anfiteatro contava com a maior parte dos lugares ocupada, mas muita gente se levantou assim que viu o título na tela, o letreiro tropicalista, meio Carmen Miranda, os primeiros acordes da música-tema.

> O CHICO Oi, coração/ Capaz de cair um toró/ Bateu uma saudade de ti/ Eu só ando dentro da lei...

Cena um, externa, dia: uma feira, cidadezinha de interior. Um galã de novela: Fábio Júnior. Você é o Fábio Júnior e traz uma sanfona nos ombros, a esposa grávida pedindo dinheiro aos transeuntes, a atenção roubada pela chegada de um caminhão exótico.

> O LORDE CIGANO (*pelo alto-falante*) Senhoras e senhores, digníssimas autoridades civis, militares e eclesiásticas. Depois de prolongada ausência devido a compromissos pelo sul do país, está de volta a essa progressista cidade a Caravana Rolidei.

O Felipe mudo. Ainda mais. As orelhonas de abano, a cicatriz de infância ardendo. O José Wilker, que beijava a Lídia Brondi na novela das sete, era o Lorde Cigano, líder da trupe mambembe, capa e cartola, camiseta amarela, Copacabana escrito em fonte idêntica à da Coca-Cola. Onde conseguiria uma camiseta igual àquela? E a Betty Faria, com quem a mãe simpatizava porque tinha pouco peito, era a Salomé, falsa espanhola que inventava adivinhações para os matutos. A turma das novelas ali, num filme esquisito. Cena cinco, externa, dia: o caminhão da Rolidei deixa a cidade, e você na esquina, borocoxô, o sanfoneiro Ciço dando bye bye para o sonho de colocar o pé na estrada. Chegou a pedir, ofereceu préstimos, mas levou um não, o sonho minguado ao lado da mulher, chochinha da vida, a Dasdô. A cena quase no fim e o caminhão faz o retorno, claro, e você é acolhido pela companhia, sobe na boleia com a Dasdô, e, comendo poeira, roda rumo às terras prometidas da Amazônia.

    A SALOMÉ (*avistando as antenas de* TV *nos telhados*) Olha lá, Cigano. Vambora. Nessa cidade já tem espinha de peixe.

Lembrou outra vez da mãe, fazendo zanga com a TV. A novidade dos tubos de imagem se alastrava e flechava o coração do público, o circo eletrônico surrupiando o cetro do circo itinerante. Duas ou três cenas à frente, e a Salomé tira a roupa. E aí? Imagine essa, você na pré-adolescência e a Betty Faria nua. Você nunca viu uma mulher se mexer assim, mulher pelada só em foto, paradinha, na *Status* ou na *Playboy* dos primos mais velhos. A Salomé no puteiro à beira-rio, uma sensualidade desajeitada que o Felipe nunca esqueceria, cabelo crespo, braços finos se agitando para o alto, e as prostitutas besuntadas de maquiagem, tão distantes das putas bem-vestidas da Ronald de Carvalho, mulheronas fartas que faziam o pai corar quando passavam de carro pelo Lido. Gente tão diferente aquela. Do pai, da mãe, dos professores. A briga era de faca, sem coreografia de kung fu ou bangue-bangue de faroeste. Os filmes podiam ser assim, uma atriz dançando sem jeito no meio do nada, uma índia velha balbuciando inglês no acostamento da Transamazônica, aquela banda tocando "You're the One That I Want", u-u-honey, mas em ritmo de forró. Queria continuar na sala escura e ser amigo do Cigano, desejava a Salomé como se fosse o próprio Ciço,

> O CHICO Pintou uma chance legal/ Estou me sentindo tão só/ Aqui tá quarenta e dois graus/ As fichas tão quase no fim...

e foi ali que o cinema entrou. A partir daquele dia passou a frequentar os cinemas com devoção budista, as madrugadas catando filmes na TV, a família Severiano Ribeiro seria o destino de suas mesadas, liberdade secreta, vida dupla, todo sábado, ou nas tardes de terça, qualquer sala, todos os filmes que pudesse e conseguisse.

> O ROSTO BRONZEADO E aí, gostou?
> O CABELO ESCOVINHA É, rendeu um cochilo bom...
> O ROSTO BRONZEADO Meu nome é Zé Mário, e o teu?
> O CABELO ESCOVINHA Felipe.
> O ZÉ Então deixa de ser bobo, Felipe. Tô vendo na tua cara que você se amarrou no filme. Verdade ou não?

E foi ali que nasceu a corda e a caçamba, dois magricelas, um de frente para o outro. O projeto da Cinemateca Seis e Meia seria cancelado no dia seguinte, nudez, prostituição, violência. O Fransérgio, demitido por justa causa, jogou um processo de anos nas costas dos padrecos. As notas de história melhorariam para a série inteira, mas, para o Felipe, que alcançava as médias com frequência, tanto fazia. Agradecia ao Fransérgio. Descobriu que uma noite bastava, um acidente de duas horas, horinhas de nada. Sopro de alívio, sabe como? Dois meninos, o primeiro com o rosto descascado, o segundo com as bochechas infladas. Daria um bom começo, pensando bem.

6

Apartamento no Alto Leblon, manhã

A assistente de direção posiciona a claquete à frente da câmera. Cena um: apartamento em Copacabana, tomada interna, manhã.

A ASSISTENTE DE DIREÇÃO Foi luz?
O ASSISTENTE DE LUZ Luz ok.
A ASSISTENTE Foi som?
O DIRETOR DE SOM Som foi.
E A ASSISTENTE *Os fantasmas*. Cena 1. Tomada 1.

A assistente bate a claquete e a palavra, agora, fica nas mãos do diretor. Dois segundos com a equipe em apneia,

O DIRETOR Ação!

e você entra. Você é o Inquilino. Vem pela esquerda, e a esquerda tem lá sua importância, são as regras não escritas, é da esquerda para a direita que um protagonista caminha. Deslizar confortável à retina, sinal positivo enviado aos miolos, mensagens cifradas que o cinema calcificou ao longo de décadas. Lá vai nosso homem, the good guy, yeah, the good guy, e não pensaríamos em contrariar os instintos do público, a mínima dúvida e zás, todo mundo de volta às telinhas privadas. Um rapaz ruivo e não muito alto, passando dos trinta, porte ágil e compacto, camisa azul parcialmente fechada de baixo para cima, mangas desabotoadas e caneca branca em punho. Chegando da cozinha, parece. Mastigando um pedaço de pão, é plausível, e empurra o pão com a bebida fumegante, seguramente café, estamos em uma casa do tipo café, por enquanto, e engole o líquido numa vertida final, mão direita escorada a uma cadeira, virilha roçando o espaldar, o cinza-escuro das calças bem ajustadas, e uma série de batidas opacas, o solado de borracha contra o assoalho, o movimento repicado da coxa. Abandona a caneca sobre a mesa e sai pela direita, abotoando um dos punhos, desaparece no umbral que leva ao dormitório, ao banheiro, escritório, ou quarto de TV, apenas imaginamos a área íntima, intuímos as disposições e funções dos cômodos, pois ficamos aqui, sozinhos, e da sala não saímos, convidados a vascular o ambiente. A caneca ainda fumega sobre o tampo de madeira, algumas revistas com as lombadas zelosamente viradas para trás, uma pilha de jornais lidos e um pratinho vazio. Há duas cadeiras junto à mesa, em lados opostos, a segunda posicionada próxima ao umbral, uma pasta de couro acastanhado sobre o assento, e um paletó da mesma cor da calça, pendurado. Logo atrás, um vaso de cactos, bem no canto, três corpulentas torres de espinhos. Dispostas na parede, rente à mesa, uma série de fotografias em PB: uma Audrey Hepburn de violão e calça corsário, a Bette Davis com uma terrível taça de vinho nas mãos, o doce e espantado Buster Keaton, e, na ponta, o Sam, playing it again, sorrindo com obediência para a lente. Há também um cartaz de filme, mas no chão, um sanduíche de vidro com parafusos cromados nos ângulos, aguardando um prego que o pendure, talvez, e parcialmente coberto pelo vaso de cactos, diligentemente encaixado para que apenas um pedaço do título possa ser lido, *It's a Wonder*, e deduzimos daí: *It's a Wonderful Life*, filme icônico do Capra, os patrióticos anos quarenta, o virtuoso James Stewart ergue pela cintura a otimista Donna Reed na cena mais cheia de esperança da história de Hollywood. Do lado de lá do umbral, enquanto isso, rangidos e estalos, portas de armários e passos descontínuos, uma torneira, água estilhaçada contra a louça, vidro contra o mármore, e a torneira que se fecha, e você reaparece no umbral, bochechando e ajustando o nó da gravata azul, um azul mais escuro que o da camisa, e com pontinhos amarelos. Um pouco de água escorre da boca e respinga na gravata, você passa o dedo na mancha ao mesmo tempo que enfurna o jornal dentro da pasta de couro, e volta a sair pela direita. Some, outra vez. Da rua, chega um suave alarido, mas que não escutamos em som direto, será aplicado no futuro, na ilha de edição. Mas aqui está, imaginamos Copacabana, o reboliço virtual contaminando o ambiente. Alguns segundos de alarido e você está de volta, veste o paletó e toma a pasta de couro na mão, um movimento costurado ao outro, uma onda impregnada de rotina, e é aí que você caminha para a esquerda, e seus passos deslocam nossa mira, e é como se torcêssemos o pescoço e finalmente alcançássemos o outro extremo da sala, o enquadramento muda, os cactos desaparecem, e uma porta se acopla ao cenário, porta da rua, certamente, que dá acesso ao corredor, caso você viva em um condomínio, e é provável que viva, sujeito incontestavelmente urbano, e você gira a chave e puxa a maçaneta, arranca a chave da fechadura e sai, batendo a porta, vai embora. Metais tilintam, passos se afastam. E nós aqui, fechados, novamente sozinhos em um apartamento desconhecido, Audrey e sua turma, and it's a wonderful life.

   O MANOEL DE OLIVEIRA O primeiro plano precisa ser duro, difícil. Se o público aguentar o primeiro, aguenta o resto do filme.

O Zé, com a mira no monitor, aguenta firme e vigia cada informação contida no quadro, aquele punhado de mundo delimitado pela câmera. Um entrecho de poder, embutido no olhar, vem comigo e confia, vou te contar uma história, senta aí. Ao lado, o tiozão da equipe, mestre da fotografia, o Juca dos focos, filtros e texturas levanta o polegar para o diretor. E o Zé responde de pronto, com os dedos em V, tudo em riba até aqui, planejamento cumprido à risca, e ainda reserva um naco de tempo para buscar a anuência do escudeiro, logo ali, invisível como um bom diretor de som, discreto como uma luminária de hotel. Pressiona os lábios, o Felipe, meneia o cenho, aprovando, sugerindo que a cena corre bem. A boca envergada para baixo. A boca envergada, em zoom, numa telinha diminuta: há outra câmera zanzando pela locação. Modelo: Nikon d3. O piloto da d3: Luna, o roteirista. Foi a função que o Zé arranjou para justificar a presença do escritor no set, o bendito making of será responsabilidade do Luna, que vai se distrair documentando os bastidores e catando pérolas por detrás das cenas. E já estreia com bons flagrantes, o diretor e o Juca, seu braço técnico, o Zé e o Felipe, seu braço afetivo. Assim, bem de perto.

O ZÉ Importante, o roteirista no set.
O FELIPE Importante por quê? Eu acho uma bosta.

Finge que não vê, o Felipe. Ignora o zoom do roteirista e varre a sala com as orelhonas afiadas, a equipe quietinha, silêncio-gravidez, do tipo que acolhe o que acaba de acontecer e se abre aos próximos segundos, quando algo vai ocorrer, ou talvez já venha ocorrendo, a depender de quem vê. Muita coisa pode acontecer ao redor de uma sala vazia, ou não? Termina a varredura bem na mira do paparazzo, na lente da d3, e não há quarta parede. Com uma neutralidade medida, encara a lente e empertiga o desconforto, não gosta da ideia, nem um pouco, mas não permite que o incômodo se instale, desvia da d3 e devolve a atenção à mesa, às chaves, aos botões, às lampadinhas intermitentes da mesa de som, e passa a interpretar os gestos emblemáticos de hábil profissional. Desce chave, ajusta fone. Os movimentos se prolongam. Assim, um canastrão diante da câmera.

Na lente do Juca, nada visível acontece. O tempo, esticado, vai se domesticando. Passos céleres se reaproximam, mas só o Felipe, a princípio, é capaz de escutar. Metais retilintam, a fechadura gira e você reaparece. Uma rubrica do roteiro: urgência. Com gestos contingentes, você deposita a pasta de couro na cadeira mais perto da porta, e uma voz se propaga pela sala, parece vir do corredor, voz feminina, distante e de tom agressivo, e outra voz em seguida, masculina, respondendo à altura. Batidas violentas, móveis e paredes, frases indistintas, sim, briga de casal, pode ser, não pisamos no campo das certezas, nem sequer escutamos de fato a discussão: assim como o tráfego de Copacabana, o áudio é ainda virtual, será gravado mais à frente e mixado. O Felipe monta a cena sonora, desenha a briga, e você põe a cabeça para fora do apartamento, vasculha os dois lados do corredor e, pouco interessado, desiste da briga dos vizinhos, o emprego, ou a hora no médico, e cruza a sala com passos ligeiros. Ótima, a urgência dos passos. Abandonamos a porta da rua aberta, escancarada, e acompanhamos você, urgente, o enquadramento se desloca e torcemos o pescoço mais uma vez, recuperamos o campo de visão do começo. Os passos, sempre ótimos, cruzam o umbral e percorrem o interior do apartamento. Aguardamos quatro ou cinco segundos até que você retorne apalpando os bolsos da calça e perscrutando o espaço. Procura alguma coisa. Alcança um telefone sem fio e tecla uma sequência de números. Dois segundos e a vibração irrompe. Trepidação familiar essa. E pensar que vinte anos atrás nem existia. Você avança sobre as revistas e encontra o que vinha buscando, larga o fone sem fio e passa o dedo sobre a tela do celular. Mas não gasta muito tempo, novamente adernamos o pescoço para a porta da rua, ainda lá, escancarada, exatamente como a deixamos: queremos acreditar nisso. Motorola no bolso da calça, pasta a tiracolo, a porta da rua mais uma vez atravessada, e você puxa a maçaneta, e aí acontece. A cena fluía com uma única intenção, desembocar aí. Pronto. Nossos olhos já vinham se acostumando à rotina do cenário, muito bem, a história mal começa e já vira, a inércia chega ao fim, pá, uma nova personagem. Uma mulher atrás da porta, espremida contra a parede. No roteiro: a Intrusa. Pele morena, cabelos castanhos na altura dos ombros, vestido com estampa de flores azuis, celeste, piscina, bebê, todos os azuis, comprimento curto, decote pronunciado, seios arfantes e olhos fechados. A chave gira, os passos tomam distância. Você foi embora. Ficamos aqui, na sala, mais uma vez, agora acompanhados. A Intrusa abre os olhos. Uma hipótese: a vizinha. Há cabimento. Sem certezas, sem garantias, e isso é bom, ou não? Nós e a Intrusa, Audrey e sua turma, o James Stewart na pontinha do cartaz, Donna Reed nos braços. It's a wonder, wonderful life.

O DIRETOR Corta!

Corte acurado, tempo preciso. Boa, Zé. O título do filme entra aqui, assim reza o roteiro, a tela escureceria e espocaria o letreiro, blocado: OS FANTASMAS. O Felipe não pode deixar de ver, está ali, o letreiro, vai ficar bonito. As luzes dos refletores se apagam, economia, um cuidado com as lâmpadas, muito caras, a temperatura na sala cai e um afluxo de alívio se irradia. Um burburinho, aberta a represa, o vozerio se avoluma.

A ATRIZ Puta merda, calor da porra.

Comum que atores se descuidem dos microfones de lapela e esqueçam que a voz, por mais sutil e inaudita, continua a ser captada e transmitida, até que o mestre dos sons decida pelo corte. Mas o mestre não corta. Se levasse o dedo indicador até a chave dois, um suave estímulo desconectaria seus tímpanos das cordas da atriz, mas não, não faz isso. E quem resiste? Tímido, lança um sorriso na direção da voz. A voz nota o sorriso e devolve, mas sem sinal de entendimento. O diretor de som aponta para os fones, insiste. Então, num soluço, a voz leva a mão à garganta, puxa o microfone até a boca e sussurra.

    A ATRIZ (*bem baixinho*) Desculpa, lindo. Sou um pouco desbocada.

O lindo envia um tudo bem com o polegar, desengonçado, e a animação, em milésimos, atingirá o vão entre as pernas, sabe como? Pronto, atingiu. Disfarça, Felipe, desvia. Desarma o polegar. Desculpa, lindo. Finge uma operação qualquer, sobe a chave, desceu outra, e o destino dos gestos, agora, é a atriz. Fica ali, aquela tralha não muito grande, a cada ano mais compacta, pendurada ao pescoço, como um daqueles vendedores de balas que, um dia, frequentaram as portas do Roxy. O console é componente inseparável, você pensa no Felipe e vem a mesa, e ficam lá, o moço e o console, o aparato amortecido pela capa de gordura da barriga proeminente, mantido à frente pela lordose que, como o estômago, só fazia aumentar. Desculpa, lindo, sou um pouco desbocada.

    O DIRETOR Turma, ficou bom. Mas vou querer repetir na sequência, a gente tem o dia reservado para essa cena. A primeira tem que ser perfeita.

Saiu de onde aquela voz? Não dava para saber, nasceu entre as coxas, sei lá, das entranhas, brotou do fundo da atriz, e o

Felipe escondendo, agitando a cabeça, tentando neutralizar os impulsos elétricos que já percorrem a espinha, olhaê. Par de meses sem fazer, mais que dois, bem mais, um semestre inteiro, quase um ano sem trepar, o estio à custa da doença da Ana, teve a químio, a leve depressão, e pronto: a voz da atriz, esfregada nos ouvidos. O caçador de sons, inventor de silêncios, assim foi mais uma vez apresentado pelo Zé, aquela coisa, esse aqui é o Felipe, pra quem não conhece, meu irmão, e tal, mas: e essa voz? O diafragma treinado de uma expert. A voz dormitava, logo abaixo do diafragma, despertou e foi subindo, preguiçosa, os seios arfando para os holofotes, foi subindo, e atiçou o veludo da garganta para sair daquele jeitinho, jorrar feito lava, e, emanada da antena transmissora, acariciar cada membro da equipe, sutilmente, e até as mulheres estariam excitadas na salinha, inexplicavelmente úmidas, querendo entender de onde vinha. De onde, aquela voz, capaz de definir um corpo inteirinho, adjetivar músculos, pele, os fios de cabelo da atriz? A respiração ritmada atrás da porta, a voz refreada. Não prende, não, não prende. E todo o cenário alterado, zás, num riscar de fósforos. Aqueles olhinhos de atriz, sem a voz? Nada, ou bem pouco. Pois bem, a voz da atriz, recebido e operante, gravadíssima no equipamento, o timbre não é grave, mas não é agudo, nem soprano nem contralto, um mezzo catapultado aos céus. Muito bem, entendido. O Luna não viu isso? Cadê o roteirista? Podia largar a câmera e escrever mais um tanto de linhas, um monólogo rápido, colocar a voz de frente e enfiar meia dúzia de palavras. O dia está bonito. Serve. A humanidade é bonita. Desculpa, lindo. Foi luz, foi som? Faça essa voz cantar, tossir, miar, latir, não importa o fio da história, a gente muda, e o Zé esquece os iranianos, esquece a França, o Antonioni, nova escola à vista, nouvelle voix, muda tudo. A garota é um silêncio, e ri da ideia, uma voz tão poderosa quanto um profundo e pantanoso silêncio. Nem é voz. É um limo, um quentinho na orelha. Sabia lá.

O DIRETOR (*para o ator*) Davi, ficou ótimo. Pode acelerar um pouco e tomar o café com mais pressa, a gente precisa ver o atraso subindo pelo teu corpo. O pé batendo no chão funcionou, repete isso. A babada na gravata também, mas não força.

O ATOR Foi totalmente acidental.

O DIRETOR Por isso ficou bom. Se achar que dá pra repetir...

O nome da atriz: Maria. Assim consta na ficha, uma lista de funções e telefones distribuída pelo Cláudio. Diretor: Zé Mário Vaz, Assistente de direção: Janaína Mello, e tal, Roteirista: Gustavo Luna, Diretor de fotografia: Juca Meirelles, tá-tá-tá, Diretor de arte: Umberto Azenha, e aí o Ator: Davi Paim, e a Atriz: Maria Pedra, crua e mineral, toda aquela lista de nomes e números só para acabar na Maria.

A MARIA Vem, lindo, que o Zé Mário já vai chamar.

Ê, Maria.

A MARIA Que beijo foi esse, lindo? Me explica?

Nas escadas do prédio, o Felipe e a voz, aos sussurros, um beijo imaginário, outro beijo, muitos beijos. E o Zé seguia com as instruções.

O DIRETOR (*estalando os dedos para atrair a atenção da atriz*) Maria, perfeito. Encosta menos a porta, quero que o espectador mais atento perceba uma ligeira diferença entre o momento da entrada e da saída do Inquilino. (*chamando o diretor de arte*) Umberto, marca a posição no chão, pra Maria não se confundir? (*novamente para a atriz*) Maria, vá até ali e se posiciona para o Umberto.

A atriz vai até o diretor de arte, e o Umberto, substantivo e Marlon Brando, marca o piso com fita crepe, o estica-e-encolhe daqueles braços tatuados com abstrações coloridas e seres quiméricos, determinando o ângulo ideal da porta, filho de uma, ah, o Uruberto... A Maria atenta, os braços do homem de preto, um filho da puta, perguntando se a porta está boa assim, nessa posição. Tá bom aqui? Danado. E o Felipe já enfiado no trabalho, refugiado, mas acompanhando os dois pelo espelho do banheiro. Há um par de microfones instalados dentro do apartamento, um no quarto do Inquilino, para registrar o abrir e fechar de armários e gavetas, outro ali no banheiro, para as ações junto à pia. O assistente do Felipe, o William, estudante de cinema com as costas bizarramente curvadas como uma haste flexível, já verifica se algum respingo d'água atingiu o dispositivo. Atento, cauteloso. E a voz ali, nas sinapses, o Umberto lá, de joelhos para a Maria. Um terceiro microfone foi posicionado no corredor do edifício para os passos do Inquilino, saindo e voltando, e mais dois microfones de lapela, os direcionais, camuflados nas roupas dos atores.

 O FELIPE (*para os atores*) Respirem normalmente, sem exagero. Vamos testar?

Santo microfone, o de lapela, aquele arfar, obra-prima da arte respiratória, recebido com nitidez e brilhantemente armazenado na trilha dois. Mais tarde acessará cada um dos canais, os volumes serão modulados e, no futuro, editados, mixados e sincronizados com as ações, vai reproduzir em looping, desculpa lindo, desculpa lindo, desculpa... Não há falas na cena um, mas para o Felipe era lei, ator chama microfone. Quem disse que microfones existiam apenas para diálogos? E o furacão da Maria, aquele sopro? O Zé pediu o máximo de realidade, alguns sons seriam gravados em separado, sim, a briga dos vizinhos, o ruído branco da rua, alguns detalhes simulados em estúdio, como as chaves tilintando, ilegíveis em todas as tomadas, ou a vibração do celular, mas a ideia é que o máximo de material seja mesmo captado in loco, som direto, na interação real entre atores e objetos. O agora, capturado. O agora e a voz. Que não vai embora. Não foi. Ficou.

O DIRETOR (*para a assistente de direção*) Vamos repetir? Tudo pronto?

Daria a vida por um dia como esse. A vibração da primeira diária é fundamental, o mínimo obstáculo, o mais tênue desentendimento pode se converter em avalanche futura. O primeiro curta do Zé foi um desastre, em termos de clima, mau humor do primeiro ao último take, dinheiro contadíssimo, equipe conduzida na base da amizade, roteiro pretensioso, atores em chave de realismo rasteiro, e o vento, aquele sol criminoso, a turma irritada com os dias ao ar livre. O Zé jurou que nunca mais filmaria na praia. Conversa. Filmaria muitas praias ainda. Mas essa ideia de que a pressão dos bastidores ajuda na potência do registro, estilo Polanski ou Lars von Trier, não encontra corpo nas locações do Zé. Cinema rima com prazer. E é prazer que o Felipe sente, dá para ver o sorrisinho embutido.

A ASSISTENTE (*as mãos em megafone*) Cinco minutos para a tomada dois!

O Umberto, a essa altura, já largou a Maria, e rebobina o ambiente para a segunda tomada. Ali. Aqui. Não, ali mesmo. O jornal sai da pasta e volta à mesa, a pasta de couro na cadeira, chave na fechadura, e por aí vai, a figurinista na mesma função, a gravata sai do colarinho, os botões para fora das casas, a continuísta também, cada prato rigorosamente fora do lugar, o celular meticulosamente esquecido, jornal milimetricamente revirado, o acaso desenhado em minúcias. O diretor de fotografia pede ao assistente de luz um pouco menos de reflexo na foto da Bette Davis, aquele branquinho ali, o Juca não quer aquele branquinho,

> O TÉCNICO DE LUZ (*coçando a orelha*) Vou precisar colocar um rebatedor. Talvez tenha que tirar vocês daqui.

e o troca-troca de posições, arrasta sofá, quinze pessoas mudando de lugar para acabar com o bendito branquinho da Bette Davis, quinze pequenos heróis, cada um em sua tarefa, mas enganchados em uma única missão, contar uma história, e da melhor maneira. Sem reflexo, sem demorar tanto para verter o café, e sem encostar demais a porta. O Felipe segue a mesma correnteza, dá as últimas recomendações ao William, é para deixar a vara do boom bem apertada entre as mãos e os braços estendidos para o alto, força matemática, controle, bastão retrátil suspenso, o microfone estável, capturando tudo.

> O DIRETOR DE SOM (*segurando o boom, braços esticados*) Tenta segurar mais alto, desse jeito. O microfone quase vazou no enquadramento.
> O ASSISTENTE DE SOM (*dando um tapinha nas costas do Felipe*) Fechado, Felipão. Tenho força nos braços, deixa com o papai.

Papai aqui. Se conheceram um dia antes e o moleque já porta a intimidade típica dessas latitudes. O Felipão chega a fechar o rosto, num lampejo de censura, mas desiste a tempo, precisa se ajustar ao entorno, sabe disso, que camaradagem é benefício em convivências extensas assim, e serão mais de vinte dias. Mas também sabe que, ao primeiro erro, e o erro virá, ao primeiro pedido enfático ou vestígio de bronca, por mais leve, tudo arrisca desandar. Camaradagem e objetividade não são posturas fáceis de conduzir, não juntas, conhece as benesses da informalidade, mas também os riscos, traz o país nas tripas: profissionalismo na corda bamba, o terreno pessoal vai sendo lenta e complacentemente invadido. Dá um sinal de estímulo ao William, procura enxergar a si mesmo como estudante, anos antes, alongando a paciência, e se afasta do papai aqui, vai repassar os microfones de lapela.

> O DIRETOR DE SOM (*aproximando as mãos do decote da atriz*) Posso verificar seu microfone? Dá licença. Posso puxar o fio? Só um pouquinho?

A atriz, projetando o tronco para a frente, aumenta o vão entre os seios e abre espaço entre o tecido e a pele. Delicado, o Felipe mantém os olhos longe, evitando as profundezas e tentando enxergar raso. Puxa o fio que desce pela barriga da atriz, bem fininho, fixado com tiras generosas de fita adesiva, um esparadrapo concebido para a função, capaz de prender com segurança sem machucar aquela pele gentil na hora de remover.

> O DIRETOR DE SOM Tá bem firme.
> A ATRIZ Você acha? Obrigada.

E o Felipe assim, acossado. Ele e a atriz, frente a frente, ãrran, bem firmes. Quando instalou o microfone ali, duas horas antes, ainda não havia aquela voz, a moça caladinha. Agora, a atriz pisca um dos olhos para o gajo. O gajo se faz de morto. A atriz ali, sei, contaminada pela fotografia da Audrey na parede, bem na linha da nuca, uma Miss Golightly dos trópicos, vestido floral e decote generoso, leve desequilíbrio entre a peraltice e a safadeza.

A ANA (*com um lápis na boca, simulando uma piteira*) Moro no andar de baixo. Holly Golightly. Nós nos conhecemos esta manhã, lembra?

Audrey é território da Ana, certo? Bom lembrar. Sinal de alerta, ó Felipe, *Bonequinha de luxo*, pensa bem, o guilty pleasure da namorada, assistiam ao filme uma vez por ano, coladinhos, quando o verão começava a descer para a África. A Ana está ali, pendurada na parede, e nos gatos, até mesmo no Motorola, igualzinho ao dela. Avisos, entende? A Maria puxa o vestido e o decote volta à posição original, sim, bem firmes, e aí o Felipe não resiste, devolve a piscadela. Ridículo. Constrangimento. A Audrey ali, de butuca. Não é homem de entrar nesse tipo de joguinho, simulações de flerte com piadinhas conotativas e jocosas, e já nas primeiras horas. Amizades e liberdades que se aprofundam na corrente das tarefas sempre surgem, você sabe, até brincadeiras mais íntimas, normal, com a Ana foi assim. Mas ali os códigos vinham no embalo, certa obrigação tácita, seja um rapaz descontraído, um pouquinho mais, só um bocadinho, e por favor, charmosamente sacana, abra os braços, é o coqueiro que dá coco, o som do mar à luz do céu profundo, bem-vindo ao barco do amor, sacaninha, aqui as mocinhas querem, os mocinhos ainda mais. Pede licença e se afasta, camuflado de abajur de hotel. Vai esperar o grito de ação, o abajur. A locação inteira em acomodação final. Recomeçava o rito,

A ASSISTENTE DE DIREÇÃO Silêncio no set. Arte?
O DIRETOR DE ARTE Arte ok.

mesa, cadeiras, pasta de couro, revistas e jornal, o celular oculto,

A ASSISTENTE DE DIREÇÃO Foi luz?
O ASSISTENTE DE LUZ Luz foi.

a luminosidade da manhã, uma claridade urbana recriada pela parafernália de refletores, e sem o pontinho branco na foto da Malvada,

A ASSISTENTE DE DIREÇÃO Foi som?

e é a vez do Felipe, só dizer que sim, foi som, e aí a assistente baterá a claquete. Mas, antes de liberar a equipe, o diretor de som ergue o braço direito. Um pedido de espera. Curva os ombros. Uma perturbação captada nos fones, algo está ali e não era para estar. O Cláudio levanta o dedo na direção da equipe, o produtor de set pede atenção, e todo mundo obedece. Atentos. O Zé estica o pescoço.

A ASSISTENTE DE DIREÇÃO Felipe, você tá com a gente?
O DIRETOR DE SOM Espera.
A EQUIPE ...
E O DIRETOR DE SOM Espera um pouco.
E A EQUIPE ...
E O DIRETOR DE SOM Espera passar o avião.

7

Ruas da Gávea, ruas do Leblon, fim de tarde

Se você abre um manual de roteiros, *Movies for Dummies*, ou *Como escrever um roteiro para vender em Los Angeles*, qualquer um, e lê o sumário, apenas o sumário, vai aprender que filmes podem ser divididos em três atos. O primeiro se encerra quando algo inesperado desvia o rumo dos acontecimentos. Primeira virada, o nome. Pode ser uma coruja cruzando o Tâmisa com o pergaminho revelador, se você for um bruxinho bastardo, ou pode ser o cupom dourado do Willy Wonka, se o sonho for entrar na fantástica fábrica de chocolates. Tudo vai bem até que, entende? Tudo vai bem, razoavelmente bem, até que a voz abissal de uma atriz atice o mais apagado dos homens, ou até que um avião convide para o inferno os ouvidos do inventor de silêncios. Sabe como? Aí vem o meio, claro, mas que não é exatamente no meio, porque a primeira virada precisa estourar nos primeiros quinze minutos, máximo vinte, para evitar aquela ida ao banheiro, ou que alguém saia falando mal, que o filme é interessante, até que é, mas demora a decolar. Quinze minutos, portanto. A tarefa do roteirista, depois disso, será esmiuçar as consequências da virada. O herói vai refugar, faz que não vai, mas recebe o empurrão dos companheiros, conselhos do mestre Yoda ou do sr. Miyagi, e então a aventura tem início de fato, a Estrela da Morte será combatida, vamos para Hogwarts aprender a ser bruxo, e aí as coisas complicam, e você, desavisado, se complica junto. A trilha se bifurca em probleminhas paralelos, que se aglomeram e viram um problema imenso, e marchamos rumo à segunda virada, já perto do fim, quando atingiremos o ponto crítico, você prestes a morrer, o prêmio escapando das mãos, o grande amor indo pelo ralo, mas não, tudo vai dar certo. Não vai?

    O DIRETOR DE SOM Espera. Espera passar o avião.

Inclinou a cabeça, esquadrinhou o céu, no escuro, o pescoço se deslocando em parabólica, tentando captar vibrações, uma que fosse. Olhando de fora, fazia lembrar um médium, um cavalo aguardando a visita dos espíritos. Uma desconcertante carga de solenidade cobriu a locação, mas, pela urgência do cronograma, não pôde durar tanto.

    O DIRETOR DE SOM Uma turbina, um motor. Longe, mas bem aqui em cima.

O sinal negativo do assistente, os ombros decepcionados, nem geladeira nem computador, máquinas desligadas, tudo em off? Tudo em off. O ator, da porta da cozinha, queria entender o motivo da demora, e a equipe deu início à comunicação por sinais, dedinhos, dentes, e os sinais viraram cochichos, a continuísta segredava no ouvido do ator, mas não adiantava sussurrar, que o bzi-bzi terminava em gritos na mesa de som. A assistente de direção reiterou o pedido de silêncio. O Zé se levantou e alcançou os fones reserva. Dez segundos e nada de turbina. Detectou um ruído, sim, mas o ruído estava ali, na voltagem das pálpebras, o corpo empedrado do Felipe.

    O DIRETOR DE SOM Vum... Vum... Tá ouvindo ou não?

O roteirista, em paralelo, registrava o impasse com a d3. Segura essa, Felipe, e sem paranoia, resistir para quê? Mas não é bom, certo? Nada bom. Roteiristas escrevem e revisam, trabalham em casa, não se coloca uma câmera nas mãos de um, que ideia, a do Zé, gravar o quê? Deixar os mecanismos à mostra, acabou a mágica, bacana, a vida agora é um reality show, aqui tudo acaba em post. *O show de Truman*. Vai jogar isso num romance, o escritor. O foco intumescido no Felipe, e o orelhudo lá, tentando inventar um troço, que tinha gente esperando, testa molhada, um brilho despropositado, parecia que o caracterizador, mediano, tinha borrifado suor. O Zé tentava de novo, apertou o fone, alterou o balanceamento,

> O DIRETOR Não tem motor nenhum, estamos no pé da encosta.

e nem passava avião por ali. A locação fervia, aquele calor da porra, o desperdício de luz, passou a mão pela nuca do Zé, sugeriu que o amigo esquecesse e retomasse o posto. Tudo documentado no filmeco do Luna. O diretor retornando à banqueta, apreensão nas costas. A assembleia se reacomodando.

> A ASSISTENTE DE DIREÇÃO Silêncio no set. Arte, ok?
> O DIRETOR DE ARTE Tudo certo.
> A ASSISTENTE Foi luz?

Claquete estendida à frente, foi luz, e o Felipe de volta ao breu, vista contraída. A pergunta veio, não dava mais para adiar, som foi? Em frente. É, som foi.

> E A ASSISTENTE *Os fantasmas*, cena um, tomada dois.

O primeiro grande jornal a noticiar o fenômeno foi o *Sunday Mirror*, meados dos anos setenta, uma reportagem sobre ingleses comuns que, da noite para o dia, teriam passado a conviver com um rumor monótono, zumbido de baixa frequência bem perto do infra, latejando os miolos.

> O ROTEIRISTA É o vum, Felipe. Só pode ser o vum. A Milena vive esse inferno há três anos, acredita?

E foi aí que deu atenção. Quando entra jornal na história, a coisa muda, o Felipe gelou. Três anos? E, na descrição minuciosa do Luna, está quase convencido. Podia ser.

> O ROTEIRISTA Era de madrugada. Desacoplei tomadas, desarmei as chaves do quadro de luz, parecíamos dois loucos de lanterna na mão.

No dia seguinte ao artigo do *Sunday Mirror* centenas de cartas começaram a ser expedidas de diversos pontos do Reino Unido, e logo constataram que milhares de pessoas ao redor do globo talvez sofressem o mesmo infortúnio. Pesquisas espocaram, relatos mais antigos foram localizados em arquivos de diários regionais, e um estudo duvidoso chegaria a atestar que dez por cento da população mundial padecia do mal em graus variados. A Inglaterra manteve o topo do pódio como grande foco de incidência, acompanhada de perto pelos Estados Unidos, uma região específica em destaque, uma cidadezinha no Novo México onde a carta de uma senhora, cartinha de nada, desencadeou a profusão de testemunhos. Uma cascata de gente ouvindo o vum. Mas esse vum, de onde vem? Há quem defenda a hipótese de que a ocorrência de um fenômeno é proporcional à sua divulgação, e o vum, como um bocejo passando de boca em boca, estaria mais ligado à sugestão do que a causas rastreáveis, mas as investigações foram se desdobrando, e com explicações bem menos psicológicas. Ouvintes mais precisos descreviam o som como o de um caminhão em marcha lenta e constante, subindo eternamente a mesma ladeira. As descrições coincidiam, mantra de motor a diesel, vibração ditirâmbica, nada de avião ou geladeira, era aquele, o vum. Era? Sintomas como dores de cabeça e náuseas acompanhavam os relatos sonoros que o Felipe encontraria na internet, e é o que temos agora, uma tortura, pior tipo de dor que um técnico de som pode sentir, meiuca do crânio, cravada. E os detalhes do périplo seguiam,

> O ROTEIRISTA A Milena saiu perguntando aos porteiros e vizinhos, mas ninguém tinha escutado. Foram algumas noites saindo sozinha pelo bairro para tentar localizar a fonte, mas ela nunca encontrou a origem do som, nem eu.

pesquisas publicadas em revistas, testemunhas australianas, marroquinas, japonesas, e a Milena chegou a frequentar chats virtuais dedicados ao assunto, desses grupos de apoio que aparecem nos dramas sobre alcoolismo, e enfiou agulhas de acupuntura atrás das orelhas, e alguns médicos riam das prováveis explicações,

> O ROTEIRISTA Aqueles putos só conseguem enxergar o que está nos protocolos, a Milena quase enlouqueceu. Ela é cantora, imagina só a barafunda...

e a conversa fluía, certa euforia mal disfarçada na voz do Luna, um companheiro de tragédia para a namoradinha, em carne e osso. Sorte, não? E as explicações não paravam de surgir, alguns estudos atribuíam o vum a uma capacidade que certas pessoas possuem de converter frequências eletromagnéticas em sons acústicos... Bingo.

Bingo, devia ser mesmo o caso, as orelhas mágicas do Felipe, todo remédio pode, um dia, virar veneno. Parte das hipóteses apontava para submarinos e seus sistemas de localização à distância, daí a concentração de casos no Atlântico Norte, onde cacarecos do tipo começaram a ser testados justamente no fim dos anos sessenta, pouco antes do vum ser percebido. Prognósticos fantásticos também foram aventados, observadores de óvnis juram de pés juntos que o trocinho é de nave espacial, e a deliciosa história de chips subcutâneos instalados por multinacionais nos corpos dos consumidores, provocando efeitos de estática nas veias, e a irresistível realidade paralela, debilmente percebida por poucos, e a hipnose coletiva desencadeada por aparatos norte-coreanos... Sempre haverá respostas, foi assim com as chuvas e as estações do ano, raios, colheitas fracassadas, ainda é assim com as doenças sem cura, por que não aconteceria o mesmo com o vum?

O ROTEIRISTA O que você acha? É o vum ou não?

O Zé ficou na locação, avaliaria o primeiro dia com parte da equipe, e mais tarde abriria uma garrafa com o amigo, era o combinado, relaxar e celebrar, ouvindo um vinil qualquer. Mas o Felipe não quer mais saber de álcool, nem de música retrô, quer? Agora, enquanto desce a ladeira, com os passos em freio e o corpo inclinado para trás, o caçador procura silêncio, e mais do que nunca. A partir daqui, vai passar a mentir, deliberadamente, faz que escuta as palavras do Luna, enquanto tenta antever o dia seguinte, quando vai precisar enfrentar os fones e liberar com autoridade as gravações. Som foi, com ou sem o vum. O roteirista resolve tomar outra direção, até que enfim, está hospedado na casa de amigos, onde provavelmente assistirá à cena patética do menino procurando aviõezinhos. Making of, *Video Show*, *Behind the Scenes*, realidade e ficção em cópula. O Felipe se despede e, margeando o canal, toma a direção do Leblon. E não olha para trás, certeza de que o Luna o observa pelas costas, vai ligar para a Milena, claro que ia, tentando imaginar o que fará um diretor de som com aquela merda no cérebro.

Desde quando o vum? Chegou de Lisboa com os ouvidos tronchos, mas passou. Tinha mesmo passado? Pode ficar cego, ter artrose, acabaria se adaptando a uma cadeira de rodas, mas surdo, ou com asneiras nos tímpanos, portador de deficiência na droga dos ouvidos? Esse par de ventarolas serviria para que então?

>   O PAI   Trancar a faculdade? Outra vez? Pra fazer cinema?
>   A MÃE   Deixa o garoto. Depois fica como eu, se lamentando pelas escolhas.
>   A IRMÃ Vai que ele ganha um Oscar, entra na Globo...

Vem o método Umberto de direção de arte: essa rua ou a próxima, a pé ou sobre rodas, táxi ou ônibus? A pé, e vai virar na próxima, o canal ali, margeando as sinapses. O canal do Leblon já foi um riozinho gelado, descia do Alto da Boa Vista para desaguar na praia, mas virou isso, corre dentro de manilhas, recolhendo cocô. Pelas histórias do avô, obcecado por geografia e amante hiperbólico da cidade, o subsolo carioca era abarrotado de cursos como aquele, riachos que teriam se empobrecido em débeis correntes subterrâneas e que, como magia, voltavam a emitir sinais nas enchentes. E se o vum for um desses? Vum de vasos comunicantes, por dentro, chuá intestinal, fluidos estomacais. Hipótese tentadora, mas não se você for essa aparelhagem azeitada, habituada a distinguir os graves do coração ou o fluxo agudo do sistema circulatório. O vum não vem das entranhas, eram os submarinos, você aceita mais fácil quando o mal é coletivo, são os neurônios, aos borbotões. O barulho do tráfego, agora, chega misturado ao das ondas, os ruídos do Leblon diminuíam a intensidade do vum. Chega perto da comporta fechada e para, a marola bate contra o aço, o vum disfarçadinho. Mentira. Tenta detectar a desgraceira, busca o vum no instante em que para de ouvir, e o bicho ali, quieto, esperando uma pausa da cidade para ganhar contorno. Era o pai, dentista que perdeu a firmeza dos dedos e se aposentou aos cinquenta anos, a maldição segue em frente e chega à descendência. Era a mãe, funcionária pública que sonhou ter sido outra coisa, sabe-se lá o quê, aquela amargura materna. Esquerda ou direita? Volta um pouco, pega a Ataulfo de Paiva, caminha até cruzar com uma loja de sucos. Suco ou vitamina? Opta pela vitamina de abacate. Com ou sem açúcar? Sem, mas vem com. Nem pensa em reclamação, sabe bem no que pode dar,

> O BALCONISTA Você não pediu com açúcar?

só de pensar no confronto amigável, a desconfiança velada, simpatia-é-quase-amor, só de pensar. Baixa a guarda, oxe, a vitamina nem veio tão doce, afinal. Cogita pedir limão para espremer, mas só de pensar.

> O BALCONISTA Você tem cara de quem sabe falar inglês, campeão.

O campeão ressabiado, essa intimidade, só de pensar...

> O BALCONISTA Sabe como diz pela-saco em inglês?

Nem sequer sabe o que é pela-saco em português, que dirá em outra língua.

> O BALCONISTA É tipo puxa-saco, só que mais forte. Tá vendo o bicho feio ali no caixa? Eu queria chamar de pela-saco, mas sem o bicho feio perceber.

Sente muito, pede desculpas por não saber, entorna o resto da vitamina tamborilando o fundo do copo, paga e vai embora, bicho feio. Nada de circular muito, está no anonimato, a estadia não será registrada nos anais, e se o filme um dia entrar em circuito, arranjará desculpas, caso os pais perguntem. O Rio é das maiores metrópoles do mundo, mas estamos no Leblon, um novelo de trombadas e confluências, todas as Helenas da Telefunken se esbarram entre o Vidigal e o Jardim de Alá.

À procura de um táxi, depara com a paróquia a que a vó ia. Frequentou por anos a Santa Mônica, apêndice do Santo Agostinho, onde o Miguel cursou o segundo grau. Única igreja que o Felipe conhecia com ar-condicionado, uma beleza rezar com fresquinho na nuca.

O VÔ   Por que o cachorro entrou na igreja?

As portas de um templo, como nas locações, estão sempre abertas, não é a primeira vez que se refugia em uma igreja para experimentar algo próximo da neutralidade. Velas acesas na entrada. A Santa Mônica, de arquitetura limpa, não possui capelas laterais. Nas paredes azuis, uma via-crúcis minimalista narra a paixão de Cristo. Aos pés dos poucos santos de gesso, cofres de vidro cheios de moedas, cédulas de dois, de cinco. Cada nota é um pequeno projeto de ficção. Poucos fiéis distribuídos pelos bancos, alguns de joelhos, senhoras com véus negros cobrindo a cabeça, rosários em punho, dentro de alguns anos a imagem deixará de existir, que o mundo caminha para o clímax, e tudo pede registro, rezas, danças, dialetos, o canto dos bichos, as feições de um índio, você sabe, tanta coisa à beira da extinção. Quer ficar perto daquelas senhoras. Pode ser bom, sentar um pouco.

A VÓ   É ali que deus fica, sabia? Deus mora no silêncio.

Deus fazia bem em morar ali, mesmo num silêncio meia-boca como aquele, algo entre quarenta e cinquenta decibéis, arrisca. Fechar as portas, podia? Aventura frequente, a da busca pelo silêncio perfeito, o Santo Graal dos diretores de som, equipamentos de última geração instalados em cavernas, afundados no mar ou carregados até os confins antárticos. Um amigo inglês passou a noite em uma câmara frigorífica, veja só, motores desligados, o maluco à espreita entre peças de carne, esperando o silêncio sair, pegar o bendito na primeira distração. Um sonho de consumo: uma câmara anecoica, moraria dentro de uma. Na falta, a igrejinha serve. A igrejinha nadando em paz, mesmo com as britadeiras do metrô e as beatas em ladainha, mesmo com o vum. O órgão fica à direita e está coberto por um pano verde aveludado, gosta do som dos órgãos, segura na mão de deus, as canções do mundo cristão são excessivamente melodiosas, para permanecer agarradas à memória, pausas longas, tempo de sobra para encher os pulmões. As pausas. Bons diretores de som e bons músicos são primos, de certa forma, a pausa de mil compassos, o gelo que derrete, o barulho do cabelo crescendo,

O IRMÃO MAIS NOVO (*ao violão*) Hello darkness, my old friend...

onde, o silêncio, e como é? O John Cage tentou, fez aquela gravação, celebrizada entre iniciados, composta por reticências, música às avessas, sabe qual? Uma sala de concerto vedada, o público calado e os instrumentos intocados, quatro minutos com o registro do ambiente, apenas os sons que, durante a execução de uma peça, seriam abafados pelas cordas, sopros e rufos. Um acomodar de cadeira, uma vibração na porta. Curioso, o resultado. Silêncio é som produzido sem intenção, segundo o Cage, e o silêncio verdadeiro, purinho e absoluto, só mesmo no vácuo, onde não dá para viver, ou na morte, de onde ninguém volta para dizer como é. Se o ruído do mundo é branco, o silêncio deve ser negro, é mesmo luto, ausência. O silêncio, de certa forma, não existe, morto desde sempre, também ficção, como as moedinhas e as velas. Viver atrás de algo que nem existe. Utopia, o nome. Apoia as escápulas na segunda fileira e, da ponta do banco, como uma visita deslocada, analisa a imagem de uma das centenas de Nossas Senhoras que bispos deixaram nascer, véu azul, estrelinhas na cabeça, manto drapeado. Deusa da fertilidade, do mar, senhora dos animais e das plantas, mitos milenares encerrados em cada uma das dobras, a Virgem Maria não é a mãe de Jesus, mas a guardiã de um emaranhado de contos, roteiro adaptado de velhas fábulas, abafadas por séculos de batinas e reescritas em mosteiros. Tanta coisa, no silêncio da igreja. A luz baixa e esverdeada indica que não haverá missa na próxima hora, mas um ponto vermelho aceso no altar conta que deus, invisível, dorme trancado em uma caixa dourada. Para as pessoas que creem, deus está ali. Para o Felipe, deus não tosse, não respira, não dá passos no assoalho. Mesmo assim, entrou e ficou, e entrar em locais sagrados talvez seja ato suficiente. Bibliotecas, um teatro depois do terceiro sinal, a música subliminar do Cage, olá escuridão, velha amiga, eu vim para conversar... Pois igrejas são da mesma família.

O VÔ Vamos, meninos. Por que o cachorro entrou na igreja?

Sai com o vento no rosto, a maresia impregnando o algodão da camiseta. Toma um táxi e pede para ser levado até o Flamengo,

O TAXISTA O bairro ou o clube, amigo?
O AMIGO Bairro.
E O TAXISTA Qual caminho o amigo quer fazer?

e se arrepende assim que o carro dá a partida. Se tivesse caminhado na direção de Ipanema teria chegado ao metrô com o dia ainda claro, e era fã de metrô, sumir num buraco e aparecer noutro. Pede para ir pela Lagoa, aquela pocinha adorável que, fotografada da Vista Chinesa, tem a forma de um coração, você ajeita o ângulo e, com boa vontade, até vê um. O motorista rebate. Lagoa, tem certeza? Recebeu, do mundo paralelo, informações sobre engarrafamentos na área. Não tem certeza, então libera a escolha, que o motorista risque o trajeto e acrescente alguns trocados ao faturamento. Fica ali, vendo a rua passar, pede para ligar o ar-condicionado. Crente ou ateu? A mãe de tintas comunistas deixava a leitura embolada, o retrospecto é confuso, mas a família é católica, assim-assim. Como substituição ao ansiolítico, que acabou antes do fim da diária, sem saber se acredita ou não, reza a ave-maria da infância. As brigas entre os irmãos cessavam, o mundo se domesticava, ficava menos arisco, e até menos quente, tinham esse dom, as orações recitadas no comecinho das viagens de carro. Ficção ou não, é o que tem. O vum, agora, se mistura ao motor desregulado do táxi, a visão oscila, a fome vai nascendo. Está aqui, o vum, matreiro. Mas o Felipe não se distrai, moço atento. À frente do táxi, o semáforo pisca. Amarelo, amarelo, só amarelo. De frente para o pisca-pisca, pede a alguém, qualquer um, que carregue o vum embora.

8

Automóvel do Zé, manhã

O amarelo pisca em intervalos de um segundo, claque e vum, claque e vum, a São Clemente com o fluxo estancado, deslocamento aos soquinhos, os carros das vicinais tentando furar a fila, uma ambulância lutando para sair da garagem.

> O ZÉ No Recife era igualzinho.

O Zé já conjugava o Recife assim, no passado.

> O ZÉ Só chover e os sinais enlouqueciam, noventa por cento das vezes.

Noventa por cento. Passou a manhã engolindo números, o Felipe. Uma saraivada de números que, relacionados a outros, enunciavam taxativamente alguma face da realidade. No Recife, por exemplo, como no Rio, a chuva parava os semáforos em noventa por cento das vezes, só garoar. Estatística, o nome. Nada científico, nada realmente estatístico, assim, de fato, porque estatística é matéria complexa. Fazia tempos não lia um jornal de cabo a rabo, está empanturrado, os periódicos continuavam apaixonados por números, como o próprio Felipe. Modalidades de crime cruzadas com dados demográficos, etnia, gênero ou faixa de renda, boas narrativas, historinhas instantâneas, dessas com regras de apuração, os cinco W. Nas estatísticas de jornal, a depender do seu empenho, você encontra um viés conveniente para toda teoria que deseje demonstrar. O Felipe entende, as estatísticas chegaram para organizar a bagunça, um prefeito não pode mais viver sem indicadores, corporações são taradas por dados, analistas de seguro, empreendedores sociais, generais, locutores esportivos, os bispos da Universal, todo mundo bebe números diariamente para decidir o passo seguinte. O mais assombroso não é isso, essa tara em desenhar o mundo, amassar a papinha, não, o mais assombroso é justamente o contrário, a quantidade de pequenos acontecimentos que as estatísticas soterram. Sofrimentos cotidianos, uma coleção de tristezas anônimas, tudo amontoado para dar forma ao passado e apontar o futuro. O Felipe gosta de números, precisa dos números, mas os jornais, e as estatísticas... Desconfia dos gráficos tanto quanto rejeita a sessão de horóscopo.

O Fábio? Sim, o Fabinho. O irmão sempre vinha. Garrafas de coca-cola fazem lembrar o irmão, e janelas, fechadas ou abertas, amendoeiras, lojas de artigos esportivos, camiseta amarela, a Esquadrilha da Fumaça, cambalhota, colcha com estampa de barco, banheiros ocupados, chinelo de dedo com a tira arrebentada, fósseis de dinossauros, gibi do Zé Carioca, empadinha de queijo, papel de parede rabiscado, brinquedos de corda, peixinhos de aquário, quebra-nozes e contagens regressivas, elástico azul, cheiro de pum, meninas fanhas, furadeira, batedeira: tudo desperta o irmão. Estatísticas também.

> A ANA (*lendo uma revista*) No próximo século, mais de dez por cento da população deverá chegar aos cem anos.

Dez por cento da população, mesmo que um turista chinês se afogue na região dos lagos, uma índia grávida sucumba a um surto de tifo no Pará, um jovem tailandês dispare um tiro na têmpora da esposa e em seguida arrebente a própria boca, mesmo assim, mesmo que um menino de doze anos se jogue de uma janela esquecida aberta, ou caia, bilhões de pessoas chegarão aos cem anos. O Fábio não passou dos doze, teria chegado aos cem? Bem, o Fábio não dá mais as caras nas estatísticas, sumiu, e desde os nove anos o Felipe vira e mexe revolve a mesma caixa, em que conta parou o irmão? Evasão escolar, por motivos do tipo "outros"? Levantamentos sobre suicídio infantil? Gráficos sobre acidentes domésticos na segunda metade do século XX, desde que os dados começaram a ser colhidos regularmente? Negligências fatais em famílias de classe média com rendimento entre cinco e dez milhões de cruzeiros, carro na garagem e máquina de lavar roupa, cadeira de praia e dois banheiros para todo mundo poder fazer número um em paz? Que números, afinal, tratam daquela tarde? Onde ficou? Houve quem dissesse que o irmão tinha ido parar no inferno, que só deus pode tirar a vida, e houve quem falasse em paraíso, pobrezinho, escorregou no parapeito, margem de erro de dois pontos, para cima ou para baixo. Aquelas conversas da vó, entreouvidas, enquanto recitava o terço com as amigas de novena. Já esteve até numa espécie de limbo,

    A VÓ Minha nora é comunista, pobrezinhos dos meus netos.
    O Fabinho morreu pagão.

o irmão teria ido direto para o nicho das crianças não batizadas, mas, se foi, não está mais lá, veja só, o papa decidiu acabar com os limbos e eliminar as dúvidas, novos tempos para a Igreja, contenção de custos, pode ser, o metro quadrado andava alto mesmo em terras imaginárias, até os padres, agora radicais, liberando as zonas cinzentas, e o Fábio foi despejado do limbo para cair no purgatório. A vó tratou de batizar os três sobreviventes numa tarde de férias, melhor garantir a vaga no céu, padre mancomunado, a nora não podia saber, teve sorvete no Gordon, que silêncio também se compra.

A IRMÃ Pai, o que é "pagão"?

Àquela altura, o Bubi, o cãozinho do crânio perfurado, já era estatística. A primeira página do jornal de quarta-feira contava, já nos quinze primeiros dias do ano, uma dezena de pessoas mortas por bala perdida, categoria em ascensão depois de uma década em queda. Um gráfico com eixos, curvas e bonequinhos enfileirados apresentava o cenário escandalosamente negativo. O golden retriever não estava na coluna das vítimas, logicamente, mas era impossível não pensar no bicho. Uma tabela tentava relacionar o declínio das balas perdidas, nos anos anteriores, ao aumento de favelas pacificadas por unidades policiais, indicando que alguma coisa andava saindo de controle naquele janeiro mortal. Mas o quê? Em outro gráfico, colunas recheadas de armas conectavam os casos de morte violenta ao aumento de apreensões de fuzis nas fronteiras. Era informação demais para relacionar, tantos talhos desferidos na massa, antes ou depois de cada vírgula, e o presente ali, inapreensível, uma criança em depressão, por causa do Bubi. Tarefa para a ficção, só o cinema salva.

A IRMÃ Você já contou para o vô, mãe? Já contou que o Fábio virou estrela e nunca mais volta?

O velório do irmão, a mãe chorando em vigília, o pai medicado, mas era o vô que soluçava sem tomar fôlego, mais do que qualquer outra pessoa. O vô sem coragem de entrar e ver o caixão fechado, um choro diferente, o do vô, tão estranho que, se não estivesse tão triste, o Felipe acharia engraçado.

O vô se afastou para ir ao banheiro e os soluços continuaram, o vô subiu a escada e o som do choro continuou lá, igualzinho. A Bianca puxou a manga do irmão, os dois acuados num canto, e apontou para o alto,

A IRMÃ O pombo tá chorando, ali.

e lá estava, no vão do telhado de zinco, uma pomba arrulhando, como se dublasse o choro. Pomba, por isso, jamais será sinal de paz, não para o Felipe. Certeza que pombo, para a Bianca, também ficou sendo aquele choro do vô. E os gráficos estatísticos não suportavam aquele tipo de drama, porque drama era variação, afinal, e gráfico era retrato. Muito gráfico, no jornal da quarta-feira. Os livros para colorir seriam a coqueluche do próximo Dia das Mães.

Além dos desenhos da violência, o jornal também trazia excelentes estatísticas sobre as delações premiadas que chacoalhavam os noticiários havia meses, e que prosseguiriam por anos, levando empreiteiros e políticos para a cadeia e afundando a Petrobras em um mar de lama, tipo de mar bastante familiar. Ouvia desde guri sobre o mar de lama, a metáfora havia rendido desfile de moda, Giseles com cabelos emplastrados, abertura de telenovela, peça de teatro, e livro, e filme, tese de mestrado. Era como um patrimônio imaterial, a lama. E, menos de um ano à frente, a metáfora ressurgiria, encarnada em uma barragem de dejetos minerais que ia se romper e sufocar a vida do rio Doce, o patrimônio não mais imaterial, nos telejornais do mundo todo. A falta d'água era outra das notícias em desfile, apesar da chuvinha que atravessou a madrugada, e pelas curvas de precipitação, nem lama haveria dentro de pouco tempo, as chuvas permaneciam bem abaixo da média.

O ZÉ O que você achou da primeira cena?

O FELIPE Perfeita.
O ZÉ Só isso? Perfeita?

 Perfeitinha. Só isso: Quando o Zé convidou o Felipe, esperava bem mais do que um especialista em sons, o parceiro foi praticamente codiretor dos três curtas, era como o pequeno Sam de *O Senhor dos Anéis*, agindo na discrição, Felipe superego, avalizando escolhas. O superego tinha falhado no primeiro dia, e estava consciente disso. Não esperou o Zé acordado, foi dormir sem conversar, podia ter me esperado, e tal, cheguei doido pra trocar ideia, beber nosso uísque, cacete, Jiló, e você roncando... O Zé não parava de falar, deus. Mas não ia comentar o vum pendurado nas orelhas, não vai se defender.

 O vum cresceu durante a noite, a cabeça coberta por travesseiros, comprimidos cavalares, a dor de cabeça persistia. Sem dormir, Felipe digitou uma mensagem para o Luna, no desespero, mas não enviou. Perambulou pelo apartamento e foi cochilar na sala, aconchegado pelo chape-chape da garoinha. Vê a luz do hall do elevador se acender, o jornal jogado sobre o capacho, a alvorada obstruída pelas cortinas, e aí leu, e leu, esperou metido nas páginas, de frente para o relógio de antiquário com ponteiros quebrados, imaginando um tique-taque discreto. Anos sem ler uma edição inteira, acumulou um bom reservatório de assuntos, virou contemporâneo, pelo menos por um dia. Uma campanha lançada em redes sociais amealhou um exército de filhotes para a garotinha da praça, toneladas de candidatos a Bubi estampavam a primeira página.

O FELIPE Quer um golden retriever? Acho que tá sobrando.

O Zé bocejando na porta do banheiro, o Felipe exibe a primeira página e lança o chiste, antes que, pelas olheiras indecentes, o amigo desconfiasse que algo corria errado. Vai um cachorrinho? Verteram xícaras de café e saíram cedo. No caminho, o longo monólogo sobre a equipe, o Zé perturbado com a falta de iniciativa do Cláudio, escolhi mal, eu sei, mas elogiando a Janaína, e elogiando muito o Umberto, por uma ideia qualquer, que energia a do Umberto, entusiasmo extra para falar do diretor de arte. A rivalidade, pelo visto, já era. O Felipe libera breves concordâncias, sem confessar que achou o ator claudicante, ou que as referências cinematográficas na parede soavam um tanto bobinhas, aquela metalinguagem tosca de *A felicidade não se compra*. Chegou a se encantar com os títulos do Frank Capra, mas os motivos não resistiram ao tempo e os filmes encantadores se converteram em símbolo de alienação, historietas reconfortantes soprando feridas da crise e da guerra. Mocinhos idealistas e honestos na batalha contra banqueiros. Bom ou mau? O James Stewart era bom, aparecia na esquerda da tela e caminhava para a direita com aquela cara de mané. Xerife ou bandido? Xerifão. E daí? O Inquilino, pelo método Umberto, devia gostar de comédias retrô. Ia discutir?

    O FELIPE Perfeita, Zé. Bem desenhada, bem dirigida. O ator é bom, tem repertório. Esse diretor de fotografia é excelente, você está bem amparado com o Juca.
    E O ZÉ E o avião? Ainda está aí?

Não acha graça. Ri para desviar a conversa. O Zé não era de apelar para rodeios, não de maneira geral, mas com o Felipe era diferente, um extenso processo de aproximação é recomendável. *Felipe for Dummies*, amaciar, jogar o anzol, e amaciar outra vez com uma anedota ou referência do passado, só para provocar, e daí em diante, até o golpe final, extrair razões, medos, ou o que quer esteja atazanando a cabeça do amigo. Contudo, não têm tempo para o processo completo, uma pena, a chuva da madrugada deixou a eficiência dos semáforos comprometida, mas, mesmo assim, mesmo com os sinais avariados, os carros seguem bem no contrafluxo, o trânsito inexplicavelmente sem nós depois do Humaitá. Vá entender os aglomerados urbanos, as engenharias, coisas que acontecem, na contramão das expectativas...

   O ZÉ E o que você achou da Maria?

  Se você vê um sinal amarelo piscar exaustivamente em uma tela de cinema, já sabe: atenção, protagonista, tenha cautela. Mensagem nada cifrada, não mais, então preste atenção, amarelo! Hello, yellow brick road, bate os pés um no outro, Felipe, sai daí.

   E O ZÉ Fala aí, Jiló. O que você achou da Maria?

Chega a soltar um hã, não sei. Então força uns espirros e não diz nada. Nadinha.

9

Salão de festas, manhã

Alugado por tarifa simbólica, o salão de festas foi convertido em uma ampla coxia, com cozinha, banheiros e um camarim separado por biombos, um verdadeiro santuário reservado às refeições e às demoras que o cinema exige, ócio bem ventilado, e privilegiado, com vista para o mar, a faixa azul se estendendo entre os prédios, e já registrada à exaustão pelas câmeras de celular, a floresta nos fundos, chegariam a dividir lanches com miquinhos pedintes, os pequeninos conquistariam corações nas redes sociais. O Zé subiu direto para a locação, sem fome, o Felipe não quis perder o café da manhã. Aquele desfile de palavras preguiçosas, você entrava no lugar que fosse e, mesmo tão cedo, topava com as cabecinhas encostadas, duplinhas, trios, braço estendido no nariz do vizinho, olha essa, cicios e risadinhas, e se perguntava: quando é que o mundo paralelo foi promovido a eixo principal? Fazia uns cinco, seis anos? Por aí, a inversão. Àquela altura todas as conversas do mundo saíam do forno mais ou menos parecidas, e os assuntos, aqui, são os inadiáveis e preciosos comentários sobre o primeiro dia de filmagens, um poço de comentários publicados desde a véspera e curados ao longo da madrugada, vinte e quatro horas ininterruptas de emojis e afins. O piso de ardósia vermelha, as cadeiras de plástico, a mesa com pés de cavalete, uma fartura de cereais e queijos, branco e amarelo, pão com ou sem glúten, embutidos, opções veganas para a turma de Santa Teresa, e os smartphones ali, sobre a toalha, mediando o bate-papo.

A cozinha é pequena, mas rolava até um ovinho mexido, se você pedisse com jeito. A equipe do Cláudio se saiu bem no dia anterior, dando o pontapé inicial com uma macarronada eficiente. Sem carne, claro.

A ANA   O plano é não comer nada que possua olhos.

A Ana Cristina flertou anos a fio com a onda vegetariana, e, agora, com o susto do câncer, ficou oficial. O Felipe acatava e abria mão de seres com olhos nas refeições que faziam juntos, que eram quase todas, mas sem deixar de resgatar a tese formulada pelo pai, carnívoro irreversível, de que todo vegetariano, no fundo, nunca teria sido grande apreciador de carne, talvez sentisse nojo em comer coisa morta, ou desde a infância rejeitasse a textura fibrosa, e aderisse aos direitos dos bichos ou apelos de bem-estar apenas como álibi, dando sentido ao que não tem, que é gosto, e ponto. A Ana jurava que não, que a decisão era mesmo racional, carne vermelha alterava o colesterol, molengava no estômago, o planeta vai acabar em flatulência se a China inteira resolvesse comer bife, argumentos aceitáveis. Mas o discurso vegano não, com aquele implicava, o radicalismo guerrilheiro dos veganos tirava o Felipe do prumo, exploração animal, sim, os animais são maravilhosos, somos bichos racionais, é, temos responsabilidades, não discutia com a Ana a partir daí, ligava o computador e, com um potinho de tofu temperado do lado, assistia a um bom filme. Ficção por ficção, escolheria sempre o cinema.

Enquanto a turma comenta o mundo paralelo, prepara um sanduíche com queijo e mortadela, ergue uma edificação de dois pavimentos e cata fatias avulsas de presunto. Vai se acomodar em um dos únicos assentos vagos, ao ladinho da Santa Teresa, vegana rainha, que usaria os minutos livres para falar de vacas sagradas e galinhas deprimidas, uns sessenta decibéis na voz, aquela água toda que a equipe logo decora, que a vaca sofre para ter o leite saqueado, as tetas tratadas com antibióticos,

A SANTA TERESA Vocês já viram um boi ser abatido?

um conversê ativista que, de um minuto para outro, poderia descambar em acusações. Boca fechada, então. É como religião, ou futebol. E, pensando bem, o que não era, àquela altura? Até a Ana, tão mansa, agora repudiava os bárbaros do Alentejo, mas porco à alentejana era das melhores coisas do mundo, passar vontade por quê?

O FELIPE Come só os mariscos, marisco não tem olho.

Dá uma conferida nos pratos e descobre que é o assassino da mesa, exterminador de cocós e mumus, bebedor de iogurte em quantidades pantagruélicas, fodam-se os porquinhos e camarõezinhos, também não era feliz, a gente se vira como pode. E fica assim, à espera dos argumentos, que logo chegam, e até concorda, ãrran, abrindo a bocarra para mais uma mordida. O roteirista chega no exato momento da bocarra, e com pressa, imaginando que está atrasado, e está. Os veganos seguem no discurso, comendo um trocinho de soja, tanta aversão e aqueles discos sintéticos rodando nas bocas, se fingindo de mortadela. A atriz entra depois do Luna, os personagens chegando um a um, sai de trás do biombo vestida de Intrusa, idêntica à da véspera.

A ATRIZ Quer colocar os microfones?

O DIRETOR DE SOM Tô acabando de comer e a gente sobe. Minhas coisas ficaram lá em cima.

Roubou uma fatia de presunto do prato do Felipe e sentou bem em frente. Engoliu e, com aquele sorrisinho de Monica Vitti, solta o que parece ser uma piada.

A ATRIZ Vamos... O inferno... Esse tanto de bicho...

O Felipe engasga e lança um sorriso de anuência, algo referente à turma vegana, algo sobre bichos, sim, mas não consegue juntar as partes. O que foi que a atriz disse? A frequência baixa de um sussurro feminino, moleza nos ouvidos, e um breve desespero atravessa o crânio, dessas retomadas súbitas de consciência, estou aqui, é o longa do Zé, até que enfim, e tem presunto, e a atriz emitiu um sussurro rouco, um segredinho brincalhão, e a mouquidão, e o vum, o longo dia pela frente com o vum no cérebro. Abria e fechava a boca, a atriz, abre e fecha as pernas, encosta os joelhinhos nos do Felipe, roubou do prato a última fatia de presunto e enfurnou na boca, abusada, e aí os fatos se ligam, foi isso, que iriam para o inferno, assim, com tanta carne. Claro, era aquilo, os dois no inferno, engolindo bicho e tocando a perna um do outro, o Felipe resgata a reação e ah, saquei, um novo fôlego injetado ao sorriso. A atriz acha estranho aquele atraso, mas tudo bem, é do tipo tudo bem. Também implicou com o discurso da vegana rainha, veja só, os dois combinam, bastou um microfone instalado entre os seios bem firmes, um comentário entreouvido, e pá: amiguinhos. A atriz mastiga, representa o próprio prazer, e o Felipe se excedendo na cautela, o menino enfezado levantava a velha placa de "mantenha a distância" e colava o aviso no rosto. Mas a voz já havia encontrado a brecha, e pelo visto pretendia se espojar por ali.

A ANA   Ficarás por Lisboa até quando?

Levou tempo até que a Ana Cristina arrancasse o primeiro beijo, ou vice-versa. Mais para vice-versa, admite. Seguraram o tesão por trinta dias, filmagem no Porto, o Felipe ainda aprendiz, a Ana na equipe de arte. E levou o triplo de tempo até a primeira noite, o rapaz dos códigos rígidos versus a portuguesinha recatada, aceitou a bolsa de especialização em Lisboa e, arquitetando a fuga definitiva para a Europa, deixou Berlim para trás, adeus Londres, Barcelona, Rio. Portugal seria para sempre. É, seria.

A ANA   Bem-vindo. Avisa, se precisas de alguma ajuda.

Ārran, precisou. E aí namoraram. Casados, agora. E essa atriz sai do camarim, vem e sussurra, como se tivesse direito. A atriz pulava etapas, batia os joelhinhos, como se.
  O Cláudio acompanhava a cena da porta da cozinha. Lançava instruções à cozinheira, mas dava uma de agente duplo, o detetive da vez. Não se bicavam na época da faculdade, certo rechaço do lado de lá, algo a ver com uma paixão mal curada pelo Zé, nunca escondeu a paixonite, dos poucos gays assumidos que conhecia nos idos dos anos noventa. E o Zé se aproveitava, que o Zé Mário é assim, mão no ombro e xodó nos cabelos, *O talentoso Ripley*, um Jude Law loiro e corado de sol. Todo mundo com inveja do Felipe, não desgrudavam, o Bergman e o Tarkóvski. Podia não ser nada, a paixonite talvez tivesse acabado depois de tantos anos, mas não dava para ignorar o Cláudio com aquela cara de bedel. Que ideia, a do Zé, chamar esse bosta.

O ZÉ   O que você acha? Reunir a turma da UFF para o filme? Bacana, né?

Não, não era. Conhecia o Zé e seus abusos, proveito arrancado de cada atração que despertasse, cavava gentilezas, desejos atendidos num piscar, o Cláudio jamais recusaria o convite para fazer parte da equipe, e moveria os céus para agradar, um café pingado, misto-quente sem manteiga, mesmo com cachê baixo. Cada um usa as armas que recebe, natural que homens interessantes pincem vantagens usando os atributos genéticos. O Umberto também parecia ser assim, embora dissimulado, na camuflagem sorumbática, e até a Ana, com aquele arranjo de menina perdida, encontrava jeito de roubar uns mimos de quem estivesse por perto. É como lançar mão do diploma de datilografia ou da habilidade para dança de salão, essa história também é desde sempre, você larga na frente se for jeitoso, quem faz charminho leva, e quem não chora não mama, ninguém ensinou isso ao Zé, já veio assim. Uma voz de Scarlett Johansson com sorriso de Monica Vitti, por exemplo: normal que usasse a favor, quem diria não? Pois aí está, abuse do Claudinho, Zé Mário, e faça do moço um produtor aceitável, peça café, e um comprimido para o estômago, o lacaio ali, de butuca. O Zé andava incomodado com a falta de iniciativa do rapaz, já na primeira diária, dá vontade de contar, não dá? Tentação, os segredos de confessionário. Mas não, deixa quieto.

Sai da mesa sem dar satisfação à Maria, nem um com licença ou te encontro no set. Silêncio escolhido a dedo. Silêncio neon. Satura o salão com avisos fluorescentes de não ultrapasse, ambiente hostil, amarelo piscando, uma simpatia à toa não dá a ninguém o direito de roubar presunto do prato alheio, nem de bater os joelhinhos. A atriz não parece entender muito bem a linguagem dos silêncios, caga e anda para a saída repentina, puxa conversa com quem resta à mesa. É, podia ser imaginação, sim, a Maria é como o Zé, seduz meio mundo. Coloca o prato e os talheres sujos na pia, agradece à turma da retaguarda e dá um tapinha no braço do Cláudio, para aliviar a tensão. Mas o Cláudio não larga o osso e bedelha o Felipe, mede cada passo. O elevador está no décimo. Os vizinhos logo iam se incomodar com o sobe e desce da equipe, questão de horas para o síndico chamar a atenção, talvez passassem a usar as escadas para as descidas. O Luna, já com a d3 ligada, gravava a equipe de boca cheia, que refeições rendem flagrantes. A d3 corre a mesa, comensal por comensal, até chegar ao elevador. Zoom. O Luna aponta a bazuca. O elevador chega e o Felipe, rápido, puxa a porta e assiste, pela janelinha retangular, ao trajeto da atriz. Pernas etéreas, cintura flexível, bailarina na infância, só pode, os pés escorregavam pelo chão de ardósia, pegou essa, Luna? Poesia pura. E a Maria acelera, como quem perde o ônibus, Scarlett nos seios, pronta para soltar a voz. O Felipe não interveio. Fingiu que não viu e deixou que a porta se fechasse. Não tem nada a oferecer a uma menina daquelas, a mão levantada em pedido de espera, mãozinha, vinte e poucos anos, podia ser filha. Firmes. Quanto tempo sem alívio? O diagnóstico, a cirurgia, seis meses de químio, a boca, boquinha, tão bem modelada. O elevador parte, vem o solavanco, um puxão do lado de fora, o estrondo opaco da trava, mas era tarde demais. Simula um soninho distraído no canto, e a atriz libera o pequeno repertório de blasfêmias. A cena ficaria eternizada nos registros brutos do Luna, esse merda, esse porra, palavrões leves, o roteirista fecha o plano na atriz e, em seguida, passa para o mostrador do elevador. Uma seta vermelha, de sobe. O Felipe no sexto, sétimo andar, os números virando até o décimo. Os ajustes finais já teriam sido feitos, a luz, a câmera. A seta vermelha e, lá em cima, tudo pronto para a cena dois.

10

Apartamento na Gávea, manhã

A cena dois era um solo e começava em tomada aberta. Você agora é a Intrusa, e se mantém debaixo do umbral por alguns segundos. Na borda do enquadramento, bem no limite, o que confere ao ambiente uma rubrica hostil, como se algo invisível impedisse o avanço. Ficamos assim, até que, subitamente, você resolve atravessar o corredor, e, como um coelho desconfiado, abre a primeira porta. O quarto do Inquilino. Você mapeia o espaço e desliza a atenção por pequenos nichos, a singularidade de cada objeto em quadros curtos de dois segundos, e será assim, depois da edição, cortes secos entre a Intrusa e os objetos, os vasos de plantas malcuidadas embaixo da janela, o exterior barrado pela cortina translúcida, os refletores na varanda, escondidinhos, sugerindo céu nublado e luz de estufa. A cama desfeita, um livro com capa de couro aberto sobre o travesseiro com as páginas voltadas para baixo. Um porta-retratos sem foto. E o banheiro, contíguo, lâmpada esquecida acesa, produtos de higiene no canto da bancada, tapete embolado, toalha mal estendida, chavões incontornáveis de homem solteiro. Uma gota de sangue no fundo da pia. Você e o sangue na pia, o vazio no meio. Bom, esse vazio. Você sai. Atravessa o corredor, retorna à sala, e aí o ângulo se inverte, brevemente, na conversão da curva, e ficamos à frente, em subjetiva, reencontramos a mesa redonda e as fotos na parede, mas também somos apresentados a novos elementos, a tela a óleo com faixas abstratas, a aparência gasta dos móveis, o sofá de três lugares, confortável só de olhar, e há um notebook branco apoiado sobre o braço de uma poltrona, aberto. Você considera a máquina, e, só pela demora, o notebook já quer se converter em personagem, sabe como? Voltaremos ao notebook, a promessa está feita, aconteceu o mesmo com o livro sobre a cama, só esperar. E você entra na cozinha. Fotos pregadas na geladeira, outro chavão, algumas paisagens, nenhuma com pessoas, à exceção de uma, o dono da casa e um senhor de idade, pai ou avô, o abraço sem jeito, um fiorde verdíssimo como cenário. Você se entretém com a fotografia. Ficamos na dúvida: conhece o Inquilino? Frequentam reuniões de condomínio? Se esbarraram na portaria, talvez? Você abre a geladeira, as prateleiras abastecidas de frutas, tupperwares empilhados, caixinhas longa vida. Cataloga os itens. Pega o suco de laranja e desiste, pega o leite e verifica o rótulo, leva o picote até o nariz, enruga o rosto num esboço de repulsa, e exatamente aí, nessa repulsa, uma campainha atravessa a ação. Nada de dim-dom, nada que sugira visitas cordiais, o alarme é cirúrgico, o bracinho para no ar e você desvia, e é como se, agora, olhasse por cima de nossos ombros. Examinamos esse rosto, nossa primeira chance, cabelo embaraçado, olheiras não muito recentes, os lábios tensionados pela respiração interrompida. A caixa de leite permanece içada à altura do esterno, alguns segundos de medo, e enxergamos esse medo, como se o pavor morasse nas linhas de expressão, e desde muito tempo, atravessado na garganta. Há uma porta, sim, logo atrás de nós, e você a vigia. A campainha soa novamente, um toque agora mais longo, de insistência, ou confirmação. Você fixada na porta. Tá bom, a gente aguarda.

O Zé levanta a mão esquerda e aperta o polegar contra o indicador. A câmera ainda flutua, aninhada nas mãos do Juca, e aninhada é o termo, equilíbrio técnico entre força e delicadeza. O maestro distancia os dedos e, em contagem muda até o três, manda cortar.

O DIRETOR DE FOTOGRAFIA Pensei que a gente fosse ficar a manhã toda nesse quadro, Zezinho.

O ZEZINHO Nem deu vontade de acabar. Mas vamos repetir.

Uma vantagem do cinema digital. Dá para repetir. Acabou a paúra de gastar película, o negócio era repetir e repetir, e aí eleger a tomada campeã. A revolução digital veio e a brincadeira virou essa, a gente grava e regrava, e a edição também ficou mais simples, nada de passar dias em moviolas cortando e emendando acetato. O cinema de arte tomou impulso, cineastas pipocaram, o sonho da câmera na mão enfim materializado. Algo se perdeu? Inevitável. Não deixaria por menos, o Felipe, colecionava senões, que as projeções ficaram chapadas, que o ruído do projetor fazia falta, a falha tremida na troca de rolos, a sujeirinha das cópias, e, a maior das perdas, a pausa armazenada entre os fotogramas, fios de ar passando velozes diante da luz, nanopausas imperceptíveis, mas que acrescentavam certa leveza aos filmes. Algo ficou para trás, nunca soube explicar direito a falta que isso fez, difícil, pode ser a velha resistência ao novo, mas não só, daquelas coisas que só você enxerga, um carinho especial pelas restrições físicas, você sabe, uma linguagem que vai se eterizando e perdendo peso. Cinema digital não tem cheiro, não tem lata, é isso, não tem colchão de ar impregnando a fita. A história é um moto-contínuo de trocas, ganha aqui e perde lá, vamos em frente e paciência, coisa do Felipe, pois é, algo se perdeu, mas veja só, dá para repetir... Um mestre: Manoel de Oliveira. Não morre de amores pelos filmes do portuga, mas a anedota é eficaz.

UM APRENDIZ   Precisava cortar meia hora do meu filme, mestre, para caber na duração. Mas não consigo.
O MESTRE   Ah, queres cortar? Por que filmaste então?

Ficou lindo, mas vamos fazer de novo, e dá para sentir a vibração do Zé, a voz querendo afinar num falsete.

O DIRETOR (*para o diretor de fotografia*)   Quero que nessa tomada a gente demore menos na sala.
O DIRETOR DE FOTOGRAFIA   Tudo bem, mas é o tipo de coisa que podemos cortar depois, abreviar na edição...
O DIRETOR   É, tem razão. Mas se você conseguir acelerar um pouco só, ótimo.

E o Juca tem razão, porque é na edição que a linguagem é colocada de pé e tudo se resolve. Dá para salvar um filme inteiro do fracasso. Na mão do editor caem cenas e tomadas se ampliam, tempos ralentam, sequências ganham agilidade. A dupla está entrosada, Juca e Zé. Zezinho. Em franco amadurecimento. Para o mestre Tarkóvski, fotógrafos eram como coautores, a ponte entre as ideias e o concreto, chegou a dar igual destaque para as duas funções na apresentação dos letreiros, e fica claro, já no segundo dia, que a ausência do Felipe será bem suprida pelo Juca. Leve frustração, evidente, mas, com o vum ainda ali, fazer o quê? O motor a diesel se aprumou assim que a claquete deu o pontapé, e não consegue lutar contra, o vum dando o tom, aquela âncora sem forma, o vum freando qualquer impulso de intervenção. Espera pela intervenção, o Zé, ou pelo menos por um sinal. O sinal não vem. De dar raiva. O diretor dá instruções de enquadramento e, como se ouvisse pensamentos, procura o Felipe pelo set. Examina o Jiló, e ficam ali, conectados, momento breve, mas dilatado. O que o Zé vê: uma lacuna. O que o Felipe vê: frustração. Decepção, a palavra. Ajustando a fivela da alça e acomodando o console na barriga, o Felipe eleva a cabeça, tiquinho só, o suficiente para que os olhares continuem a se tocar.

    O FELIPE (*mudo, com os lábios*) Ge-ni-al.

Sim, a tomada foi genial, está sendo sincero, a coreografia bem sincronizada, enérgica mas suave, a lente do Juca lambendo os movimentos da atriz e embrulhando as sensações num pacote poético, poesia de pegar com os dedos, luz e som roçando a superfície e esculpindo o tempo, e é nisso que acredita, essa maluquice de esculpir tempo. Frequente, a sensação de estranhamento, essa traquitana toda, e para quê? Inverossímil, tanta gente reunida, esse suor. O cinema, às vezes, era incompreensível. O Zé, com passos pacientes, para diante do amigo. Vai perguntar o que está acontecendo, está na cara, mas dessa vez o Felipe é mais esperto.

    O FELIPE Foi genial, Espeto. Fica tranquilo.

Um substantivo: aparição. Estava por perto, já rondava, a atriz desliza não se sabe de onde e ocupa o espaço entre os dois, simplesmente aparece, mãozinha na cintura de um, mãozinha na omoplata do outro. Zás, materializada.

    A MARIA (*para o Zé*) Espeto, é?

Erro. Nada disso, Maria. Sem apelidos, que o Zé não gosta.

    A MARIA (*anunciando em voz alta*) Atenção, turma. Descobri o apelido do chefe.

Erro crasso. Vai se arrepender, a Maria. O Zé afasta o Felipe, daquele jeito, incêndio à vista, e puxa a atriz, a voz vai sendo levada pelo braço, safadinha, e ensacada pelo diretor, xô dali, de volta às funções. O Zé não pode com aquilo, o Felipe fez de propósito, na maldade, viu a garota chegar e empunhou o apelido como um escudo para as perguntas. Certeza. O diretor ainda tenta um contato visual, um último, para deixar claro, mas o orelhudo já voltou às chaves e aos botões, moço competente. Malicioso, lançando apelidos na cara... O torpedo de reprovação é enviado, mas se perde no trajeto, o Felipe nem aí, em silêncio. Competentíssimo.

> O DIRETOR (*para a atriz*) Você escutou o que eu disse para o Juca? Quero que a passagem pela sala seja mais breve e...

E a conversa entre os dois desaparece atrás da Janaína, na direção do quarto, onde a cena dois será retomada. Nem dá tempo de o apelido se espalhar. O William faz um comentário qualquer sobre a qualidade da acústica, o Felipe concorda, meio assim, e pede que o assistente, na tomada seguinte, mantenha o boom bem próximo da atriz, mas sem deixar vazar. Reprisa a instrução a cada cena, cuidado com o boom, não deixa vazar, atenção, se vazar o Zé corta, e aí babau, o take vai parar no lixo.

Um filme: *O sexto sentido*. Uma sala de exibição: São Luís, no Largo do Machado. Ainda existia? Uma namoradinha: a Ludmila, do Ibeu.

> O FELIPE (*sussurrando no ouvido*) Ali, tá vendo? Uma bola preta, na parte de cima da tela.

Das poucas namoradas da adolescência que não vieram na rebarba, porque era assim, as meninas desejavam o Zé e levavam o Felipe de consolação. Se importava? Nadinha. Mas a Ludmila não, conquistou sozinho, e era tão bonita. Havia tempos não lembrava o rostinho, a Ludmila vidrada no filme.

O FELIPE (*apontando*) Aquela bola preta é o microfone. Ali. Apareceu de novo. Você viu?
A LUDMILA Presta atenção no filme, Felipe.

A hipnose do projetor era de estarrecer, a Ludmila enfiada lá dentro, a câmera guiava a consciência para o ponto planejado, o mundo podia vir abaixo e a plateia ali, I see dead people, I see dead people. Mas o boom apareceu, a espuma preta bem em cima do Bruce Willis e do menino que via gente morta. Só o Felipe reparou. Só o Felipe. E o erro, mesmo sem comprovação, virou referência.

O FELIPE Num plano fechado, dois palmos é a distância ideal.
O ASSISTENTE DE SOM Tá bom, deixa com o papai.

E o papai aqui exibe o muque. Lá do quarto, chega a voz do Zé. Uma bronca, e no segundo dia, a atriz sobe o tom e resiste às instruções. Deu culpa, Felipe? Sempre dava. Ainda que o apelido tenha saído sem intenção, culpa é culpa. Pensa em bisbilhotar, ligar o console e escutar os dois pelo microfone, mas resiste.

O DIRETOR DE SOM (*para o assistente*) Vou acompanhar a tomada dois ali do corredor, tudo bem?

Um exercício rotineiro. Mania. Do corredor do prédio, junto ao pessoal da produção, acompanharia a cena à distância, a atenção apenas no som, sem se deixar contaminar pela coreografia da câmera. A influência do olhar sobre o som é assunto conhecido e debatido, foi tema da pós-graduação,

O ZÉ Você precisa publicar esse negócio, irmão.

o inusitado paralelo entre tomadas de filmes e depoimentos policiais. Concluiu, depois de extensa pesquisa, que a habilidade de um profissional em detectar mentiras durante interrogatórios não diferia muito daquela de um leigo, a acuidade de um policial treinado seria até menor, em parte dos casos, pelo vício entranhado e pelo condicionamento diante de tantos perfis traçados ao longo dos anos, tudo contribuindo para avaliações potencialmente distorcidas. Um especialista encontrará o que procura de um jeito ou de outro, e você pode não acreditar, mas um especialista vendado será capaz de detectar mentiras até com maior precisão, sem os lábios e os benditos olhos para se apoiar, apenas com o registro da voz. E, pior, o percentual de acerto aumentará caso apenas leia as transcrições, sem lançar mão do áudio. Parece incrível, mas existem bons levantamentos, artigo em revista científica e tudo, coisa séria, os sentidos não buscam verdades objetivas, você coloca a audição e a visão para suar a camisa e cavar, e encontrará justamente aquilo que quer, o resto joga fora ou esconde debaixo do tapete. Você nasceu assim, programado para a ficção, é bom acreditar. E seguindo as regras da própria tese, vai ficar do outro lado da parede durante a segunda tomada, dali vai destrinchar a qualidade dos passos e fricções, uma mania, sim, mas providencial. Um respiro, apartado do Zé, as expressões do Zé, aquela cobrança. Para o corredor, então. Um freio na repulsa, que já começa a nutrir, inevitável, a linha periclitante separando o confidente e o chefe, o parceiro e o comandante, papéis embaralhados e transmutados em pedrinhas no sapato. Do corredor gritaria, som foi, e aí vêm os passos da atriz, a respiração arranhada, uma Intrusa contida, diante da possibilidade de um refúgio. É isso, os sons de uma refugiada.

> O ZÉ Essa menina tem mão quente, deu para perceber nos testes. É jogar a bola e a Maria chuta de primeira.
> O FELIPE Você está ficando craque com os atores.

O ZÉ Percebi que vocês se deram bem. Aliás, bem demais, para os teus padrões. Hein? Estou certo?

A geladeira, a resistência da vedação, a sucção da borracha vencida pelos músculos. O retinir das garrafas, e vem o vum. Evita pensar no vum o quanto pode, mas ali está, três anos, segundo o Luna, três anos com o vum metido entre os neurônios. A Intrusa já estaria levando a embalagem de leite até o nariz, e aí vem a campainha, o Cláudio aciona o interruptor e a campainha toca, e o susto da Intrusa, cadê? Não consegue distinguir o inspirar da atriz, o instante em que a Intrusa sente um cheiro ruim na caixa de leite, tampouco o susto. Teria escutado na primeira tomada? Ou foi apenas consonante com o que viu? Faz sentido, a própria tese? O rumor magnético, esse vum, seria suficientemente intenso para cobrir as sutilezas? A lapela da atriz pode ter falhado, claro, mas logo descobrirá que não. No intervalo entre os dois toques, pode escutar uma respiração, mínima, mas quase dá para ver aquela espera, a apreensão no semblante da Intrusa. Ouviu mesmo, ou imaginou? O controle acaba aqui, sons à revelia, o futuro vai ser esse, Felipe, às vezes sim, às vezes não. Fim de linha. A campainha soa novamente, agora na versão longa, e o Felipe sente um aperto, um choque da barriga para os joelhos, como se o alarme tocasse para ele. Como se, ali, todos soubessem. O Cláudio, a Maria, o Umberto. E o Zé, claro. O Zé sabe. Todo mundo sabe.

II

Apartamento na Gávea, noite

Cena três, apartamento em Copacabana, tomada interna. Noitinha.

A porta da rua se abre e um retângulo luminoso se forma: a silhueta do Inquilino contra a luz do corredor. O apartamento na penumbra, a mão se esgueira e aguarda, dedo no gatilho. Acende a luz, afinal. O mesmo terno, o mesmo azul da camisa, agora amarrotada, a gravata em desalinho. Na sala, tudo parece igual. Mas há uma diferença. O cheiro, pode ser. Avalia a sala, sem mover os pés, o campo energético, essa atmosfera. Não é a mesma casa. Há uma intrusa, a Intrusa esteve aqui, talvez tenha ido embora, mas não sabe, só uma intuição, não sei o quê, um estranhamento. Entra. Fecha a porta, hesita. Pasta na cadeira. Tateia o espaço, cruza a sala e atravessa o umbral. Ficamos à espera, o ranger de uma porta, reconhecemos o rangido, o mesmo da manhã, circuito idêntico ao traçado pela Intrusa, é o que parece. E volta. Fica ali, debaixo do umbral. Parado no meio. Aquela sobra ao redor, vetores invisíveis. Inominável, sabe como?

O filme até aqui se deu na sala, basicamente. Outros aposentos já foram percorridos, o quarto, o banheiro, mas está aqui, na sala, toda informação de que precisamos, o portal do herói, o túnel, o mundo lá fora, personagens que chegam e vão. E a moldura da porta, o Inquilino contra a luz, funcionou?

> O DIRETOR DE FOTOGRAFIA Não se preocupa, Zezinho. Deu uma atmosfera de filme noir, como você queria.

A pergunta foi para o Felipe, mas o Juca responde. Ô, Zezinho, conseguimos. Muito bem, Juca, conseguimos, um filme noir, todo mundo viu, grande Juca, vai ganhar parabéns e estrelinha, as sombras geométricas enquadradas com perfeição. A geometria indelevelmente associada ao suspense, suspense quase pueril, esquema previsível, foi essa a intenção. Embora captada em cores, a cena três começou monocromática, aura envelhecida pelo amarelo halógeno das lâmpadas. O Inquilino parado na porta é o arquétipo da indecisão, um tanto na luz e um tanto na sombra, resistindo a aventuras inconscientes. Adoráveis, os filmes noir, flechando os corações mais empedernidos, mas sem efeito a essa altura, a não ser pela nostalgia. Os códigos estão todos aqui, emprestados ao noir, léxico composto em fins dos anos quarenta por diretores europeus que, fugindo da guerra, ofereceram o olhar crítico à América. A corrompida, a prostituta escamoteada, a América trazida à tona por detetives sujos e policiais vendidos, sonho americano, mas no lusco-fusco. E do jeitinho que o Zé desenhou, foi na veia, a Caravana Rolidei manda o recado. Agora você sabe: repetir.

> O DIRETOR Não quero que o mundo lá fora seja tão brilhante, Juca. A gente tem que esmaecer um pouco, não quero que o apartamento seja uma alternativa de abrigo tão gritante. Entende?
>
> O DIRETOR DE FOTOGRAFIA Abrigo?
>
> O DIRETOR É, como se o Inquilino fugisse de tanta luz, escolhesse a penumbra. Entende?

Não entende, o Juca não entende. O Zé procura a anuência, mas o Felipe finge não prestar atenção, oi, o quê? O autismo que o Felipe aplica no rosto nessas horas. Ãrran. Vaidade, você pode pensar, mas não aqui. O Juca não entende, mas, veja bem, é só fazer o que o diretor manda, pronto. O assistente de luz saca um celofane da cartola, mestre dos climas, e parte para o corredor, onde embalará as luminárias. Aproveitam, nessa cena, a luz do próprio condomínio, o Cláudio agitando os braços para o alto feito criança, enganando o dispositivo que interrompe o fluxo elétrico de dez em dez segundos. Jeitinho, o termo. E o Luna à espreita, no registro das coxias, então é assim, tudo truque, cinema gambiarra, o dia inteiro esperando por curiosidades como aquela, engraçado ver o Cláudio com os braços alucinados. Risos. O assistente de luz calcula quinze minutos para embrulhar as lâmpadas, o Luna registra o farfalhar do celofane. Para o resto da equipe, pausa do banheiro, água, alongamento.

A ASSISTENTE DE DIREÇÃO Vinte minutos, turma.

E contratempos existem. Convidados indesejados costumam visitar as locações, não estamos em um ambiente regiamente controlado. Circulares foram passadas por debaixo de todas as portas do condomínio, um pedido educado, que os ruídos fossem moderados nos horários abaixo. Mas condôminos são condôminos, e o senhor do novecentos e um talvez resolva escutar Roberto Carlos aos noventa decibéis, a garota de cima talvez mude a decoração no meio do dia, arraste os móveis, martele preguinhos, e os bebês estão aí para torturar quem estiver por perto, e há liquidificadores, pirraças caninas. Não estão em um estúdio, a adversidade prestes a marcar presença.

Um inseto: cigarra, a dama do verão.

A CIGARRA Por favor, formiguinha, me dê um pouco de comida.
A FORMIGA O que você fez durante o verão? Não se lembrou de guardar alimentos para o inverno?
A CIGARRA Não encontrei tempo, passei o verão cantando.
A FORMIGA Cantou durante o verão? Pois bem, agora dance.

Encenou a peça no primário, na aulinha de francês da madame Suzanne. Dansez maintenant. Anteninha na cabeça, cigarra nem formiga, fez um besouro. No meio, o Felipe, para variar. A peça da escola, assim como a fábula recontada por La Fontaine, tratava da batalha eterna entre o ócio da arte e o pragmatismo do trabalho. Drama insuperável aquele. Artista é tudo vagabundo, já ouviu a irmã soltar uma dessas, bando de folgados. E cigarras são folgadas, não só a da fábula, mas também a da locação. Não canta na floresta nem na varanda ou no jardim do edifício, entrou pela área de serviço, certamente, passeou pela cozinha e, agora, está aqui, ou ali, em todos os lugares. Começa tímida, mas ganha ânimo e se estabiliza em um canto estrepitoso e uniforme. A produção não enviou memorandos aos pássaros e macaquinhos, ninguém alertou os insetos, e as cigarras estão aí para isso, arrebentar de tanta luz, encher de som o ar, vitalidade absurda, o canto final infernizando os tímpanos, o corpo do inseto à beira da explosão. Para e recomeça, os gatos em disparos alucinados, você sabe, o ciciar de uma cigarra entre quatro paredes, noventa decibéis, uns picos de cem, pois é, há males piores que o vum.

Quem começa a caça à bruxa é o Cláudio, e logo toda a equipe se imbui do mesmo propósito, fogão arrastado, geladeira, máquina de lavar louça, procuram no meio das roupas e entre as almofadas, debaixo da cama, cortinas, e o desespero do Umberto,

O DIRETOR DE ARTE Coloquem tudo de volta nas posições exatas, isso é cenário, pelo amor de deus.

A CONTINUÍSTA Não mexe, larga, você não sabe o trabalho que deu equilibrar esse negócio.

mas nada de cigarra, cinco, dez minutos, gritos e risadas, a vizinha da frente querendo saber o que estava acontecendo, se é do filme, se ia demorar, quinze minutos, vinte.

ALGUÉM Só esperar morrer, já já explode, cantando assim.

O William liga a aparelhagem e passeia o microfone pelos cantos, no rodapé, na superfície dos móveis, como um caça-fantasmas, e a pequena procissão atrás, a Santa Teresa de pé na cadeira, procurando no lustre, gente engatinhando pela sala e espalmando o tapete,

O JUCA Aqui. Achei a peste.

e o canto da cigarra, enfim, interrompido. Corte seco. Parou. O creque da carapaça, babau, a cigarra. O Luna chega atrasado, fica sem o flagrante, o tênis do Juca esmigalhando, mas registra o algoz de peito inflado e punho cerrado. Estava escondida no vaso de cactos, camuflada na terra, a peste. E a equipe inteira em cima do Juca.

A SANTA TERESA Não era para matar.
O JUCA Já ia morrer mesmo, cigarra canta e morre.
A MARIA Você esmagou o bicho?
E O JUCA Era para fazer o quê? Pedir para cantar mais baixo?

Protestos. Gargalhadas. Aqui, os que aplaudiam a vitória do homem sobre a natureza. Ali, humanos em choque diante da truculência do Juca. Só o começo. As posições, uma vez tomadas, se retroalimentam em espiral, o caso da cigarra assassinada aquecerá um mundo de situações à frente e esfriará a relação entre o Juca e parte da equipe. A Maria, por exemplo. Dobra os joelhos, chora de raiva.

> A MARIA Você é um monstro. Um monstro.

O William arrisca uma piada, não poderiam exibir a mensagem rotineira, atestando que nenhum bicho tinha sofrido maus-tratos durante as filmagens, mas a piadinha não é bem recebida, porque a Maria espuma, a Maria grita, vermelha, dedo na cara do Juca, chega a agarrá-lo pelo colarinho, o Zé e o Umberto apartam, a puxam para o quarto, marcas roxas na pele branquinha da atriz. A assistente de direção estica o intervalo, o lanche é antecipado, o Felipe já abandonando a celeuma, acomodando a mesa de som no armário do quarto. Cruza o corredor, a gritaria deixada para trás, aperta o botão do elevador e tira o maço do bolso, chegar lá embaixo e acender o pito, que a cigarra agitou o vaga-lume dos ouvidos, o vum excitado, dor de cabeça voltando. O elevador, maquinário antigo, escala os andares devagar. Ouve o Zé lá na porta, pensa até em usar as escadas, tarde demais, o Zé chega com a Maria pelo braço, daquele jeito do Zé conduzir, entre o conselho e a súplica, e só larga a menina quando vê o parceiro com o cigarro a postos.

> O ZÉ Leva a Maria pra fumar com você. Faz ela se acalmar.

Acalmar a atriz. O Felipe. O terapeuta das estrelas. De onde o Zé tirava essas ideias?

> A MARIA Eu quero ir pra casa. Não vou conseguir olhar na cara do Juca.
> O DIRETOR Não precisa olhar na cara de ninguém, só preciso que você se acalme e atue.

O Juca não devia ter trucidado o inseto com aquela virulência. Mas, pensando a fundo, talvez o Felipe fizesse o mesmo, caso encontrasse o demoninho, um desses impulsos que, uma vez obedecidos, precisariam ser justificados, e daí o horror, as retratações. Só engatinhava, a era das retratações. O argumento da defesa: cigarra, insetinho de nada, um dia de vida e pronto, acabou. A réplica da acusação: tua mãe, o animalzinho de nada. A Maria louca, a Maria compadecida, as alcunhas já se proliferavam pelo set, o Felipe entendia a atriz, mesmo sem tanta compaixão por cigarras, mas também vê o lado do Juca, o Juquinha. O Zé pelas tampas, voltando para o apartamento, a louca agora a cargo do Felipe. No cinema o tempo se espicha, se dobra, o tempo se deixa moldar, mas não aqui, aqui fora o tempo não obedece, sabe como? Demora, o elevador. Cinco, seis, sétimo andar,

O ZÉ   Eu notei, Felipão, vocês estão se dando bem.

um segundo ao lado daquela menina renderia outro filme, um longa típico do mestre Tarkóvski, interminável e com o tempo gotejando. Cabelo crescendo, gelo derretendo, a atriz encosta a cabeça no braço do Felipe e choraminga, centilitros, milímetro por milímetro, criancinha.

A MARIA   Estou precisando de outro tipo de cigarro. Você tem?

Tinha. Mas não ia acontecer. Havia mais cenas pela frente, e tinha o síndico, o zelador, entende? Chega o Umberto. Até o Umberto no modo fiscal, flagrando a testa contra o ombro. Aquele jeito do Umberto, meio na conivência, atrapalhei? Atrapalhou o quê? Chega a Santa Teresa, chega a maquiadora, e o William, que não quer nem olhar na cara da Maria louca, e o ator, oferecendo barra de chocolate, todo mundo comentando sobre o crime, mas suspendem o assunto assim que notam a presença, cabecinha no ombro, e só então o elevador vem. O Felipe libera a entrada, que a turma entre, a carreta enche. A atriz se oferece para esperar o próximo, passa a ponta dos dedos pelo braço do Felipe, e o Umberto lá, esperando o quê? Pede para ficar, a Maria, o Felipe não, que não, esqueceu alguma coisa, um fio ou um treco qualquer, que desça, vai logo atrás dela, e a mãozinha no braço.

O ZÉ Tem mão quente, essa menina, diga lá.

Que fossem para longe, a voz e os dedos, o rostinho choroso, que embarcassem a louca no elevador. Vai. Volta ao apartamento, pode fumar na área de serviço, nem pensa em lanche. Melhor, a área de serviço, jogar fumacinha para o alto, defumar as folhas das árvores. A Maria lá embaixo. Deve estar fula da vida. Deixa lá. Que alguém se encarregue de acalmar aquela voz.

12

Bar do cinema, fim de tarde

O balcão é uma estrutura de madeira clara e lustrosa, e a palavra aqui é sofisticação. Você já viu coisa parecida. As cadeiras branquinhas puxam a decoração para o casual, as mesas também, redondas e sustentadas por pés em trompete, lâminas finas cobrindo as superfícies, em harmonia com o amadeirado do balcão. O bar parcialmente ao ar livre oferece aos clientes três imensas sombrinhas, novamente brancas, mas encardidas, introduzindo uma atmosfera praiana, três guarda-chuvões distribuídos simetricamente entre duas construções cinquentenárias de Ipanema, uma nos fundos e outra de frente para o mar. E, no meio do cenário competentemente dirigido, o Felipe, ainda sob o impacto da cena que acaba de assistir, uma menina correndo sobre a areia do Saara, o fogo aceso lá no alto, e a mira ali, na criança. Vem o tamanco, vem a Monareta, o Peg-Pag, mas quase não vem, porque dez dias já é tempo suficiente para anestesiar memórias involuntárias. As lembranças, pela readaptação, ficam assim, molinhas e mascaradas, mas aparecem, claro, e é mesmo inevitável, aquela menina correndo na areia... Prestes a dar a primeira mordida em um sanduíche, depura as emoções provocadas por dois filmes vistos em sequência. Em Lisboa sanduíche é sandes, e é "uma", no feminino, não "um". Morde a sandes, então, memória involuntária, sim, mas já inclinada para o outro lado do oceano, querendo retornar ao ponto de origem. Enfrentará, dentro de quinze minutos, a terceira sessão do dia, e enfrentar, verbo materno, faz todo sentido, vai inspirar o ar e ingressar na sala, a couraça de funcionalidade envolvendo os intervalos de lazer. Um tanto triste, a inocência perdida, mas a paixão ainda cabe, a criança segue correndo na areia quente. Abafado, o barzinho, calor da porra, alguém diria, e vem a voz, a cigarra, as memórias recentes dão o tom, e daí o vum, que nem é memória, não morreu. O mundo seguia o roteiro traçado pelos cientistas, o ano deixado para trás pode ter sido o mais quente da história, narrativa confusa, a meteorológica, mas já com ares sólidos de epopeia, e a estufa de Ipanema confirmava a tendência para cima. As coisas deviam estar bem quentes para os lados de Madureira ou Bangu, a brisa marinha que não chega às estâncias além-túnel, a vasta Zona Norte ignorada por turistas e fotógrafos, Méier, Del Castilho, a casa suarenta do tio Mauro, geografias que frequentou na infância e que foi deixando para trás, não sem protestos.

    A VÓ   É sua prima, Felipe. A festa vai ser divertida.
    A MÃE   Esse aí, na hora de dar as costas para a família, não vai nem olhar pra trás.

Mas olhava, e nunca deixou de olhar, sem conseguir, contudo, enxergar motivos para o regresso. Não ia visitar? Nem uma ligação? Ressentia a ausência dos pais, do vô, até dos irmãos, claro que sim, apesar da temperatura, e mesmo com a missa de corpo presente em que a convivência doméstica se converteu. Não tentava fuçar, nunca quis. Ia visitar, ia, quem sabe no fim das filmagens, havia sim uma lacuna.

    A VÓ   Domingo tão bonito. Não quer mesmo ir?

E o plano, no primeiro domingo de folga das filmagens, não era cruzar a Zona Sul da cidade, mas cruzou, deixou um bilhete para o Zé e encarou a cidade em fogo alto, turistas e moradores indo ali na esquina como se dar um pulo na esquina fosse natural com a sensação térmica na casa dos quarenta. Sensação térmica foi, a vida toda, conceito exclusivo de países frios, mas o planeta virou peça única, tempestades amazônicas em Nova York, tufões em Santa Catarina, o mundo se convertia em Caribe e a língua franca se esparramava pelos continentes. Só o cinema salva, você sabe, salas de exibição são frescas no verão e quentes no inverno, e aí está o refugiado, frequentando o Rio com chinelos nos pés, descaradamente carioca. Os indicados da temporada de prêmios tomavam a programação do jornal, Globo de Ouro, Oscar, janeiro era o mês, uma invasão de filmes de qualidade aceitável disputando o bolso dos cinéfilos. Produções independentes começavam a garantir presença cativa nas principais categorias, as artísticas, enquanto os quesitos técnicos, na relação direta com a injeção de capital, seguiam nas mãos dos estúdios.

    O ZÉ Conhece o Felipe? Te falei dele, é meu irmão. Tipo Irmãos Dardenne, meu parceiro de cinema.
    O FELIPE Não sou cineasta, não. Trabalho com som.

Técnico, o Felipe. Ainda que o Zé, e por mais que o Zé, a lenga-lenga zemariana não fazia sentido, pescava barulhinhos, só isso. Um adjetivo: estudioso. O som das grandes produções ficava a cada ano mais espetacular e, com o álibi do dever, enfrentava até mesmo adaptações de quadrinhos, só para conferir o carrossel das trilhas, sem chegar ao extremo das franquias de piratas e corridas de automóvel, ou à recente invasão de vampiros que brilhavam no escuro, ou no sol, sabia lá como brilhavam os vampiros adolescentes, isso não, mas não deixaria de arriscar um blockbuster caso antevisse boas possibilidades sonoras,

A ANA Milhões de planos e nenhuma novidade, milhões de efeitos e nada a dizer, não vou, cansei, vá você.

fechava os olhos e ia, perdia alguns, mas recuperava nos canais de streaming, onde os dólares dedicados à engenharia dos sons acabavam compactados em formatos bidimensionais. Fazer o quê? Amenizava a solidão, assistir a um bom blockbuster, até a Aninha engolia comédias vez ou outra, o casal entendia a demanda, também viciados, o público pedia mais, a gana por audiovisual parecia eterna. As ressonâncias da expulsão, você sabe, deve ser mesmo a fuga, ou não? Mandou mensagem para a Ana, que era gostoso pensar em Portugal, o domingo é de cinema, digitou, estava mantendo a tradição. Os candidatos a melhor filme em língua estrangeira estavam realmente imperdíveis, acabei de assistir a dois, e ganhou um coração vermelho como prêmio. Estrangeiro, o português, é bizarro, forasteiros na própria terra, brasileiros, chineses, escandinavos. Vai lá, Felipe, engole a sandes, que a fila começou e, apesar da hora, não está nada pequena. Uma surpresa, para um documentário. A fila chega ao calçadão, um catatau de doentes à espera de historinhas, alguém no fundo de cada um, torcendo, procurando o mapa do tesouro: você é diferente, bem-aventurado, a sorte mora do outro lado do espelho, vambora?
 E foi, o Felipe, saiu enquanto o Zé dava a corridinha pelo aterro. Ficar sozinho com o vum era a meta, ainda que a solidão no balneário esbarrasse no impossível. Almoça filé com fritas no pé-sujo da Marquês de Abrantes, birosca clássica, as paredes forradas com fotografias em preto e branco, mas abraçada às novas exigências, as paisagens do Rio espremidas entre monitores de tela plana. Quatro aparelhos em bombardeio

aos fregueses. Os programas de TV agora traziam legendas, volume no zero e o texto embaixo, sublinhando a imagem, breve retorno ao cinema mudo. Assim, para distrair mesmo. Um programa que o Felipe vê: o da Regina Casé. Nem sabia, um susto ver a comediante predileta como animadora de auditório, a Regina parecia muito bem, mas anunciava atrações pedindo à turba para fazer barulho. Dizia assim: quem gostou faz barulho. Na legenda, em closed caption: gritos e assobios. Esbaldado com as batatas fritas, caminha até o Largo do Machado, encontra a estação do metrô fechada para manutenção. Parte para Ipanema em um circular, ainda era fácil andar pela cidade de ônibus, algo que um carioca não desaprende. Três caixinhas trepidantes instaladas no teto repassavam os capítulos das novelas como se fossem notícias, *comendador simula a própria morte para escapar dos inimigos*, como se ainda existissem comendadores na corte, *Isadora descobre a troca de bebês*, a Isadora dançando enlouquecidamente numa discoteca estilo *Dancin'Days*. Os resumos de folhetins que, menino, escutava na rádio AM ao lado da faxineira continuavam a existir, só que agora perseguiam você nos coletivos. Você com a atençãozinha arpoada no monitor enquanto chacoalha o corpo. Pensando: só o cinema salva.

Conseguiu montar uma grade de horários capaz de abarcar três filmes em menos de oito horas, iniciaria a sequência com uma ficção russa, seguiria com a produção franco-mauritana, o da menina na areia, e encerraria com o documentário polonês, para sair da Polônia com a cidade já perto dos trinta graus, sem o júbilo de sungas e biquínis. Duas salas envolvidas, o idolatrado Star Ipanema, agora com patrocínio pendurado no nome, e o Laura Alvim, único cinema da cidade com o pé na areia, igualmente patrocinado, mas mantendo a programação robusta. E se era próprio do cinema absorver o banal e erigir o fabuloso, como disse algum crítico, o primeiro filme do dia teria atingido a meta, e com força, a ponto de despertar a ira do Kremlin. Havia sido censurado em Moscou, restolhos comunistas vistos pelo lado de dentro, e incomodar em níveis oficiais ainda é, no mais das vezes, bom sinal. O filme seguia a trajetória descendente de uma cidade pesqueira do norte da Rússia, o périplo de um homem despejado em nome do progresso, oprimido pela ação corrupta do prefeito. O horizonte que nunca escurecia, alto verão do hemisfério norte, personagens que bebiam, vodca vertida aos galões, e bebiam, todo mundo viciado, todos machistas, mesmo as mulheres, personagens violentos e cínicos, com pouca margem para o afeto. Algo de familiar no maniqueísmo pueril das vilanias, a aliança velada entre o padre e o poder secular, o escancarado convênio entre público e privado, *Vale Tudo*, *Que Rei Sou Eu?*, não tinha jeito, de volta aos folhetins: *Roque Santeiro*, de Dias Gomes. O nordeste onírico, nordeste Projac, oxente e virge santa, justa metáfora para o capitalismo tabajara, o fazendeiro rico, mancomunado com o padre, e o alcaide, e o comerciante, nutrindo a fé e o turismo de romaria, alimentando um falso mito, o santeiro que, acidentalmente, foi tomado por herói e fazedor de milagres. O mártir que nunca morreu, a viúva que foi sem nunca ter sido: genial, ou não? Assim como na novela, os habitantes da cidadela russa não atendiam a bom-mocismo, um imaginário cinicamente latino-americano replicado no lugar misterioso que a Rússia nunca deixou de ser. Sem heróis à vista. E é desesperador, mesmo para o Felipe, pensar em um mundo sem heróis.

Saiu do cinema aos tropeços, apressado nos chinelos de borracha, e aqueles russos no encalço, como se o filme se recusasse a acabar. Continuum, déjà-vu, a cidade soviética e a cidade natal, harmonizadas, a natureza exuberante, a espera eterna, algo de dormente, encalhe de navio, tudo estranhamente semelhante, com uma distinção: a terra da película era abarrotada de vilões, até mesmo os justos ostentavam comportamentos condenáveis, e sem esforço nos disfarces, mas ali, no fim de semana à beira-mar, todo mundo era mocinho. Parecia. Daquele jeito, simples e fácil, àquela hora, no Rio de Janeiro, você só pode ser um mocinho, entende? O orgulho ostensivo de quem nunca se enxergou fora do pódio, os bares da Vinicius lotados, futuro regado a cerveja e água de coco, estampas do Corcovado nas camisetas, United Kingdom of Ipanema, os abençoados pela graça geográfica, você é gente boa, gente fina, mesmo se for um traficante miliciano, um policial dos mais canalhas, ou bispo popstar, ou alpinista social, com cheiro de naftalina no tailleur, Ilha Fiscal, outdoor da Brahma, um congraçamento de Porcinas e Sinhozinhos. E você se pergunta: de onde a aversão? De onde, Felipe, essa alergia ao ninho? E você insiste: de onde essa vontade, inconveniente e concomitante, de tomar cada um pela mão e gritar ô, escuta, eu também sou assim?

> A MÃE Você precisa aperfeiçoar o espanhol, passar uma temporada em Madri. Somos espanhóis, não sei por que essa ideia fixa com Portugal.
>
> O PAI Melhora o inglês, filho. Esquece o castelhano, esse Mercosul não deu em nada. Tô certo ou tô errado?

O segundo filme encaixou o eterno deslocado entre uma senhora que respirava roncando e um garoto com excesso de desodorante. Difícil, mas a gente enfrenta, o cinema lotado, último ingresso. Um domingão daqueles, é, talvez não seja assim, tão diferente. Do freezer do norte europeu para a fornalha do Saara, o cinema era estupendo. Uma cidade às margens do deserto é invadida por jihadistas, e a sharia, lei muçulmana de ferro e fogo, é imposta aos habitantes, um misto de etnias e costumes, negros e árabes, nômades e gregários, a boa convivência quebrada pela chegada dos extremistas, motocicletas envenenadas, megafones e metralhadoras, a lei das máquinas. Àquela altura, a obra ganhava potência. Na época das filmagens, o mundo não conhecia o Estado Islâmico, os fanáticos que degolariam civis, metralhariam cartunistas e atropelariam turistas em nome de Alá. Gerado como denúncia, o filme era agora o retrato da década turva que alteraria o pulso da civilização. Apesar das tragédias, o roteiro deslizava em uma comedida chave de esperança. O ladrão de galinhas era abatido a fuzil, o casal adúltero era apedrejado até a morte e devorado por abutres debaixo do sol, a música e o esporte ficavam sumariamente proibidos, mas, enquanto isso, quando nada parecia acontecer, pequenas resistências irrompiam, como boas ervas daninhas, uma partida de futebol era jogada sem bola ou traves, só na mímica dos passes, uma canção era compassada a partir dos gritos de dor, a melodia desenhada sob o ritmo das chibatas, a população resistindo, terrível e poeticamente. Resistência: a história é essa, você sabe, na Rússia ou no Saara, em Asa Branca ou ali, na sala escura, com perfume barato e ronco suíno. Resistência, muito bem, o Felipe embarcava na esperança, mas ainda havia a cena final. A menina corria com os pés afundados na areia, gritando o nome dos pais que, vítimas da justiça invasora, já estariam mortos. Vem o Posto 4. Claro. Pá e ancinho, Miguelito, Zé Colmeia, a menina corria, e para onde? Daqueles impactos que não dispersam, entram e ficam. A autoridade do cinema reside aí, os sentidos inadvertidamente tomados.

> A ANA Devias dosar, meu anjo. Não podes assistir a esses filmes um atrás do outro. Ver-te assim, não gosto...

E o grito da menina, agora, acompanha o lanche. Presunto cru, queijo brie, geleia de damasco. Não casa. Por que o cachorro entrou na igreja? Desenho da Disney em cartaz, dramas edificantes, tinha o da Sandra Bullock, tinha o do Morgan Freeman, mas o Felipe preferia as pedradas, o esqueleto de baleia sob a chuva, vento ártico, fazer o quê?

UMA PICHAÇÃO EM LISBOA Fuck all the moviemakers.

As últimas mordidas ficam no prato. Um último gole de água e procurou o banheiro. Mesmo com o mictório vazio, escolhe o reservado, tranca a porta e deixa que o peso desabe sobre o vaso. Um pouco de Matrix não faria mal. Enquanto a fila não anda, dissolve o comprimido debaixo da língua.

13

Chalé em Nova Friburgo, noite

Virou praxe se trancar no banheiro da edícula, nos fundos do terreno, mesmo nos invernos mais implacáveis. Esconderijo de pique-esconde, na infância, o castelo das punhetas durante a puberdade. Arquitetura amorfa e cheiro de ferrugem, o chalé desde sempre, onde os avós passavam metade do ano para escapar do calor, casinha de férias, Primeiros de Maio, Setes de Setembro. Soltou um estalo com a língua para testar a ressonância, simulou o trote de um cavalo, que batia nos azulejos e voltava, e outra vez, a frequência caindo, vencendo o ar preguiçoso da montanha. Ruído de mofo, sabe? O clima da serra entrava pelo basculante e apitava, aquele arrepio de vento.

    O ZÉ Como é o som desse vento, Felipe? Faz aí.
    A ANA Feche os olhos. É o vento dos Açores. Nunca acaba, reparaste?
    A VÓ (*batendo à porta*) Felipe? Você está passando bem? Não quer ir com a vó à Missa do Galo?

Último Natal da avó. Uma semana e a avó amanheceria morta. A Ana em Portugal, foi aos Açores brindar com os pais, o irmão mais novo também ausente, lá no Chile, cuidando dos filhotes e das couves, que o Miguelito não era bobo, também economizava datas. Huechuá, o nome do lugar. Huechurá. Bem, era perto de Santiago, sim, fazendinha de agricultura biológica bem planejada e administrada, um *Sítio do Picapau Amarelo* em castelhano. Huechuabe, algo do tipo.

    O IRMÃO MAIS NOVO Meu irmão é um chato, não gosta de nada. Cri-cri, só sabe reclamar. Nunca gostou de mato.

Não era verdade. Meia verdade, vá lá. Na única vez em que voou até o Chile para conhecer a família do irmão, ganhou dez dias de tédio, muito tédio, era homem urbano, sim, mas dizer que não gostava de mato, não gostava de nada? Ê, Miguelito, não seja assim, tão Bianca. A Ana Cristina adorou a casa do cunhado, gosta da dinâmica dos gays, ficou íntima do Luiz, chileno bonitón e bem-humorado com bigodón e cabeleira à la Serpico, os filhotinhos fofos do casal, par de gêmeos fofos encomendados a uma amiga fofa e falante, e a amiga falava, linguazinha gutural, se dizia lésbica, mas não tirava os olhos do Felipe,

    O IRMÃO MAIS NOVO A mi hermano no le gusta el español.

e habla*b*a, habla*b*a mucho, baja la guardia, Felipón. Não se deixava atrair por nada que soasse tão espanhol. A vó tinha as feições marcadas, incontestavelmente ibéricas, mas era doce e ninava os netos com cantigas da Andaluzia. Não se lembrava de nenhuma, mas guardava o chiado, os perdigotos que a vó soltava e que nem metiam nojo. Antes da virada do ano enterraria a velhinha, amava aquela senhora, e enterraria junto boa parte do avô, que abandonaria a memória àquele assobio de vento, deixando a ferrugem agir.

    O VÔ O Fabinho não veio?

A MÃE Felipe, seu Hernando. É Felipe.

O PAI Felipe veio no Natal passado. Este ano não vem.

Poucas datas conseguiriam reunir os irmãos no futuro. Laboriosos, os Natais. E aquele, o último, havia sido especialmente bizarro, o primeiro longe da Ana desde o começo do namoro. Namoro, ainda namoro, mas quase casamento, duas histórias compartilhadas e empilhadas em uma cama. Casamento, então.

A VÓ (*batendo à porta do banheiro*) Venha com a vó na Missa do Galo, meu português...

Não foi à Missa do Galo, os avós e o pai foram sozinhos, ficou mesmo pelo chalé, com a mãe e a Bianca. Teria optado pelos padrecos, se soubesse. Desde cedo as duas insistiam em se estranhar, as neuroses ganhavam força com o Felipe presente, um desvelamento de queixas à luz da plateia que, aos poucos, se tornou incomum. Naquela noite, quis tanto a presença do Miguel para dividir o fardo... Os panos de prato, Bianca, não faz assim, esse é para as mãos, a receita está aqui, se não souber fazer não faça, e a fruteira, filha, bananas em um arranjo de Natal? A Bianca catando os cacos e, literalmente, deixou cair a jarra de sangria, foi fazer outra, feliz por ter uma faca nas mãos. O país também andava catando os cacos, o que deixou os especiais da TV com ares ainda mais deprimentes, o ano havia transcorrido abarrotado de manifestações, nossa primavera de arraial, os paulistas foram às ruas gritar contra o aumento de tarifas, a polícia reprimiu e o movimento se espalhou para outras cidades, reabrindo um baú de bastas e chegas. Fez barulho, a turma. Teve black block, bomba de efeito moral, até morte. No ano seguinte sediariam a Copa e a turma das ruas exigia escola, hospital, imposto baixo, sapos engolidos ao longo das décadas e vomitados em jato contra as arenas superfaturadas de padrão exportação. Nada de novo, os filhos deste solo apenas saíam temporariamente do modo gentil. Terra em transe, ainda, mas a Matrix verde-amarela ganharia bons arranhões, talvez irreversíveis. No mesmo ano da Copa viriam as eleições, de quatro em quatro anos a mesma combinação inflamada, situação e oposição dividiriam os eleitores em dois times, os marqueteiros da Dilma, candidata à reeleição, apostando na imagem icônica da ex-guerrilheira valente, enquanto os do Aécio, na oposição, levariam o candidato ao cemitério para posar ao lado do túmulo do avô, Tancredo Neves, o presidente que foi sem nunca ter sido. O passado romanceado, já conhecemos essa, nunca o presente, que o passado era de ouro, e o futuro será melhor, amém? Uma guerra civil teria lugar nas redes sociais, o povo doce e ordeiro exibindo a face dr. Jekyll, o Felipe acompanhando de Lisboa e forjando um inegável prazer em cada notícia, ver a farsa desmoronar, a fantasia de gente feliz feita em picadinho. Os bonitos por natureza espiariam as fotos nas redes sociais, militantes cheios de raiva e vigília, e aí olhariam para o homem cordial recriado nas propagandas, um avatar exibido com orgulho nos intervalos do Mundial, e estranhariam, quem foi que inventou esse moço? Crise de identidade, o termo, realidade versus promessa, toda crise é acerto de contas, era como cruzar com o próprio reflexo em uma vitrine e, num átimo, olhar de novo, como quem visse um conhecido de longa data. Sabe como?

A IRMÃ Você acompanhou as manifestações, Felipe?
A MÃE Ficou no casulo, aposto, enquanto o país explodia.
A IRMÃ (*interrompendo*) A mamãe agora só lê notícia em site independente. Não vê *Jornal Nacional*, acompanhou as manifestações on-line, pela Mídia Ninja. Sabe vovó internauta? Esse estilo.

Imprensa independente, novidade boa, aquilo sim, realmente bom, mas independência era termo suspeito, certo? Guerrilha cibernética, versões e novas versões, ultimíssimas versões, passeata em tempo real via Samsung, e os memes, o ativismo *V de vingança*, eu apoio, eu digo não, cartinhas abertas à população, os sites noticiosos, patrocinados por debaixo dos panos, cambados para a direita ou para a esquerda, essa ficção de cadeirinhas simétricas que os franceses inventaram séculos antes e que o mundo insistia em acreditar, ah, difícil reagir, preferia o casulo, a Bianca estava certa. Teve buzinaço, beijaço, panelaço, que tudo por ali precisava ser grande, o maior estádio do mundo, afinal, a maior represa, o maior relógio de quatro faces,

>   UMA FRANCESA Pensava que o pênis de um brasileiro fosse maior, essa fama de avantajado que corre por aí...

e a maior árvore de Natal, tudo gigante, não é assim? O gigante acorda do berço esplêndido, uns aninhos de prosperidade e pá, ganha anúncio especial da Johnny Walker, a galera faz festa, é nóis, tema de reclame, mas aí o gigante cansa, entorna o scotch e dá sua mijadinha, toca uma e deita de novo, faz naninha. Ai, que preguiça, o bom e velho. Viver o sonho dos outros dava nisso, o país percebia à força que nunca seria como os amigos do andar de cima. Quem disse que o plano era esse?

>   O TIO MAURO País do futuro, essa balela que fabricaram pra nós, enviaram pelo correio e a gente engoliu.
>   A IRMÃ Não foi o Monteiro Lobato?
>   A MÃE Monteiro Lobato é o das saúvas, não seja ignorante.

O gigante não queria ser tão gigante assim, e com razão, não queria mais brincar de gente grande, pelo visto, e não parava de tagarelar, os gigantinhos se engalfinhavam, lindo de ver. A mãe resgatava a esquerdice adolescente e voltava à ativa, a irmã fazia questão de vestir as roupas maternas pelo avesso, e o rumo de toda aquela inana seria definitivamente inesperado, mamãe votando contra o governo, escolheria o candidato mais à direita da prateleira, o copioso do cemitério,

>A MÃE Dessa esquerda não sai mais coelho.

colocando no peito a faixa de traída e enganada, enquanto a irmãzinha, empunhando bandeiras anarquistas, pediria a morte dos políticos, ideias higienistas de dar medo, quase fascistas, e anularia o voto, ajudando, por omissão, a presidente guerrilheira a se reeleger. É isso. Passeata, faz barulho, mexe a bundinha, tchê-tchê, e volta pro lugar. Mãe e filha pouco se falariam depois das eleições, por um bom tempo, mas, por enquanto, no Natal compulsório, precisavam se aguentar.

>A IRMÃ O Felipe é que está certo, também vou parar de ler jornal, vou cancelar a assinatura.
>A MÃE Descobriu a pólvora. A vovó internauta não lê jornal há meses, querida. Vovó internauta prefere as contranarrativas às narrativas oficiais. Estamos vivendo uma crise narrativa, Felipe, veja...

Mais sangria? Por favor. Crise narrativa, a expressão do ano, que cederia o trono, em breve, para a pós-verdade. Não, não seria coincidência. Não saberia dizer quantas vezes ouviu a mãe falar em crise narrativa naquela noite, foi um tal de narrativa, e contranarrativa, e só se falava daquilo, nos debates de bar ou na Globo News. E as contranarrativas nunca perderão a importância, não, mãezinha, especialmente para quem foi oprimido ao longo da história, mas assumir assim, em voz alta, a condição de narradores? Uma hashtag: R.I.P. alteridade. Dá para salvar um filme na mesa de edição, não é isso? Viviam a morte definitiva do culto à essência, essa ficção purista, era o fim da busca pelas verdades universais, a maquiagem barata entrava na moda e a mãe, agora, se informava pelos links dos amigos nas redes sociais. Prêt-à-porter, as notícias. Compor fábulas assim, no calor dos acontecimentos, assumir a carapuça de contador de histórias e tomar o leme do discurso, havia algo de cínico naquilo, e o Felipe, diante do cinismo, não conseguiu se decidir se era bom ou não.

> O SR. KANE Está aqui, na primeira página do *Chronicle*, a notícia sobre a sra. Silverstone, que desapareceu no Brooklyn. Deve ter sido assassinada, e, enquanto vejo uma foto enorme no concorrente, não demos sequer uma linha.
>
> O EDITOR A notícia sobre o desaparecimento da sra. Silverstone não é tão importante.
>
> E O SR. KANE Não é importante? Pois se a manchete for grande o suficiente, a notícia também será.

Algo de bom, insinuado ali, a realidade *Cidadão Kane* talvez chegasse ao fim, muito bom, mas era como se os adversários, agora, jogassem o mesmo jogo. Ó, dá licença, vamos montar outra historinha? E acreditar na historinha? Sim, vamos, já conhecemos o termo, suspensão da descrença, vida e ficção, a realidade e suas representações amarradas de vez, as fronteiras definitivamente rasuradas. Uma pesquisa no Reino Unido acabava de revelar que boa parte dos ingleses achava que Churchill era personagem de minissérie, Robin Hood talvez saísse candidato a primeiro-ministro. Novas razões precisariam ser elaboradas, e com urgência, para justificar a existência da arte, e até mesmo das religiões, ou de toda modalidade de construção de sentido. Mais sangria?

As rabanadas, pelo menos, continuavam deliciosas. A mãe e a irmã preparavam a ceia e não encerravam os argumentos, duas desconhecidas, o Felipe soltava sim para uma, não para a outra, depois invertia, e ia saindo sem se deixar notar, voltava para o banheirinho dos fundos, fumava um cigarrinho, escutava uns sapos, inspecionava o preto da noite. Fez bem o pai em ir à missa, pensar em anjos e cantar "Noite feliz", e pensar que Jesus já tinha sido contranarrativa, uma gangorra essa vida, ou não? Quando voltou da edícula, as duas trombudas, expressões amarradas. Durante a ceia ainda se provocaram, o pai concordando com a Bianca, mas entendendo o ponto de vista da esposa, e sendo acusado de impotente, inconsequente, irresponsável, indeciso. Os avós, em uma realidade ainda mais paralela, oferecendo comidinhas e cuidados um para o outro, o Felipe tentando se conectar aos dois, o universo arrumadinho, desejando tomar emprestada a capa de invisibilidade que cabia aos velhos. Devia ser bom, ser invisível. Não invadiria banheiros femininos se ganhasse o poder de se tornar invisível, não aterrorizaria ditadores nem daria sustinhos na família. Ficaria quieto, como em toda situação. Vendo tudo passar.

14

Sala de exibição, ainda noite

O terceiro e último filme do domingo de folga era o documentário polonês, um relato da trajetória de jornalistas que atuaram no combate ao regime comunista. O documentário, exibido apenas uma vez por dia, enche a sala, gente com cara de estudante de letras e mulheres de meia-idade com óculos de terapeuta, elenco digno de Woody Allen. Uma moça de seus trinta anos senta bem ao lado do Felipe, dividindo o braço da cadeira. Morena de cabelos cacheados, estampa geométrica cobrindo as coxas, sandálias de couro subindo em tranças pelos tornozelos, casaqueto de tricô no colo, para quando a temperatura descesse a patamares incômodos para os padrões femininos. A maneira de se vestir de boa parcela das cariocas, um pé na elegância e outro no despojamento, é inegavelmente apropriada, mesmo diante de olhos destreinados para a moda. Não negaria fogo às meninas com shortinhos, enxergava, também ali, certa sensualidade, mesmo no flerte com a vulgaridade, mas as que tocavam o desejo de um jeito quase automático vestiam saias fluidas ou bermudas pouco acima dos joelhos, comprimento comportado e perturbador, a pele revelada com requintes de planejamento, como um bom trailer cinematográfico. A vizinha de motivos geométricos, em conversa muda com o celular, estremecia os seios com uma risadinha. Firmes. Os smartphones permaneceram acesos até o instante derradeiro, polegares compulsivos, ei, estou no cinema, saudade, socorro. Mariposas. Telefunken no bar, em vagão de metrô.

Repassava mentalmente as pérolas colhidas ao longo do dia, queria contar para a Ana, os dois se divertiam com a indústria dos conteúdos. Pérola um: atriz canadense tropeça no vestido, foi agradecer pelo prêmio de um sindicato qualquer e cabrum, nariz quebrado. Notícia relevante, nível laranja. Alguns meses à frente a atriz gravará um esquete para o *Saturday Night Live*, tropeçará a cada dez segundos arrancando gargalhadas da claque, uma expiação pública, e o deslize gratuito vai se transformar em sucesso remunerado, porque nada se desperdiça, o mundo é reciclável. Pérola dois: cantor de mechas loiras assume a compulsão consumista, mais de duzentos pares, vem comigo, o quarto que vamos mostrar com exclusividade foi adaptado para abrigar a coleção. Muitos tuítes comentando o assunto, alguns aclamando, outros condenando o consumo sem freio, e o cantor dará entrevistas, celebridades agora se retratam, devem satisfação aos patrões, espécie de recall artístico, e o consumo doentio será tema de reportagem especial, psiquiatras nomearão a compulsão, alertando sobre os riscos e gerando mais uma onda de comentários virtuais, que notícia rende juros. Pérola três: tenista sérvio rasga short durante partida oficial, o acidente é televisionado para mais de cem países, revelando a cor da cueca e enfurecendo patrocinadores japoneses. Certamente originará uma coleção de underwear na próxima estação, destaque para a cor vermelha, o esportista exibindo o físico em um outdoor na Champs-Elysées.

> LEIA TAMBÉM Touro gay que foi salvo de abate passa a mostrar interesse pelo sexo oposto.

É TENDÊNCIA Empresa lança vodca misturada ao suor de estrela pornô.

DA REDAÇÃO Feira de comida de rua para cães tem cerveja orgânica sem álcool e hambúrguer de quinoa.

Se tivesse a coragem do pai, um baldinho à mão, as telinhas não escapariam, mesmo a da morena. Inquietante, perfil mediterrâneo, do jeito certo. A diversão da moça chega na forma de uma vozinha diminuta, excita a curiosidade. Quer dar uma conferida no Samsung, mas não tem ângulo nem talento para espião. Uma paquera, talvez, ou uma amiga, dessas muito divertidas, uma irmã, algumas irmãs conseguem ser divertidas.

As luzes caem e os pontos de luz, aos poucos, se apagam. Com as pernas cruzadas, a morena geométrica apoia o celular na coxa direita, tela virada para baixo. O filme começa sem preâmbulos, as primeiras imagens mudas, uma multidão se adensando entre corredores de prédios malconservados. A algazarra de vozes sobe aos poucos, a multidão toma o asfalto das ruas de Varsóvia, e um locutor passa a narrar por cima da imagem, mas as legendas não entram. Zadzt, kurtk, urdze, e nada de tradução, como nos tempos do Toca da Coruja, a sessão de cinema da Bruxa do Humaitá. Aparentemente, naquela sala, ninguém entende polonês, os gritos começam a explodir nas cadeiras até o filme parar e a luz geral se acender. Os celulares saem da hibernação em poucos segundos, a vida deixou mesmo de ser uma sucessão de cenas, somos agora animais simultâneos, e a geométrica veste o casaqueto, o celular escorrega e bate no pé do Felipe, que prontamente devolve o aparelho à dona, um sorriso de agradecimento, o primeiro botão do decote aberto, sem sutiã. Dois ou três minutos de espera.

O FELIPE Não foi boa ideia sair de casa.

A GEOMÉTRICA Também estou começando a me arrepender.

O FELIPE Devia ter colocado alguma coisa no estômago antes de entrar.
A GEOMÉTRICA Nem me fale. Almocei cedo.
O FELIPE Quer desistir da Polônia e ir comer alguma coisa?

O filme recomeça, voltando ao início. A multidão, os protestos, e entra a voz do locutor, novamente sem legendas, que chegam com segundos de atraso, mas chegam. Enquanto o público acompanha os manifestantes de Varsóvia, contam a história de Nadia, que assinava artigos sob um pseudônimo masculino, e o Felipe até se anima com a proposta estética, a biografia sobreposta aos eventos que, supostamente, Nadia teria coberto. A desconexão entre imagem e legendas, no entanto, parece um tanto exagerada. A exibição é novamente interrompida. Luz geral. A funcionária do cinema avisa que as legendas vieram com problema, já estão resolvendo, mais cinco minutos de espera. O Felipe bufa, quer ir embora, mas havia aquela obsessão, a regrinha de ouro, nunca sair antes de um filme terminar. Nunca.

A GEOMÉTRICA Abriu uma pizzaria boa aqui perto.
O FELIPE Ah, é? Tô desatualizado, moro fora há anos, em Lisboa. Vim rodar um filme aqui no Rio. Trabalho com cinema.
A GEOMÉTRICA Coincidência. Trabalho numa produtora. E sou atriz.

O Rio é uma cidade tão cheia de atrizes quanto Roma de padres ou Atenas de arqueólogos, por que a garota não seria atriz, afinal? Pensou em puxar assunto sobre os imprevistos técnicos, um bom começo, talvez,

A GEOMÉTRICA É, acontece muito nos festivais, mas assim, em sessão normal, nunca vi.

mas o filme voltou. Multidão, protestos, locutor, e dessa vez a legenda vem sincronizada, um pequeno resumo da história do país depois da guerra. O documentário fluía, embora monótono. Mas, por volta dos vinte minutos de exibição, a imagem congela, como que travada entre dois fotogramas, uma mulher de blusa branca e blazer preto, coque loiro, maquiagem marcada, orelhas de abano como as do Felipe, cinquenta e poucos anos, brincos cor de esmeralda concordando com o colar, e a mulher fica ali, tremelicando na tela. A legenda, com projeção independente, segue, a mulher de coque congelada, e o texto corre, o locutor já estaria relatando fatos acontecidos na Alemanha, estariam em Berlim àquela altura, conversa de bêbados. A funcionária volta e pede desculpas pela terceira vez, os primeiros pagantes abandonam a sala com a promessa de devolução do valor do ingresso. A geométrica se levanta e sai pelo lado oposto ao do Felipe, o vestido deslizando pelos joelhos dos vizinhos. Lembrava o da atriz, o jeito de andar, apenas as pontas dos pés alavancavam os movimentos, traseiro empinado, fazendo o tecido tremular como uma bandeira, e desaparece para sempre pela porta de saída, sem pizza ou tchau, sem diálogos impossíveis. Vai embora. O filme seria retomado dentro de cinco minutos, mas foram quinze, era como campanha política, você diz que vai ser assim, mas se não for quem vai gritar? Não o Felipe, seguramente. Pouco mais de uma hora e foi despertado pela voz da funcionária,

    A FUNCIONÁRIA   O filme já terminou, moço.

a Polônia passou e o Felipe não viu. Sai meio troncho, esbarrando na porta, no balcão. Do lado de fora, o Rio de Janeiro se preparava para dormir, a modorra melancólica de um fim de domingo, luzes azuladas bruxuleando nas janelas dos apartamentos, a estática emanada dos televisores, todos sintonizados no mesmo canal, as mudanças de cor refletidas na fachada dos edifícios, uma aurora boreal eletrônica. Àquela altura, como estaria a Ana? Uma ligação perdida no celular, foi o Zé. Onde você está. Foi na casa dos seus pais. Assim, sem interrogação mesmo. E a Maria, onde morava, e o que fazia? A morena geométrica estaria por perto, numa pizzaria, dividindo a refeição com um homem que não era o Felipe. Vai voltar para casa de táxi, mas espera por um de modelo antigo, caindo aos pedaços. Torce por isso, um táxi com o rádio desligado, e, com sorte, ainda sem televisão.

15

Apartamento no Flamengo, manhã

Empurra a porta do armário com cautela. Os adesivos sobre o verniz, a escrivaninha, a colcha multicolorida sobre a cama. A furadeira parou, a batedeira também, mas nem sinal da mãe ou do pai. Bianca e Miguel no cochilo após o almoço. Avança pelo corredor vazio, as paredes brancas, pé ante pé e sem alarde, ninguém pode saber,

>O IRMÃO MAIS VELHO Vou fechar a porta e você não sai, fica aí.

era o trato, ia acabar ganhando cascudo. No quarto dos pais, o Fabinho de costas contra a luz, nu, sentado no parapeito. As janelas nunca eram deixadas abertas, mas o irmão está ali, nu e com as pernas penduradas para fora. Pensando em quê, o Fabinho? Leva a mão contra a luz e tenta se aproximar sem chamar a atenção, o irmão dá um grito e projeta o corpo para a frente, e o Felipe, não sabe como, o agarra pela cintura, e puxa com toda a força que não tem, e os dois caem no tapete.

>A BRUXA DO HUMAITÁ Memória e desejo, meninos. Nada existe além disso.

Do panteão de predileções: *Solaris*. No filme, Tarkóvski traduziu em imagens o universo criado pelo escritor polonês Stanisław Lem, o drama de um psiquiatra que, enviado à estação espacial que orbita o planeta Solaris, vive momentos de idílio e terror. Um mistério: os visitantes, na órbita do planeta água, entram em contato com experiências do passado, fidedignas ou fantasiosas, e o psiquiatra experimenta o fenômeno, sente os mesmos sintomas que pretendia combater, no convívio temporário com o amor de sua vida, morta havia anos. A esposa ali, nos corredores da estação. E para a Bruxa do Humaitá, naquele filme, Tarkóvski teria colocado as mãos no coração do cinema, o cinema em estado bruto, os elementos do passado em guerra com as fantasias mais recônditas, na confluência entre memória e desejo. O filme ficaria conhecido como o anti *2001*, suposta réplica à ficção do Stanley Kubrick. Para o Felipe, que amava os dois diretores, tudo polêmica boba, pelo em ovo, publicidade pura, a batalha teve mais a ver com a Guerra Fria do que com questões estéticas.

Sonhou com a estação espacial. Solaris vai retomando a forma à medida que desperta. O inconsciente e as telas se fundiam com frequência razoável. Imagina ser assim com toda a gente, um século de exposição aos códigos do cinema teria deixado sequelas do mesmo tipo no Zé, ou na Ana, está consciente de que sua vida foi radicalmente impactada pelas imagens e pelos sons, colhidos ao longo de uma existência inteira metido em salas de cinema ou diante da TV. E, no sonho, passeou com o irmão pelos mesmos corredores etéreos, o irmão mais velho congelado nos doze, o mais novo passando dos quarenta. Salvou o Fábio. Quando assistiu a *Solaris* pela primeira vez sonhou com a cena ativamente, mordeu os dedos para calar o choro, veio o monstro Maresia, as cidades de Playmobil, o quebra-cabeça dos Barbapapas, e o sonho arquitetado em vigília acabou chegando, mas o Felipe acorda logo, pouco tempo para aproveitar, o inferno nas orelhas.

Não sabe se o sonho e os ouvidos guardam alguma relação, mas foi assim, o sonho bendito e, em seguida, o novo terremoto auditivo. Não eram mais os rumores da semana anterior, algo havia se alterado, uma tessitura de novos sons nervosos, um apito de microfonia sobe e desce em camadas profundas do ouvido direito e atravessa o cérebro ao menor movimento de cabeça, espécie de enxaqueca sem dor, e um zumbido acompanhando, insetos aprisionados no juízo. O vum estaria ali, talvez estivesse, mas apagado. Aperta o nariz e força a expiração, joga o maxilar para todas as direções que a anatomia permite, entoa mantras em vibrato, imitando os exercícios vocais dos atores, dedo mindinho fazendo pressão, como um desentupidor de pia, a violência dos cotonetes, e água, e agita, todos os expedientes, nada de melhora. Por um lado, antevê a redenção, era a esperança, amiga rara, traçando reviravoltas, não seria o vum, afinal, não sofreria da maldição dos submarinos, é disfunção física, nada de ordem neurológica, haveria cura, a acupuntura surtiria efeito e consultaria o otorrino logo que chegasse a Lisboa. Mas, por outro lado, as gravações: como liberar a claquete assim, dizer ok, que som foi, com os vaga-lumes nas orelhas? Precisa falar com o Zé Mário, confessar.

O ZÉ Se você tivesse me contado antes...

Ia nada, nadica de confissões, que o alquimista dos sons não falha nunca, e justo no projeto de uma vida, assim, no meio do caminho... Encosta o ouvido esquerdo no metal frio do congelador, consegue alcançar a máquina refrigerando. A vibração metálica da superfície, talvez. Um falso som? Chacoalha o saleiro perto do rosto, sal nos ombros, na barba, passa a mão pelo tampo da mesa, recolhendo os grãos, a atenção vidrada no atrito com a fórmica, o varrer granulado. Deixou cair uma colher de café, sente o talher retinir na cerâmica, e estuda esse retinir, divide, destrincha, e repete no escuro, troca o lado. Uma pequena perda de capacidade auditiva no ouvido direito, como no dia da atriz, à mesa coletiva do café, e, aí sim, seria trágico, o aparelho auditivo em total desequilíbrio. Repetiu a colherinha, que foi parar debaixo do armário. Ajoelha e estica o braço, um estalo no ouvido esquerdo, como um ossinho deslocado lá no meio da engrenagem. Congelado na posição, abre e fecha a boca, respirou fundo, as costelas se expandem e uma dor se propaga pelos músculos das costas. Em apneia, tenta mexer as pernas, a dor na região das vértebras desce até a lombar e se mistura às agulhadas da coxa esquerda, agora dormente. Voltou a respirar, contando até três. Um odor de inseticida invade as narinas, náusea, é o jejum, é a cabeça sacolejada desde o despertar, o corpo hiperventilado pela respiração, dormência, DDT. Incapaz de resgatar a colherinha, enroscado sobre a própria barriga como um tatu-bola, abrindo e fechando a boca: comédia ou drama? Novela das sete ou das nove?

A DIARISTA (*cutucando o Felipe*) Tudo bem aí?

Um Jack Nicholson com o traseiro exposto, Jerry Lewis dentro de uma loja de departamentos, Jaques Tati de férias na praia. Das sete, essa novela.

O FELIPE (*tomando um susto, batendo a cabeça no armário*) Fui pegar a colher que caiu, acho que dei um mau jeito na coluna.

A versão fica sendo essa, a do mau jeito. A Tânia ajuda o Felipe a se levantar, busca um analgésico na bolsa e prepara um café.

A DIARISTA Vou fazer compras hoje. Quer alguma coisa especial?

O FELIPE   Repete o que você acabou de dizer.
A DIARISTA   Se eu deixar, vocês não comem direito, só bebem.

Uma renovada expressão de pânico, segunda mão de realidade. Pede que a Tânia repita, e repita, que não parasse de falar, sem pausas, dissesse qualquer coisa que despontasse nas ideias, enquanto troca de ouvido, ora tapando o direito, ora o esquerdo, gira o pescoço e toma distância, que a diarista engrossasse a voz, e agora mais baixo, e ainda mais baixo, e agudo, que soltasse gritinhos estridentes. E, se você fosse a Tânia, também faria essa cara. O Felipe é a fotografia do pavor. A perda de audição era perceptível, quanto mais aguda a voz, menos captava. Imagina a voz fina da Ana, toda pela metade. Vai passar? A Tânia pede licença, ainda mais assustada que o próprio, e vai cuidar do fogão, e então o Zé chega,

O ZÉ   Bonjour, Esmeralda Villa-Lobos.

mas corre para o quarto logo que vê a diarista, vai colocar uma bermuda, e aí volta, e brinca com a Tânia daquela maneira que filhos de patrões brincam com as empregadas domésticas, enche uma caneca de café e dá um beijo no cocuruto do amigo.

O ZÉ   Agora sim: bonjour, Esmeralda Villa-Lobos.
O FELIPE   Buenos días, Butch.

A cena da colherinha é descrita pela Tânia e o Zé acha graça. O Felipe põe panos quentes, ri junto com os dois, impedindo que a diarista comente sobre a sessão de gritinhos e sussurros, e, aos poucos, a mesa vai se convertendo em um convencional café da manhã. Os trabalhos do dia começariam depois do almoço, teriam a manhã livre para relaxar. Como se fosse viável. Analisando a conversa cruzada, em meio às mudanças de posição, percebe que a voz do Zé chega inegavelmente mais nítida que a da Tânia, e a diferença morava do lado esquerdo, ali, o ouvido esquerdo como um filtro antiagudos. No direito, o zumbido. Não parava. Segue a refeição no disfarce, formulando comentários, dois Felipes dividindo o mesmo cérebro, metade dedicado ao amigo,

> O FELIPE Você não fez a última cena do jeito que tinha planejado, não saquei o motivo.
> O ZÉ Não gostou? Sabia. Foi ideia do Juca...

empenhado em lançar pontos de vista pertinentes, deixando o Zé satisfeito que só, a outra metade estática, descolada do mundo, o coração gelado de quem guarda um segredo, ou de quem mente. As palavras esguichavam da boca, os músculos trabalhavam em potência mínima, o corpo funcionando, e apenas funcionando, a garganta empurra o café e o pescoço opina, voz modulada, tudo em operação, um Felipe acuado dentro das próprias ações. Falta a coragem, não conta, uma versão amenizada e otimista que seja, lhufas, daquela boca não sairia um aconteceu, um mas, é o seguinte, preciso te contar... Não diz coisa alguma sobre o inferno nos ouvidos. Por que tudo vai dar certo, não vai? Não é assim? No fim, tudo acaba bem.

16

Lagoa Rodrigo de Freitas, ainda manhã

O lugar mais cativante da cidade, cartão-postal favorito, e o Felipe pensando em quê? Dá para esquecer uma arma, assim, apontada na cabeça? Uma corda atada ao pescoço? O Zé, logo depois do café da manhã, saiu para resolver pendências do pai, que recrutou o pobre para lidar com imbróglios imobiliários enquanto tirava férias. Lá foi o Zé Mário, procuração debaixo do braço, pagar pedágio de filho no meio da toada das filmagens, imprecando contra deus e o sistema solar. Depois do banho demorado, o Felipe também vai para a rua. Cansado. Caminhar até o Largo do Machado, meia hora em compasso de passeio, seguir por debaixo da terra até o Cantagalo e circundar a Lagoa à sombra das árvores, quem sabe assim melhorasse, expulsar a atmosfera Solaris, equacionar o zumbido, a surdez, e o vum, a trindade nos miolos. Tanta coisa acontecendo no mundo, e o Felipe respirando cinema como alternativa a todo o resto. Pensando em quê, Felipe?

O VÔ   Para de pensar, Fabinho. Já tá começando a doer.

Fala, Fabinho. Fabinho, ei. As confusões típicas dos avós, o vô trocava o nome dos netos desde que tinham nascido. Vira e mexe jogava um Fábio na direção do menino, ficava aquele elefante na sala, ninguém com coragem de corrigir. Outras pessoas mereceriam um pigarro, mas o velho tinha todas as licenças. Para de pensar, Fabinho. Ajuda o vô a sentar, Fabinho.

O vô Fabinho, você é um homem ou uma alcachofra?

A Bianca e o Miguel herdaram outro punhado de genes, pertenciam a outro capítulo da família, Felipe não, preso na mesma página que o irmão morto. Carrega os olhos acinzentados do Fábio, equilíbrio entre o verde da mãe e o preto do pai, e a cor indefinida dos cabelos, e os braços longos. Pegava a mãe dissecando, à procura do filho pretérito, os olhinhos encafuados do Felipe, quando lia, ou fingia ler, as brincadeiras solitárias, o menino caindo de sono com a boca semiaberta, vê só, igualzinho, dá vontade de acordar e pedir para parar de ser Fábio. Aquele silêncio, de quando se sabia vigiado, esmero de encenação, tentando distrair a plateia e, ativamente, diferir do Fábio, mudava o pulso dos gestos e modulava os músculos do rosto para, ao divergir de si mesmo, conquistar um bocado de individualidade. O casal cuidou dos rebentos do jeito que pôde, com o auxílio dos avós e da Telefunken, mas a matéria-prima foi ficando escassa, os sinais de afeto chegavam contados e misturados à rotina, um prato preferido, vez em quando a vista grossa para os abusos de horário, e assim foi, e o menino sabia, aqueles olhares intermináveis cravados na pele, mesmo de costas, mesmo de longe, não eram para ele, ou não exclusivamente, dividiria para sempre a ração de afeto com o irmão que sustentava na aparência, e se conformou, fazer o quê? Os amigos da família, vizinhos, professores, tios, todos em busca de vestígios, até que o cabelo engrossou, o corpo ganhou massa, o rosto afinou e o irmão se diluiu. Um fenótipo particular foi conquistado, mas, estudando detidamente e comparando as fotos, bem, o irmão morto está ali. Então, quando o avô trocava os nomes, tudo bem, tudo certo. Não era só o velho Hernando que via o futuro de um no presente do outro.

> O VÔ O Fabinho não gosta de nhoque?
> A MÃE O Felipe? Come de tudo. Deve estar sem fome, pensando na vida.

Do ponto em que está, perto do parque dos pedalinhos, vê o Cristo Redentor meio de lado, a névoa translúcida em volta. Nevoeiro encomendado. Tipo máquina de fumaça. Dar um clima. Na cena gravada dias antes, a Intrusa afastou a cortina do quarto e olhou para o céu. Segundo o roteiro, viu o Cristo. Bobagem, aquele Cristo, mas não teve paciência de questionar o roteirista, que já vinha tomando intimidade, trazia café, filava cigarro. O sujeito podia se ofender, ou pior, puxar mais assunto, gravar depoimento, convidar para um chope, melhor não dizer nada. O Luna é paulista, afinal, talvez fosse a razão, os de fora podiam pensar que era daquele jeito, que cariocas faziam aquilo o tempo todo, procuravam o Cristo de onde estivessem, rezavam para o Corcovado. E faziam? Será que faziam? Àquela altura, nem mesmo os cariocas sabiam de si, a imagem clássica do festeiro, as propagandas olímpicas com imagens aéreas, emendando as praias, a turma bebendo coca-cola e agitando bandeirinhas, ninguém mais se identificava com aquele coração bobo. A publicidade sempre foi cínica, mas quando passa do ponto, ô. Será? Será que olhavam? Não tinha mais mertiolate nos hospitais, estava lá, na modorra dos noticiários, as merendeiras andavam em greve, o cardápio de doenças transmitidas por mosquitos só fazia crescer, e sem falar do surto medieval de assaltos a faca,

> O ZÉ É a moda do verão, carregar faca não é crime. O carioca é, de fato, um bicho esperto.

ou da guerra entre taxistas e motoristas de Uber, parando o trânsito, ainda mais, será que olhavam? A notícia do dia tinha chutado o Bubi para escanteio, sempre dava para melhorar, uma roda de estupradores teria se servido de uma colega de trabalho, a moça se arriscou a usar minissaia no happy hour da firma e deu no que deu,

> A DIARISTA Não uso uma saia daquelas nem para ir à praia.
> O FELIPE Não negocio essas coisas, estupro é estupro.
> O ZÉ Estava todo mundo cheirado, todo mundo bêbado...

não dava mesmo para se fazer de contente, cinismo demais, mesmo com litros de caipirinha. Será? As milícias voltavam a instituir toque de recolher, turistas metralhados só porque o Waze indicou o caminho errado, e uma turma de amigos terminou chacinada pela polícia só porque eram negros, dirigiam um Fiat Uno fora de linha e resolveram festejar justamente no domingo à noite. Havia lugar possível?

> A DIARISTA Não sei o que eles estavam fazendo, mas com certeza não era coisa boa.

Eu não sei, mas com certeza. É, podia virar slogan, excelente resumo para o começo de século. Não sei, mas com certeza. Não sei por que o Uno foi metralhado, mas com certeza a polícia sabia, não sei o que um turista vai fazer na Rocinha a tal hora, mas com certeza não ia apreciar a vista. Ah, não sabe de nada, o Felipe, mas a era das incertezas deve ter mesmo acabado, certeza que sim. Você agora podia proclamar as convicções assim, em conversinhas moles, cotidianas. E o Felipe não saberia dizer por que a Intrusa resolveu procurar o Cristo, mas seria, indubitavelmente, uma mensagem cifrada do diretor, todo cineasta volta pra casa um dia, afinal, é uma certeza, e a olhadinha para a estátua localizava de vez o apartamento, todo cineasta, ta-ra-ta-tá, então vai lá, a gente olha para cima. A cena não entraria na montagem final, seguramente não, precisariam fazer uma tomada do monumento a partir de Copacabana, o que era praticamente impossível, o Cristo é inexistente em Copa, os prédios não deixam, não dá ângulo, procurariam até cansar.

  O ZÉ De Copacabana não se vê o Cristo... E daí? Ficção, já ouviu falar? Ninguém vai se dar conta.

Eu não sei se dá para ver o Cristo de Copacabana, mas com certeza ninguém vai notar, e a cena vai ficar tão bonitinha. Ê, Zé.
  Deixa o Corcovado de lado e faz exatamente como fazia quando, aluno, observava as montanhas da janela da sala de aula: percorreu a crista, o recorte contra o azul, identificando orelhas de bichos e anatomias humanas. Uma orelhinha de gato, um par de peitinhos. E um paredão de prédios na dobra da orla, uma escada de casebres que escalava o morro e roía a floresta, as mechas prateadas dos salgueiros perdidas no meio do verde, uma ou outra mansão, abrindo buracos. Marmanjos se divertiam nos pedalinhos, casais faziam jogging, suando para manter a relação, uma torrente de detalhes aqui e ali. Já está diante do estádio de remo e, pela primeira vez, pode ver como é o Jóquei Clube do lado de dentro. Ninguém soube dizer quando o muro ao redor da pista havia sido demolido, um belo dia o Jóquei amanheceu sem muros revelando as grades centenárias e colocando os cavalos ao alcance da vista. E as garças, esses pequenos pinos brancos pontuando as zonas rasas do espelho d'água. E os manguezais, anos e anos de reivindicação de biólogos até que as primeiras tentativas de reintrodução fossem feitas, e agora a postos, oxigenando a lagoa que,

no passado, cheirava mal em dias de inversão química, a peixarada apodrecendo debaixo do sol. O fedor é passado, pelo menos por enquanto. E caranguejos, veja só, algo funciona por aqui. Um dia veria as águas da baía seguirem o mesmo destino, e veria as grades dos edifícios sendo removidas, deixando tudo do jeito que era na infância. Não, não veria, futuro é coisa de museu, era a última vez que olharia de perto o cartão-postal, mas não sabe disso. Se soubesse, talvez se demorasse, adiasse a hora de atravessar a pista dupla e dar as costas para a fotografia. Cidade linda, reconheceu, mas raramente admitia, era mesmo bonita, mas isso todo mundo sabe, não precisava engrossar a voz do povo.

> O ZÉ   Você é tão avesso ao Rio e foi escolher logo Lisboa, mesma língua, vícios semelhantes, até a paisagem lembra, tem até Cristo Rei, primo do Redentor.

Lisboa era tão decadente quanto o restante do mundo. Mas lá havia um campo de força, um tipo de defesa, de recusa, não sabe explicar. Você via o fim do mundo, o fim do mundo estava ali, mas não te puxava para baixo.

> O FELIPE   O Rio abre as pernas, sabe?

Você contempla o Tejo e a paisagem fica na dela, Lisboa não pedia nada em troca. O Rio não, exigente. Onde quer que esteja, você preenche um espaço. E precisa preencher, obrigatório. Precisa significar alguma coisa, representar algo, e algo bem carioca, você tem que tomar guaraná com empadinha ou bater palmas para o pôr do sol, comer bife com batata frita e, depois, cochilar debaixo do cobertor com o ar-condicionado na potência máxima, dizer passa lá em casa um dia desses, discutir política no balcão com um desconhecido, contar piadas para desconhecidos, comentar qualquer bosta na rua com desconhecidos. Essa relação com o espaço, quase promíscua, uma sede coletiva, o Felipe não era um indivíduo, era ca-ri-o-ca, e ser carioca é responder em coro e o tempo todo, entende?

> O ZÉ O problema não é o Rio. O mundo inteiro quer te ver longe, Jiló. Quero ver quando Portugal começar a te expulsar...

Dois meninos, no sinal fechado, executavam números de malabarismo para os motoristas. Os pedintes, trinta anos antes, pediam e recebiam, algo descomplicado e corriqueiro, mas aí apareceram as campanhas contra esmola, combate à exploração infantil, e os expedientes precisaram se aprimorar. Com truques de circo, a esmola vira cachê. Voavam com precisão, as bolinhas e os bastões, gastou alguns segundos apreciando o número, os meninos paravam, agradeciam com o tronco à frente e, cada um em um flanco, recolhiam trocados dos poucos condutores que abaixavam o vidro. Um dos meninos, o mais baixinho, rosto encardido, apelo chapliniano, percebe a atenção do Felipe e acena. Cumprimentou o moleque com a cabeça e atravessou a rua, mas, alguns passos à frente, o moleque emparelha a marcha,

> O MOLEQUE (*num misto de entusiasmo e melancolia*) Tem um trocado, tio?

e o tio acelera, foi embora sem dar chance. É contra esmolas, levava fé nas campanhas sociais, narrativas assinadas com autoridade. Se você foi educado no medo, afinal, vai evitar esse tipo de risco, um bom menino de classe média que cresceu vigiando o morro a partir do asfalto, um olho aqui, outro ali, e seguiu em frente, sem estabelecer contato,

O MOLEQUE Ô, tio, não vou te assaltar.
O TIO Sorry, don't speak portuguese.
E O MOLEQUE Money. Hungry. Coin, please.

e os gritos de bye bye, as risadas de escárnio, thank you, fuck you. O trecho sem árvores cozinhava o cocuruto e já encharcava a camiseta. Você vê a salada chegar, vistosa, temperada com exotismo, de fazer salivar, mas uma pequena lesma camuflada entre as folhas contamina o conjunto, e você faz o quê? Manda de volta para a cozinha. Foi só um ensaio de lua de mel, teve Lagoa e teve mangue, mas acabou, está onde está, e perto demais do meio-dia, todo o encanto dissipado, crianças toscamente bilíngues trabalhando sob o sol, o sol a pino apodrecendo a paciência, o raciocínio desnaturado, o favela movie traz arrependimento a qualquer impulso lírico de caminhar a pé. Bye bye, fuck you, a última ficha caiu, sabe como? Em alguns minutos chegaria a seu destino, pede uma ducha fria para aliviar, urgentemente.

A MARIA Tem o chuveiro do camarim. Quer tomar um banho?

Uma ducha. A atriz. O Felipe debaixo do chuveiro, a Maria de joelhos, água escorrendo naquela pele de vinte e poucos anos. Fazia tempos que a Ana não permitia. Sexo oral, entre os dois, era luxo. Nunca foi afeita a variações, quando muito concordava em posições menos ortodoxas, breves contorções, o Felipe assistia a filminhos de internet e reproduzia mentalmente na cama, mas padrão era padrão, papai-mamãe, perninha entreaberta e cintura encaixada, as pupilas grandes da namorada, esposa, e a boca, na espessura de um dedo, à espera de um beijo que, com a rotina, foi se tornando raro e menos demorado. A atriz do banho não, a atriz do banho beijaria o Felipe com os dentes, mordiscaria as orelhonas e desceria para mais um encontro, e pá, que sujeira, ó menina, e virou o Felipe de costas, e mordeu as nádegas, deixaria marca, a mão manejando a parte da frente, e voltou para cima, mais pedidos,

    A MARIA Quero sentir você, Felipe.

e então desceria de novo pelo peito, ela quer, esfregava o nariz, indecente, levada, queria sentir, então pede, vai, pede para o tio,

    O FELIPE Engole, Maria. Engole, ô putinha.

as mãos esfregando as laterais das coxas parrudas do Felipe, não tinha como aguentar, sente as unhas enterradas na carne, a Maria grunhia, gemia, à espera de cada gota retardatária, o homão com o peito inflado, água quente nas costas, o Cristo acompanhando tudo pelo basculante, agradece, pela graça alcançada, pela Maria, pelo chuveiro.

    A ANA (*pelo telefone, mais cedo*) Visitaste teus pais?
    O FELIPE Fui ontem, mandaram beijinhos.

Nunca foi um mentiroso contumaz. Inventa e omite na medida de qualquer homem civilizado, mas não era um especialista, e para que as mentiras soassem verossímeis, lançou mão dos ornamentos, as surradas admoestações, que a mãe não parou de reclamar, que o pai cobrou presença no próximo Natal, que o buldogue novo da Bianca estava lá, o filho da puta rosnava como um chacal, que o vô não enxergava um palmo, meio ausente,

    A ANA Disseste que a locação não é tão distante.
    O FELIPE Não, não é longe, mas o trânsito anda imprevisível.

e comentaram outra vez sobre o método binário do Umberto, sim ou não, puxando assunto velho para não falar do vum, e a Ana admitiu que andou pensando, conversou com um colega e, na verdade, descobriu que adorava o método, fazia sentido, pensava até em testar,

> A ANA Somos formados por pequenos estereótipos, sabes bem, estabelecemos posições e preferências estáveis, isso ou aquilo, e a combinação dessas pequenas partes é que faz a diferença, traz uma ilusão de individualidade.

e como a namorada gostava de conversar, era mesmo portuguesa, e o Felipe discordou, mas só porque quis discordar, não somos binários, não, não somos programinhas de computador, mas discordou sem energia, para não virar debate, não naquela manhã desastrada, de *Solaris*, colherinhas no chão e bordoadas na nuca,

> A ANA Tudo agora é subjetivo, meu anjo, em um mundo assim, sem nada fixo, tudo pairando nas nuvens, é irresistível tomar posições mais definidas. O método tem lá seu interesse, pensa bem.

e a Ana já chegando em Deleuze, andava lendo Deleuze, devia ser Deleuze, e por aí, até desligarem, a Ana sumiu da tela do computador, tenha uma boa diária, beijinho no Zé, saudades. Gastou alguns minutos com os bondinhos do Pão de Açúcar, da janela da sala, fumando e pensando. Namorado ou marido? Uma história, sim, compartilhada, uma Ana desde sempre somada a um Felipe desde sempre. O céu estava com aquele azul, as águas com aquele brilho, os automóveis passeavam como carrinhos Match Box. A natureza sabia, era como se soubesse, havia feito sua parte no trato e agora repousava à mercê da ação humana. Bicicletas, ônibus, os barcos coletando lixo, correndo para cumprir a tempo as promessas de despoluição, e os bondinhos, que nada prometiam além de uma boa vista, subindo e descendo, embasbacando turistas desde cedo. Não lembrava como era a vista do morro da Urca, uma suave impressão, subiu até lá com os pais, ainda criança. Adulto, passou a evitar lugares onde a verticalidade fosse grande. Das alturas, não olhava para baixo, distraía as lentes no horizonte, mãos à frente, afastando o parapeito. Nada de torres em cidades medievais, esperava a Ana descer, dava voltas na quadra, subiu a torre Eiffel apertando a mão da namorada, subiu porque seria ridículo ir a Paris outra vez e não subir, e abraçava a Ana por trás, que avançou na direção do precipício como uma refém. As pernas do Felipe estancaram comicamente quando, em Barcelona, escalaram as torres inacabadas da Sagrada Família, viraram pedra a meio caminho do topo, teve que descer sozinho, apoiando as mãos nas paredes, como um velhinho. Foi a última tentativa de se reconciliar com as alturas. O Fábio estaria lá embaixo, fosse a altura que fosse, camiseta listrada da Pier, short Adidas cáqui, uma poça de sangue dilatando no asfalto, o corpo torto, galhos de amendoeira, a pequena multidão. Entrar naqueles bondinhos de vidro? Nunca.

 A MÃE Não vai levar sua mulher para conhecer o Pão de Açúcar? Vai deixar a Ana subir sozinha? É mulher, Felipe. Cheio de trombadinha, batedor de carteira.

A atriz sumiu no vapor do banho e o Felipe limpou a lambança, deixando a água cair mais um tanto. A toalha não estava lá, ficou no varal. Que manhã... Pulou para se livrar do excesso de água, a dor na coluna incomodava. Agachado, sentiu a garganta latejar.

O VÔ   Fala alguma coisa. Não dói?

Doía. Até sentiu saudade do vum, tentou localizar o vum embaixo da camada de insetos.

A IRMÃ   Peculiar, essa surdez, e logo agora, com toda essa questão da Ana, a doença, a pressão, e você voltando ao Rio depois de...

O Zé bateu na porta, perguntou se o Felipe tinha morrido. Pensando em quê, rapaz? Bateu outra vez, avisou que estava de saída, ia cuidar das tranqueiras do pai. O dia nem havia engrenado e as situações absurdas se acumulavam. Levantou, esfregou a toalhinha de mão pelo corpo e saiu do banheiro deixando rastro. Acelerou, para evitar que a Tânia assistisse à performance.

A DIARISTA   Esse Felipe, não sei não, mas com certeza...

A distância até a locação, segundo o aplicativo: um quilômetro e meio. Um desejo: piscina fria, Guara Plus gelado. Atrasos não eram do seu feitio, investiu força nos passos, a fome nascia, queria pegar o almoço do Cláudio ainda servido. O zumbido aumentava com a fome, percebeu. Só não corre porque as costas não deixam, mas os passos ganham vigor. Dá uma olhada para trás, a última, os cavalos do Jóquei, as garças na Lagoa, os meninos do semáforo davam início a uma nova sessão. Zumbido, fumaça, microfonia. Mas a Lagoa, maldita. Era bonita, não era?

17

Apartamento na Gávea, manhã

Dez dias de trabalho, quarenta e uma cenas, cento e vinte planos, tudo aqui, dentro do apartamento. Dois terços do filme rodados, e a Intrusa se mantém refugiada. Elege como lar temporário um cômodo usado como depósito, o lugar das tralhas, bem ao lado do quarto do Inquilino, toda casa tem um desses, você sabe, um quartinho ou um canto, cheio de móveis e roupas sem uso. Ali constrói um ninho e passa as noites, dormindo sobre as almofadas velhas, e dali sai durante o dia, expandindo a ação para outros espaços. Partilha cerimoniosamente da comida, um ovo cozido, um punhado de espaguete. Quase é surpreendida na visita semanal da diarista, voa para o quarto de tralhas e se embioca dentro do armário, mal acomodada entre os casacos de inverno, imóvel, atenta aos ruídos do aspirador de pó.

O FELIPE (*cabreiro*) Esse negócio de se esconder dentro do armário... Não tinha no roteiro.
O ZÉ Foi ideia do Luna, hoje de manhã. Ele viu o armário e sugeriu. Ficou ótimo, né?

A diarista chega ao quarto de tralhas, esfrega o chão, empurra as cadeiras, obstruindo a porta do armário. Um silêncio de medo e espera, a Intrusa aguarda horas. Aí a empregada vai embora, e, sufocada, a Intrusa se esgueira para fora, empurrando a porta contra as cadeiras empilhadas, com muita força, até que as cadeiras desmoronem e liberem a saída. Um susto, que durou uma tarde inteira. Há o impulso de ir embora, força a porta da rua, procura por uma chave. Mas fica lá. Vai ficando. Passa a ler o mesmo livro que o Inquilino, deixa na exata posição em que encontra, aberto e virado para baixo. Mas isso a incomoda, fica claro no roteiro, e marcado na expressão da atriz. Uma tarde, o livro é devolvido à cama, a Intrusa observa a encadernação deformada pela ação do próprio peso, a gravidade vincando o couro, e arrisca, altera o cenário, fecha o livro com a pontinha da página virada. Muda de ideia, desfaz, deixa como antes, mas em seguida refaz a orelha, abandonando o livro sobre a cama, agora fechado. É o maior dos desafios. Uma delação, talvez, ou um passatempo para os dias de monotonia. Já não deve saber há quantos dias está ali, nem nós sabemos, o roteiro foi construído para que a confusão se instale. À noite, o Inquilino passa a mão pela capa do livro, alisa o papel com insistência, desdobrando a orelha. Estranha. É o começo de uma comunicação. A ver.

A cena vinte é trabalhosa, uma sequência aguardada com ansiedade pela trupe. A festa: o apelido da sequência. Uma referência: a festinha de Holly Golightly em *Bonequinha de luxo*. Vem a Ana, a Lulamae. Muita gente e pouco espaço, figurantes, membros da equipe misturados à turba, o Zé brinca de Hitchcock e se deixa registrar com uma taça na mão. Durante a festa, a Intrusa toma coragem e sai do quarto de tralhas, passeia pela casa, pés descalços e vestido amarrotado, o álcool embalando a cegueira dos convidados, e mata a fome com acepipes, bebe vinho, dança discretamente em um canto, cumprimenta desconhecidos. A certa altura, seu olhar cruza com o do Inquilino. Uma penetra em seu aniversário, o Inquilino ergue a taça à distância. Mais tarde, festa encerrada, um tumulto de sexo chega do quarto, alguém atinge o orgasmo, e até pensamos que é nossa amiga, mas não. Há um bêbado deitado no sofá e, ao lado, a Intrusa, à vontade sobre o tapete. Uma convidada cruza a sala, nua, a parceira de sexo do Inquilino, só pode, e vai beliscar um sanduíche, então se dá conta da presença na penumbra, um com licença, desculpe, e volta imediatamente para o quarto. É o tempo da Intrusa retornar ao aposento secreto, um minuto e o Inquilino chega à sala, cadê a mulher?, procura pela Intrusa, mas nada, só o amigo bêbado. As comemorações continuam. Na noite seguinte, o Inquilino volta alcoolizado, alta madrugada, e desaba ao pé da porta. A Intrusa escuta o baque e se esgueira até a sala. Hesita. Verifica o pulso. O homem, aparentemente sufocado, agarra o punho da Intrusa, delirando, balbucia palavras desconexas. A Intrusa o acalma. E a cena ganha contornos eróticos, a moça passa a mão pela testa do homem, abre os botões da camisa. Ótima, a cena, aquelas mãozinhas. O dia amanhece e o Inquilino acorda sem roupas, na cama, sem entender o que aconteceu. Tampouco sabemos, fica no ar, a insinuação, imaginamos a Intrusa se aproveitando de um sujeito embriagado. Descontração na equipe, risos, que a Maria abusou do Davi, que o Davi foi molestado,

    A MARIA Não sei se foi estupro, mas com certeza ele gostou.
    O DAVI Como vítima, me reservo o direito de não prestar queixa.

e mais risos, uma mulher abusando de um homem, a inversão tem um quê de vingança. Muitos risos.

Na cena trinta e oito, a Intrusa toma posse do espaço, abre a cortina, mira o alto. O Cristo, vá lá. Algo de fato deve ter ocorrido na véspera, tem o rosto relaxado. Animadinha, sabe? E, dessa vez, não consegue escapar, surpreendida pela diarista, que veio limpar a bagunça da festa, a Francisca, o dia extra, e a Intrusa se finge de hóspede. Uma prima. Conversar, depois de tantos dias, é bom, até ajuda nas tarefas.

O INQUILINO (*ao telefone*) Não tem ninguém hospedado aqui, pai. A Francisca tá louca, ou o senhor entendeu errado.

E o Inquilino, cabreiro, vai até o quarto de tralhas, à beira do flagrante, os dois reunidos em um mesmo quadro, a mulher suspende a respiração, contra a parede, o homem segura a maçaneta da porta, já vinha pressentindo algo, aqueles vultos, movimentos na madrugada, a comida acabando mais rápido, e a televisão, um dia esquecida ligada, o livro com a orelha. Telefona para a diarista, que confirma, há uma prima. Vai até a cozinha, passa alguns segundos com a geladeira aberta, abre tupperwares, verifica a gaveta com frutas, agita as garrafas, algo vem acontecendo, sim, olha através do olho mágico, como se alguém aguardasse à porta, afasta a cortina da sala, olha para fora, como se um espião espreitasse da esquina. No dia seguinte, despeja o pacote de biscoitos em um vidro, contando um a um, e verifica as ameixas, as mexericas, prepara um chá gelado e mede o nível da jarra, reacomoda as almofadas da sala, estuda as posições. Sai para trabalhar desconfiado. É trancar a porta e a Intrusa surgir. Navega tranquila no notebook sem saber das armadilhas, e uma folha de papel desliza por debaixo da porta. Uma fotografia, a denúncia de um desaparecimento: a Intrusa impressa em cores, vem sendo procurada há dias, um telefone, o apartamento é o novecentos e dois, e um e-mail para quem tiver pistas. Rasgado em pedaços milimétricos, o anúncio desce pela descarga do banheiro. O Inquilino retorna do trabalho e, sem sequer afrouxar a gravata, averigua as armadilhas, remexe as almofadas, mas é na cozinha que percebe o sinal, uma ameixa a menos, talvez, um biscoito faltando, ou o nível da jarra alterado. Alguém esteve ali. Vasculha a casa com inteligência de detetive, encontra um pedacinho de papel picado, perambula pelos cômodos, vigia o livro, como se o volume respirasse, e abre o quarto de tralhas, revira o quarto, a intrusa por um fio, dando a volta pela varanda. Gato e rato. Quase.

No dia seguinte, o Inquilino liga a câmera do notebook, que está ali, daquele jeito, no lugar de costume, sobre o braço da poltrona. Um ponto vermelho começa a piscar logo acima da tela. A emboscada final. À noite, sentado à mesa, acompanhará pela tela os movimentos da Intrusa durante o dia, uma desconhecida que desponta no umbral, enquadramento semelhante ao da primeira cena, e, criminosamente, cruza a sala da direita para a esquerda, antagonista, entrando na cozinha e retornando com uma pera na mão, sentando sobre o tapete e alongando pernas e braços com a fruta na boca, em seguida caminhando na direção do notebook e sumindo atrás da câmera. A imagem na tela se desfaz num borrão. Quando volta a se estabilizar, é o rosto da Intrusa que o Inquilino vê, bem de perto. A moça navegando na internet. O Inquilino amplia a imagem, estuda o rosto, a definição se quebra em remendos, os pixels embaçam a face da Intrusa, o Inquilino aproxima os olhos e quase toca a tela com o nariz, os dois rostos bem próximos um do outro. Algo de sobrenatural, no quadro, a sala atrás do Inquilino, escura. Repentinamente, abandona o notebook e sai pela porta da rua, retorna depois de alguns segundos com uma folha de papel, o mesmo anúncio que vimos descer com a descarga, o Inquilino compara foto e imagem. A mesma mulher. Num susto, se põe de pé. A fugitiva está ali, sim, provavelmente desde o dia do sumiço. Caminha cuidadosamente até parar diante do quarto de tralhas. Apoia a mão esquerda no batente e leva a direita à maçaneta. Reflete, muda de ideia, não consegue traçar um plano, ou é medo que sente, entra em seu quarto e encosta a porta. Mas não dorme. Folheia o livro, passa os dedos pelas páginas, como se captasse a presença, o corpo se tencionando ao mínimo ruído, e vigia a porta fechada até cair no sono. No dia seguinte, deixa o quarto usando apenas cueca, mas para no corredor, mira a porta das tralhas e, num pudor descabido, veste uma bermuda. Novamente em frente à porta, arranca uma tosse, arranha a garganta. Mastiga o café da manhã com consciência, bebe da caneca fazendo ruído. Ergue uma pera pelo cabo. Observa a fruta no ar. Os sons chegam até o interior do quarto, a Intrusa de orelha em pé, o Inquilino cantarolando e voltando a tossir, até que a voz masculina desponta do lado de lá.

> O INQUILINO (*em off*) Passo daqui a pouco e te pego de carro. Tô pensando em voltar só no fim do dia.

O Inquilino articula as palavras, direciona a voz. É uma encenação, nem sequer há telefone,

> O INQUILINO Saio em dez minutos, espera na portaria.

e volta a seu quarto, e então vai embora de mochila nas costas. A Intrusa reaparece, vai até a sala e recomeça a rotina, fruta, corpo esticado sobre o tapete, até voltar à poltrona e acessar o computador. Entra em algum site, lê notícias, vemos seu rosto em uma página de rede social. Acompanhamos o movimento de seus olhos até que param, sem piscar. Congelados. A intrusa desloca o cursor e o estaciona sobre um ícone. Um clique. A tela então é tomada pelo filme da véspera, e a Intrusa se vê cruzando a sala, e toda a sequência que acompanhamos com o Inquilino. É a primeira vez que vemos a Intrusa sorrir. Monica Vitti, você sabe. O ponto vermelho acima da tela continua piscando. Compreende tudo agora, e outro sorriso vem, mas não de alegria, algo entre a conquista e a gratidão. O Inquilino sabe. Foi descoberta. E aquele sorriso, boiando no silêncio.

Tudo isso. Dez dias de trabalho, quarenta e uma cenas, muito simples, enquadramentos limpos, as tomadas longas, dando aos sons um destaque fora da média. Ali, o som é um personagem. Seria o mais feliz dos homens, o Felipe, não fossem os ouvidos. Muito trabalho pela frente ainda, e os primeiros sinais de estresse dão as caras. Os enfados, expressões perdidas, gracejos dúbios, respostinhas malcriadas. Comer junto, fraquezas expostas, o assassinato da cigarra, a Maria Louca e o Juca Vigarista, o processo cruel das convivências intensas.

> A ASSISTENTE DE DIREÇÃO Última cena antes do intervalo, turma. Vamos lá, falta pouco, tá ficando bonito.

A próxima cena já nos preparativos finais, o William sobe e desce o boom, como um halteres, o Felipe junto à parede, ainda esfalfado pela malsucedida caminhada pela Lagoa, testando o funcionamento do microfone, que está logo ali, instalado na mediatriz dos seios da Maria. Nas próximas cenas, inverteriam as funções, o William pilotaria a mesa, pela primeira vez. O Juca marca as posições do foco na câmera, minucioso, o Zé Mário já sentado na banqueta em frente ao monitor,

> A ASSISTENTE DE DIREÇÃO *Os fantasmas*, cena quarenta e dois, plano um, tomada um.

e a Intrusa, diante do espelho, afasta os fios da testa e alisa os cabelos para trás. Cantarola "Moon River", rima um tanto óbvia com a fotografia da Audrey. A desenvoltura da Intrusa denuncia a rotina, já não toma tanto cuidado ou se detém em objetos, o mapa do apartamento impregnado no corpo, caminha para lá e para cá como se morasse, até que algo sequestra sua atenção. Olha para a câmera. E a câmera, aqui, é o notebook aberto sobre o sofá. Na tomada seguinte, a lente vai se aproximar pacientemente do computador, o Juca vai avançar na direção da luz vermelha, intermitente, indicando que ali tudo continua a ser gravado, mas, por enquanto, no plano um, a Intrusa para no meio da sala, encara a câmera por três intermináveis segundos e sai para a cozinha. Escutamos o abrir e fechar da geladeira, pratos, uma nova chance de depurar o cenário, o cartaz do Capra, a Audrey, a Bette, e o efeito é bom até, os artistas emoldurados, de frente para a lente, como se também aguardassem. Um sentido se estabelece ali, naquelas fotos, mas o Felipe não sabe dizer qual. Bom, no entanto. E a intrusa retorna com um cacho de uvas, debulha o cacho, arranca uva por uva, é sua ceninha, olha para a lente, somos a luz piscante do computador. Abandona o cacho sobre a mesa, em silêncio. De indecisão, esse silêncio, a ação sendo gestada, silêncio de trabalho. A respiração fica mais forte. Os dedos escalam os próprios ombros e puxam a alça do vestido. O mamilo esquerdo, o vale entre os seios. A alça direita passa a ser a última defesa, um gesto de coragem e tudo será revelado. A respiração ainda mais forte, a incerteza. O silêncio, agora, é de dúvida.

O Zé Mário levanta a mão, à espera, e aí corta. O cinema, essa boa mentira. Cenas gravadas fora da ordem, aproveitando a luz do sol ou o breu da noite, otimizando equipamentos alugados a peso de ouro. No filme do Zé, em particular, a ordem das cenas vinha sendo respeitada, alguns planos fogem, mas, no geral, é uma história rodada na sequência exata dos eventos. A vantagem da locação única, do elenco reduzido. E os atores, assim, acomodam seus preciosos estados psicológicos em um arranjo fiel à passagem do tempo, e quando caem em si já estão envolvidos nos acontecimentos, como se realmente vivessem as situações. E é o que acontece ali, Davi e Maria tão excitados com as novidades quanto o Inquilino e a Intrusa. Agora, para o próximo plano, a visão vai se inverter, Maria vai continuar sua linha de ação, ainda de frente para o notebook, mas de costas para o espectador. A assistente de direção pede que a sala seja evacuada, alguns minutos de intervalo para quem não está envolvido, a Santa Teresa arruma uma metade enquanto o Umberto desmonta a outra, empurrando a mesa e abrindo espaço para o tripé.

> O ROTEIRISTA (*com a câmera na mão*) Não quer dizer uma palavrinha ao espectador? Não quer dar um depoimento, Felipe?

Documentários sobre bastidores sempre existiram, mas, nas últimas décadas, o apetite por realidade tomou os estúdios de assalto, ator de robe, diretor bronqueando, qualquer coisinha que acaricie a cabeça do espectador e diga: veja, você é gente como a gente, nosso trabalho pode ser tão chato quanto o seu, também comemos porcaria e coçamos o saco, temos até dias de cabelo ruim. Passava dos limites já. Material com potencial para divulgação, sim, isso aí vai viralizar nas redes, viralizar, o termo, tipo doença, encher a página oficial do filme, diga alguma coisa então, qualquer merdinha, e você acena, um alô para o pessoal de casa, motivos para escapar da louça suja. Vamos aprender com o tio Felipe? Não. Pede licença e vai fumar na área de serviço. Sabe que o Luna irá atrás, que vai parar à porta da cozinha, gravando o orelhudo. Portanto, encosta o boom na parede, com cuidado redobrado, e acende o cigarro. Aquele domínio dos movimentos, certeiros, acende o cigarro de primeira, um gênio, o moço inventa silêncios e ainda produz fogo com um isqueiro Bic, notável.

> A MARIA Felipe?
> O FELIPE Oi. Tudo bem?
> A MARIA Estava falando com você. Não escutou?

Não, não escutou, estava entretido, e é um meio surdo agora, mas a atriz nem desconfia. A Maria sai do banheiro da área de serviço e raia ali, zás, materializada outra vez. Quer puxar assunto, claro, e o Felipe lá, no cigarro.

A MARIA Você desliga tão fácil. É assim mesmo?
O DIRETOR DE SOM Da profissão. Tenho que desligar, ficar concentrado.
A MARIA Precisamos tirar o microfone para a próxima tomada. Não vai dar pra esconder.

É, você sabe, não dá para esconder o microfone em um corpo nu, e a atriz vai ficar nua. Como se não bastasse aquela voz. Alguém precisava dar aquela sugestão para o roteirista, vá lá, Luna, fica escondido atrás do Juca e pega a cena de frente, cinema vérité, o espectador vai gostar de saber o que as atrizes têm entre as pernas. Tomando o cigarro das mãos do Felipe, a Maria dá um trago, joga a fumaça para o alto e levanta os braços, em rendição, enquanto o moço do som levanta o vestido com cautela, sem resvalar um dedo, a calcinha branquinha, e extrai diligentemente o esparadrapo. Poderia ter delegado ao William, mas não, nem passou pela cabeça delegar cena tão meritória a um dublê.

A MARIA Você não vai poder gravar minha respiração.
O DIRETOR DE SOM Já tenho um estoque gravado. Ou, de repente, a gente grava mais tarde.

A mão a poucos centímetros dos seios, conversinha, a gente grava depois, é, bem firmes. Um pequeno espetáculo para o roteirista. Devia estar de pau duro, o Luna, uma cena de soft porn improvisada para as lentes. Conteúdo exclusivo. Solta o vestido, o tecido repousa sobre o corpo da Maria, retoma o cigarro e não fala mais nada. Deixa que o silêncio se instale, silêncio de ponto-final, e a atriz vai embora com um obrigada protocolar. Nem um gracejo. O tal desgaste dos dias, pode ser, os silêncios nem sempre são tão cristalinos para o colecionador, deve ser mesmo o desgaste, e pronto, decidiu, não haverá nada entre os dois, o caso vai morrer na ficção, as orelhas de Dumbo perderam a graça para a estrela, a cara amarrada não excita mais. Ótimo. Apagou o cigarro. O Luna não está mais ali. Teria registrado o soft porn? Claro que sim, deve ter ido ao banheiro se aliviar. Depois de uma cena como aquela. O William desponta na porta, a mesa de som nos braços, e diz que está tudo pronto. Feliz, o papai aqui, e sai, colocando os fones. O Felipe encosta a bunda na parede, uns minutinhos só, esperando baixar, frio bom na lombar dolorida. A superfície agradável dos azulejos vence a malha da camiseta e alivia o calor. A ideia idiota de passear na Lagoa, o ardido na nuca. O burburinho de recomeço, e o Felipe já na porta da cozinha, boom erguido, a claquete dá a largada. A Maria na sala, mesma posição da tomada anterior, olhando inequivocamente para a câmera do notebook. Puxa a alça direita do vestido. A continuísta levanta o braço, o Zé corta a ação.

A CONTINUÍSTA A alça do vestido, Zé. Não estava assim.

A continuísta verifica os registros. A alça esquerda estava mais caída na tomada frontal, detalhe ínfimo, potencialmente imperceptível na inversão de cento e oitenta graus, mas é a missão dos continuístas apontar aquilo que ninguém perceberá. A assistente de direção risca a tomada do mapa, luz foi, som foi, e repete a claquete. Plano três, tomada dois, e a Intrusa de pé, dedicada à luz intermitente. Puxa a alça do vestido, e o vestido cai. O corpo magro e uniforme. A largura polida do quadril, destacada contra a cortina de luz branca. Nua, diante do

Inquilino, que assistirá à cena mais tarde, no conforto da cama. Da porta da cozinha, o Felipe acompanha, de ladinho, cabeça baixa, como se fosse observado e demonstrasse recato. A Intrusa não usa calcinha. A nudez, no filme, será apenas de costas, mas a atriz não aceita o tapa-sexo. Não esperava o contrário. Descendo pela curva branda dos seios e pela barriga reta, inflando e desinflando o diafragma. É possível ver, despontando por detrás da coxa direita, levemente atrasada em relação à esquerda, os pelos eriçados. Pode ouvir a respiração da atriz, mas sabe que não vem da sala, está ali, na memória. A atriz respira bem perto de seu ouvido, suspendendo temporariamente a surdez e a impertinência dos insetos. Respira assim, por meio minuto. Perfeito. Não precisam repetir, não daquela vez. Um plano sem nenhum mistério.

18

Apartamento na Gávea, noite

A tarde corre agradável, a temperatura cai cerca de três graus, um pequeno tombo para os padrões tropicais. Uma frente fria rondava a cidade, capaz de cair um toró. O Zé se animou com a ideia, o clima de aconchego viria a calhar para a convivência da Intrusa e do Inquilino, a tempestade seria incorporada ao filme. As nuvens escuras começaram a predominar por volta do meio-dia, a floresta em reboliço, os micos em preparação para o aguaceiro, os passarinhos voando ligeiros, pousos breves, o perfume alterado das plantas, uma fileira de formigas se adensou no jardim, e a brisa, chegando dos lados do mar, ganhou peso. Em Lisboa, algo acontecia nos minutos que antecediam as chuvas, mas não como ali, as tempestades ao sul do Equador enviavam vistosos abre-alas. Em Berlim, o prodígio era impossível, sem mato ou oceano, sem as trombetas da natureza. O Rio das chuvas e das frentes frias, que, para a maioria, simbolizava a suspensão temporária do hedonismo ao ar livre, era bálsamo aos olhos do Felipe, um pouco de terra chegava à língua, bom. Poucos cariocas enxergavam beleza em momentos como aquele, mas o filho torto é capaz, e ficava menos ingrato em tais horas. Uma chuvinha daquelas e os conterrâneos sairiam de casa trajando moletom, na ideia de um chocolate quente, a velha piada, esfriou, vinte e dois graus, hora de chamar os amigos para um vinho tinto. As praias em agosto eram paradisíacas, são assim os paraísos do Felipe, o azul-celeste mais escuro, areia sem rastro. Tudo funcionava melhor em agosto, até a família era mais doce durante o inverno. Orou às formigas em alvoroço, pediu pelo material sonoro que sairia dali. Já imaginava o Zé, dali a algumas semanas,

    O DIRETOR Que merda foi essa, Felipe? Esse som, de onde veio? Tá querendo afundar meu filme?

os silêncios imundos, as intromissões do ambiente. Confessar, por que não? Abandonar o comando, que outro profissional fosse chamado, tantos na cidade. Seriam, finalmente, os Irmãos Dardenne, o Felipe ao lado do Zé como codiretor, a Caravana Rolidei em novíssima formação. Que tipo de sabotagem aquela? Talvez não fosse um desastre completo, mas o risco existia, podia ser fatal, não a ponto de destruir o filme, mas com potencial para arranhar a amizade. Por orgulho, medo de abrir a boca?

Mas não choveu. Só um pingo ou outro, e o anúncio de tempestade demorou a se desfazer. As nuvens insistiram, esmaecidas num cinza-claro, diluídas na luz farta, mas a correria se acalmou e o excesso se dissipou. O calor voltaria aos mesmos patamares de antes e a estiagem seguiria curso, o verão mais seco havia décadas, e os jornais do dia seguinte trariam mais uma leva de análises, os níveis das represas paulistas sem parar de baixar. A expressão da semana: volume morto, camada de água misturada à terra que garante a umidade e a permeabilidade do solo. Mais um verbete. Os paulistanos começariam a usar a reserva técnica a partir daquele ponto, o governo se negando a falar de racionamento, o termo seria capaz de inverter o sentido do discurso montado por assessores de imprensa. Mas não havia milagre, as palavras não tinham poder sobre a natureza, e, sem recursos, as chuvas de janeiro não vinham.

Na locação, os rumos também ciscavam os limites da imprevisibilidade. A cena deixada para trás no dia da invasão da cigarra enfim será gravada. A equipe vai esticar o horário um pouco além do estipulado para que a dívida seja sanada, culpa da Maria, que se recusou a gravar naquele mesmo dia, ou culpa do Juca, que manchou de sangue a reputação do filme, aquele diz que diz de bastidor. Em uma hora, se tudo correr bem, todos liberados para a cerveja. E talvez tenha sido um erro empurrar tão à frente a gravação da cena, a assistente do Zé até quis que fosse diferente, mas o cronograma de uma produção é um quebra-cabeça. A cena pertence à primeira fase do filme traz personagens claudicantes, ainda medindo a profundidade da situação, a Intrusa é apenas uma invasora, o Inquilino alheio à presença, a equipe precisaria recuperar a atmosfera dos primeiros dias, inclusive a visual, caracterização, cenografia, e não é tão simples reabrir a distância entre os personagens. Retroagir, recuperar a ingenuidade. Vamos lá, Davi e Maria, finjam que nada daquilo aconteceu.

O DIRETOR Ação!

O Inquilino toma banho com a porta do banheiro aberta. O rapaz de costas, o vidro embaçado pelo vapor. A Intrusa se estica para dentro do quarto, a timidez um tanto descabida para quem se propõe a invadir residências, ainda sem intimidade com o espaço, indecisa. Tangencia a cama, o livro aberto bem pertinho dos joelhos, a porta convidativa do banheiro, o chuá do chuveiro. Observa o banho a uma distância segura. Plano bonito, cheio de texturas. O Inquilino interrompe o banho e a Intrusa dá um passo para trás, omoplata na parede, ombro contraído. O Inquilino alcança a toalha e se enxuga. Ainda molhado, vem na direção da porta, e a Intrusa, lentamente, desaparece do quadro.

O DIRETOR Corta!
O DIRETOR DE FOTOGRAFIA Demorou demais pra sair, Maria. Atrasou todo o enquadramento.

Não, Juca. Está certo, sim, a Maria demorou, o movimento da câmera precisou ralentar, mas a fala está errada, melhor não cruzar essa fronteira. O Zé Mário exibe a palma da mão para o fotógrafo. Um corte. Pede que o ator volte para o banheiro. Vão repetir o plano. O Juca se cala. O ator pergunta se não dá para o banho ser menos quente, mas não, não dá, o vapor oculta a nudez e preserva o anonimato da Intrusa, além de adicionar mistério, e o Zé quer daquele jeito, não abre mão, o Davi que cozinhe no calor. O tom de voz do diretor denuncia a irritação, nem o bom humor do Zé resiste aos longos dias. A assistente de direção pede que a turma da arte retroaja os vestígios do banheiro, que limpem o embaçado e pendurem a toalha, e que a produção leve um roupão para o ator, que não precisa continuar pelado no meio do quarto, como um Zé em dia de folga.

O Zé chama a atriz para conversar. Cruza os braços, a atriz. Monta aquela pose de contrariada, quem o Juca pensa que é? Sim, demorou mais do que no ensaio, não tanto, mas o suficiente para tirar o ritmo da cena, questão de um segundo, pequenos ajustes como aquele são comuns, mas o problema é outro. Gravam a maldita cena, a ceninha pendente, deixada para trás graças ao assassinato covarde de uma cigarrinha. E, bem, o Juca não ajudou em nada apontando o erro, não era função dele. Em uma locação, o calar é duplamente bem-vindo, não apenas pelos motivos óbvios, mas também para que problemas do tipo sejam evitados, atritos, egos, barril de pólvora, em boca fechada não entra mosca, quem diz o que quer ouve o que não quer, o silêncio é ouro em pó, a sabedoria popular avisa, e quem avisa amigo é, silêncio, por favor, e, na dúvida, não diga. Se precisou pensar duas vezes, melhor desistir de dizer, não é assim?

O DIRETOR (*para a assistente*) Janaína, segura as pontas. Vou conversar com a Maria a sós.

Entram no quarto de TV, o diretor e a atriz. A atriz amuou, a Maria se sentiu atingida, dá para escutar o choro abafado, a porta foi fechada depois de trocadas as primeiras palavras, o que está acontecendo?, mantenha o controle, Maria, e dali não sairão antes de resolverem as questões. Cinco minutos de questões. Dez. O ator de roupão, sentado na privada, conversa macia com a continuísta e a Santa Teresa, trabalhos anteriores, futuros projetos, um notório interesse pelas meninas, antes do fim das gravações já terá consumado o ato com uma das duas, quem sabe com ambas? O Juca sentado no chão, bunda encaixada entre a cama e o armário, isolado, engolindo a culpa por fazer aquele tanto de gente esperar. É, Juquinha. Por dentro, deve estar xingando a Maria, quase dá para ouvir. Quinze minutos. A assistente do Cláudio traz a garrafa térmica com café fresco, o Luna grava o pessoal espalhado pela sala, entornando café e sonhando com cerveja, conversando a meio-tom, mas logo desiste, tomado pelo desânimo, e chega a cochilar.

E o Felipe lá, também à espera. Fumou dois cigarros na área, esvaziou o próprio maço e ainda filou um avulso do assistente de luz. Volta ao quarto, a assistente do Zé faz um não com a cabeça, ainda trancados, os dois. Toma a mesa de som nos braços e vai se acomodar numa das pontas do sofá. Com a mesa no colo, usando a unha para remover a crosta de suor na almofadinha do fone, vem a tentação. Bisbilhotar ou não bisbilhotar? Não, Felipe, não faz isso, o Zé vai contar tudo mais tarde, no carro, voltando para casa, nem precisaria perguntar. Por outro lado, se o Zé contaria tudo, qual o problema? Sim ou não? Que mal há? Ninguém prestando atenção, o Luna dormitando sobre as almofadas, todo mundo cochichando, colocando o telefone sem fio para funcionar. Aconteceu tantas vezes, por acidente, tantas indiscrições cometidas por distração, escutava cada coisa, escatologias, orações, descobriu sexualidades encarceradas onde não imaginaria, taras em camadas espessas de santidade, ouviu delações, planos de boicote, comentários quase criminosos. O fone no ouvido. Agora, é puxar a chave. A chave pronta para ser acionada. Vai puxar. Puxou.

A luz verde se acende. Está lá dentro agora. Entrou no quarto de TV, o Zé e a Maria. O microfone de lapela segue em ação, transmissão limpa. Fica lá, entre os seios da Maria, escutando o choramingo. Adocicado, o choramingo.

> O DIRETOR Não pense que não compreendo, Maria. Sei das dificuldades de um ator.
> A ATRIZ Tô cansada, não consigo ver o que está por trás.

O pior, aparentemente, foi superado, a crise com o Juca debelada, e o assunto evolui para outros tópicos. A voz do Zé, calma e persuasiva.

> O DIRETOR Não tem nada por trás. É o que está escrito. Uma mulher se refugia num apartamento, fica lá por um tempo, e se relaciona com o morador
> A ATRIZ (*interrompendo, impaciente*) Já entendi.
> O DIRETOR (*alterando o tom*) Então não bata nessa tecla.
> A ATRIZ (*também alterando o tom*) Meu trabalho é esse.
> O DIRETOR (*mantendo o tom elevado*) Seu trabalho é fazer o que está no roteiro e seguir minhas instruções, ou será que cada coisa que você faz na vida tem um significado oculto?

Quem permitiu que o método Stanislávski pegasse um navio na Rússia e aportasse em Nova York? Quem foi? O método de construção de personagens chegou às Américas e instituiu o realismo no cinema norte-americano, que foi muito bem-vindo, vozes impostadas e tomadas frontais, carregadas de emoção, foram aos poucos rareando nas fitas, mas, por outro lado, o método adotado pelo Actor's Studio inaugurou a mania que os atores tinham de meter psicologia em tudo, absolutamente tudo.

A ATRIZ (*voltando a chorar*) Nunca invadi a casa das pessoas.
O DIRETOR Mas poderia. Num impulso. Não poderia?
A ATRIZ Eu não seria capaz de ficar morando na casa de um estranho, escondida num quarto.
O DIRETOR Você não sabe, acabou de dizer que nunca invadiu uma casa... Ninguém sabe nada até estar na situação, Maria.
A ATRIZ Eu só queria entender.
O DIRETOR Não entenda, faça. A personagem também não está entendendo nada. Fazemos coisas mesmo sem entender, não?

Por que Antoine Doinel roubou uma máquina de escrever? Para vender, arrecadar dinheiro e fugir de casa, certo, mas pensa bem, uma máquina de escrever, por quê? O que seu inconsciente buscava com aquilo? Ah, o incompreendido queria escrever a própria história. E se roubasse um abajur? Ah, Doinel gostaria de dar à luz a própria história. Boa, e se fosse uma vitrola? Tocaria a própria música? *Taxi Driver*. Por que o Robert De Niro se apaixonou à primeira vista pela Cybill Shepherd? Estava dirigindo o táxi e congelou naquele mulherão atrás da vitrine, a deusa trabalhando em um comitê de campanha para presidente, e por que a Cybill? Deus, era a Cybill Shepherd na flor da idade, uma Afrodite em Nova York, mas precisamos entender isso melhor, a mãe do Travis talvez fosse loira, ou o Travis talvez quisesse ser político, ou não, o sinal fechou e o táxi ficou imóvel em frente ao comitê, coincidência, e o coração disparou, a mão começou a suar e, de repente, o Travis não conseguia parar de dar voltas pelo quarteirão, só para conferir, e pronto, apaixonado, obcecado, e é exatamente assim que acontece quando você se deslumbra com alguém. Pois bem, resolvido. Nessas horas o Zé Mário invocava o Laurence Olivier, vá lá e faça, os ingleses são mesmo incríveis. Você recebe uma proposta obscena em uma festa, o que faz? Senta para pensar? Não, e se você entrasse em um bar, pegasse o cardápio de bebidas e escolhesse cerveja? Bem, você quer cerveja, ótimo, peça a cerveja e beba. Mas cervejas não representam sociabilidade? Não, cerveja é uma bebida alcoólica fermentada e você gosta do sabor da cevada, provavelmente faz muito calor, e para por aí, não enterre seu pai a cada caneca, não é da tradição milenar de beber com os amigos que estamos falando, esqueça os bávaros e os vândalos, não sinta o gosto amargo da vida a cada gole, deixe essas masturbações para o roteirista, para o diretor, e que o público goze com dezenas de brilhantes conclusões, deixe que recheiem as lacunas como bem entenderem e beba a cerveja, está no roteiro e o motivo é esse.

    O VÔ Por que o cachorro entrou na igreja?

Opção um: a porta estava aberta. Opção dois: porque um cão representa o lado domesticado da bestialidade humana, então entrou ali para prestar contas a deus. Bom, você pode ler as coisas desse jeito, e o diretor do filme pode até ter pensado nessa baboseira, mas o cãozinho entrou porque a porta estava aberta, só por isso, portanto fique de quatro, comece a babar e entre por aquela porta, é assim que o Zé Mário pensa, e não tenha dúvida, o Zé já gastou muitas horas com esse tipo de discussão.

    O DIRETOR Você é uma atriz excelente, mas não tente ser psicóloga. Não caga tudo, Maria.

E o choro segue, agora menos doce, com soluços entrecortados. Para o Felipe, há qualquer coisa de pré-fabricado. Mas, pensando no próprio choro, entre quatro paredes, debaixo do cobertor, aqueles desesperos que acompanhavam as noites desde os nove anos: o que haveria de revolucionário nas suas performances, afinal? Era choro, certo, uma nuance particular, uma maneira própria de engolir os soluços, mas choro é choro, universalmente choro. Uma menina de vinte e poucos anos entra em crise e chora, nada além disso, aquele jeitinho fragmentado de abrir o berreiro. O Felipe às vezes se enfadava com as próprias manias, silêncio desse tipo ou daquele, respiração assim ou assado, vá... Passos na escada, pode ser o arquétipo do caçador, ou um traidor. Tosses e lufadas, é de dúvida ou de sarcasmo? Inalações e resmungos, pode ser doença, fiapo de voz é pavor, bater de dentes e saliva engolida, claro, uma autocensura. Um descolar de lábios pode ser desespero, você sabe, bafejos, fagulhas de grito, suspiros, isso só pode ser ciúme, e risadinhas enganchadas na goela, a garganta seca, a ressonância de cordas, o borbulhar estomacal, pruridos, sibilos, para os diabos, é insuportável, essa trilha. Inferno. Foda-se a coleção de barulhinhos, fodam-se as pausas. Vum. Não é só o Zé que tem mania de colecionar, é o que você fez a vida toda, Felipe, montou uma coleção de brinquedinhos intangíveis, grava alguns, deixa a maioria assentar na memória, e esquece as partes que não interessam, assim. As coleções não têm utilidade, existem para ocupar espaço, coleções também são uma forma de estabelecer sentido. Não há sentido, mas há coleções. Não há sentido, mas há guias de viagem. Há Bíblias, em diversas traduções. Programas de teatro, quadros, pôsteres de bienais de arte. Coleções de selos, rótulos, conchas, garrafas, copos, canetas, camisetas, bonecas, ursinhos, sapinhos, carrinhos, e coleções de moedas, revistas, figurinhas da Copa do Mundo da Alemanha, reportagens de jornal sobre tragédias naturais, cartaz de filme, fotografia de estrela de cinema, telas, fósseis, fósforos, folhas secas, pedras, broches, calcinhas, vibradores, colheres de pau, ninhos de passarinho, ímãs de geladeira, marcadores de livros, e cartas, e discos. E sons, e silêncios, ou não? E choros, por que não uma coleção de choros? Veja bem, choro número duzentos e dez, série drama, segundo álbum: o choro de uma menina tentando convencer o chefe de que tem fortes razões para interromper o andamento das gravações, de que não é uma vilã, tem sensibilidade artística e uma forma muito frágil de entender o personagem, um rico acervo de neuroses para desfazer, um mundaréu de questões dentro da Maria, tudo isso enfiado no choro. Número duzentos e dez, registrado.

A MARIA E do Felipe.
O ZÉ É. Você está certa. Tá estampado na cara dele.
A MARIA Vocês são tão amigos...
O ZÉ (*interrompendo*) E então? Vamos voltar e gravar essa ceninha?

E do Felipe. E do Felipe o quê? Como o Felipe foi parar na conversa? Uma distração, um devaneio, uma digressão sobre o sentido de um choro, o parêntese sobre coleções, e o Felipe vai parar dentro da conversa, assim, não sei o quê, blá-blá-bá, tá-ná-ná,

A MARIA E do Felipe.

e do Felipe o quê? Por que não está gravando? Rebobina, chora-chora, blá-blá-blá,

A MARIA E do Felipe.

um universo de possibilidades antes do nome, o Felipe, e do Felipe. Francis Ford Coppola, *A conversação*, Gene Hackman como o detetive que gravava conversas impossíveis de ser gravadas, plantava microfones e contratava stalkers com aparelhos portáteis, o mestre da bisbilhotice sonora, mas que erra feio, lê um casal de vítimas onde há na verdade um casal de criminosos, acerta nas gravações, como de costume, mas falha na interpretação. Não sei o quê, blá-blá-blá, e vítimas. Chora-chora, tá-ná-ná, culpados. Chora-chora, vai falando, vai falando,

A MARIA E do Felipe.
O ZÉ É, você está certa, conheço o Felipe há anos, tá estampado na cara dele.

está certa sobre o quê, a Maria? O que temos aqui, qual o crime, em que tipo de ardil o Felipe vai sendo envolvido, dá para repetir? É sobre a lenga-lenga do Juca, a fofoca do Cláudio, a intimidade do diretor de som com a atriz-problema, andam comentando pelo set, andam dizendo por aí,

A MARIA Tenho medo do Juca, e do Felipe.
A MARIA Esse é um comentário típico do Cláudio, e do Felipe.
A MARIA A culpa é sua, e do Felipe.
O ZÉ Você está certa, acho. Conheço o Felipe, tá estampado, sei que é recíproco. Ele é assim, um sedutor disfarçado de misantropo, sonso, está morto de vontade, guarda a ereção no meio daquelas bermudas largas cheias de bolsos, mas quer você, Maria, e eu também, acho que você está certíssima sobre isso.
A MARIA Eu me apaixonei, sinto tesão, gosto de vocês, gosto de você, Zé, e do Felipe.
O ZÉ (*caindo em si*) Acho que você está certa. Tá estampado.

é, faz anos, o Felipe é assim, sonso, sedutor disfarçado, morto de vontade, as bermudas largas, mas quer você, Maria, e eu também.

A MARIA Eu não arrasto asa pra todo mundo, como estão dizendo por aí. Quero dormir com vocês dois, entende? De preferência ao mesmo tempo. E vocês também querem, você sabe, vocês são amigos, devem ter conversado sobre isso, não tô certa? Você conhece o Felipe, diga que não tô certa, vocês querem, não querem? Quero vocês, não quero o estúpido do Davi, ou o babaca do Umberto, eu estou a fim, sim, mas a fim de você, e do Felipe.

O ZÉ (*admitindo*) Acho que você está certa. Conheço o Felipe há anos. Tá estampado na cara dele.

Pode ser uma impressão, mas há ali um tom de desistência, um deitar de armas diante de uma boa tese. O Zé entregando os pontos, é essa a intenção, a voz apontou para baixo, a energia caiu, é, acho mesmo que você está certa, tem razão, acho que a gente vai ter mesmo que te comer, e ao mesmo tempo, os dois juntos, é, conheço aquele filho da puta há anos, tá estampado, sempre abro caminho até as meninas, tem razão, entrego as bocetinhas embrulhadas pra presente, é, chegou a hora, já tinha proposto lá no agreste de Pernambuco, a gente podia ter dividido a moça da prefeitura, a moça queria, o trouxa não quis, é, você tem razão, chegou a hora de a gente dividir, e vai ser você, vai ter que ser você, Maria.

A MARIA ...
O ZÉ ...
A MARIA ...
O ZÉ ...

Não estavam fazendo isso, estavam? Não, não podiam. Ali, no quarto de TV do Inquilino? Aqui, no meio da locação? A mão do Zé subindo pelas coxas da Maria. Um pequeno gemido, o som do atrito molhado,

O ZÉ ...
A MARIA ...

um beijo, os dedos finos da Maria embrenhados entre os fios do Zé, a mão da Maria ali, entre os pelos do Zé Mário, calça, botão, zíper, uma intrusa, os fios loiros, o pau enorme, crescendo, a mão do diretor na barra do vestido, entrando devagar,

A MARIA ...
O ZÉ ...

e a equipe inteira à espera, do outro lado da porta, a equipe inteira. É bom. É divertido. Úmido. Há poder em jogo, e o poder é da atriz, Marlene Dietrich versus Rainer Fassbinder, o poder fica passando para lá e para cá, atriz e Zé, a Maria e o diretor, batendo bolinha, tá comigo, com você, quem é que manda? Polanski versus Deneuve, a luz dos refletores atrás da cortina, estão brincando de morar em Copacabana, aquela sensualidade, cheiro de gasolina e batata frita, calor da porra, portas fechadas, a fricção da convivência, a competição com o melhor amigo, Maria é minha. Ingrid e Ingmar, Bergman versus Bergman, e a luz, atrás da cortina, Copacabana, gasolina, o calor e a porta, fricção, a competição, o Zé é meu. Putos.

A MARIA ...
O ZÉ O que foi?
A MARIA Você tá me machucando.
O DIRETOR Vamos voltar e gravar essa cena, Maria. Agora.

19

Mirante do Leblon, manhã

A manhã já vai sólida, nove e tanto e o céu reapresenta a cúpula cinzenta da véspera. Segundo as previsões, contudo, a seca continuaria. Alguns surfistas se arriscam no mar, as ondas arrebentam nas pedras, uns caminhantes esparsos na areia, cidade e Felipe em estranha comunhão. Saiu para respirar, como se diz, deu vontade de ver um mar diferente daquele espelho salobro da baía. Locação nova, você sabe. Pode jurar que, no caminho, viu a Fernandinha, chapelão enorme de Tieta do agreste, óculos como os da mãe, disfarçando a fama. Vento acima do normal, aquele, os cabelos do Felipe em guerra, a mão em concha protegendo o rosto, e um quadro irretocável diante do nariz: uma gaivota parada no ar, as praias do Leblon e Ipanema como pano de fundo. A gaivota flutua a poucos metros da grade de proteção, paradinha no ar há mais de dez minutos, e se você escalasse as grades, contraísse os músculos das pernas e espichasse o tronco e os braços, conseguiria passar a ponta dos dedos nas penas, possível que o bicho nem se importasse, nem sequer se desse conta. Contraposta ao vento, com as asas abertas em paraquedas, a cabeça em seta projetada à frente, equilíbrio tão perfeito, jogo de forças tão sofisticado, a gaivota oscila levemente, para baixo e para cima, um sistema inviolável. Você conhece os códigos, urubus são da morte, andorinhas pertencem à alegria, as pombas à paz, exceto para o Felipe e a irmã, que associam as pombas ao luto, e as gaivotas são amigas da liberdade, e ali não é diferente. Sim, mas não a que naturalmente se amarra à ideia de movimento, liberdade de outro tipo, particular, a própria liberdade em metáfora, uma gaivota longe de tudo, mas bem perto, em resistência e silêncio, na potência de uma grasnada, e só na potência. Poderia quebrar o silêncio, mas não grasna. Talvez seja mesmo essa, a sensação, o Felipe das ruas, Jiló do ônibus, o Lipe das festas, essa impressão de ser o centro. Todo mundo olhava a gaivota. E, no meio de tamanha turbulência, como uma gaivota dessas não atrairia as atenções, gestos medidos, a busca por um estado nulo? É isso? Quer se destacar a gaivota? Energia imensa, envolvida ali, na intenção da permanência. Uma grande brincadeira, também, a gaivota se diverte. Gaivotas se divertem? É como um daqueles móbiles de madeira que cariocas penduram em varandas, cena difícil de reproduzir, ou você fica a postos e gasta horas com a câmera na mão, à espera de outra gaivota com a mesma ideia, ou simula em computação gráfica, o que talvez acabe saindo mais em conta. Vontade de pôr a mão, inveja do bicho.

 O Fábio também está ali. Entre as razões experimentadas para a morte do irmão a mais poética se aproximava daquela, o moleque se encanta com o beija-flor ou a borboleta, levanta a janela e se arrisca no parapeito, estica o braço, aí se desequilibra, e fim. Não é bonito, zero de poesia, não, um menino de doze anos já conhece os perigos, é de esperar, não pode ter sido assim, talvez ventasse, como no mirante, e um vento como esse, que sustenta a gaivota, teria força suficiente para arrebatar uma criança, facilmente sugaria o Fábio num remoinho de pressão. Não, que não ventava, assobiaria a janela, se ventasse. Um fluxo vigoroso e sem rajadas, contínuo, como uma flauta ou um diapasão, um rio escoando rápido por um ralo, é assim, o vento do mirante.

O ZÉ Você sabe descrever esse vento, Felipe?

Noite tensa, virada em madrugada, foi noite até o sol nascer, Zé não dormiu, o Felipe tampouco. Passou horas na sala, o relógio de parede com os ponteiros parados, gostou do relógio quebrado logo que viu, coisa do Bergman. Máquinas como aquela mudaram a maneira como os homens compõem, e tocam instrumentos, relógios mecânicos mudaram até mesmo o ritmo das caminhadas, o homem inventou o relógio e os relógios reinventaram o homem, e gastou a manhã encarando a velharia decorativa, tentando ordenar os acontecimentos, até quis que a traquitana funcionasse e estabelecesse um ritmo, você sabe, um sentido. Mas o tempo não voltava, e, no alvorecer, enjoou do relógio parado e saiu para a rua sem saber para onde. Agora, revira a memória e o estômago com os episódios da véspera, tenta ajustar em uma só ideia a corrente de afetos que visitou durante a madrugada, teve ódio, inveja, arrependimento, teve compaixão, e essa tristeza, essa vergonha, e um amor profundo, mas não cabe, coisa demais. Quando uma discussão ganha pesos e contornos tão definitivos, o dia seguinte se resume a essa tentativa ineficaz de reconstrução: o quê, como, quando eu disse aquilo, em que tom? Houve resposta, e por quê, por quanto tempo? A troco de quê, onde foi que paramos, se é que paramos, quem parou por último? Já vieram discutindo desde a locação, talvez discutissem desde muito tempo, no embalo de uma amizade em que as coisas nunca eram ditas com todas as letras.

No fim, o Zé conseguiu gravar a cena maldita, a Maria acertou os tempos e fez de uma tacada só, tudo se conectou como num milagre, mas então o zumbi deu as caras.

O JUCA (*para o ator*) Parabéns, Davi. Profissional, você.
O DAVI Que bom que deu certo, estava morto de sono.

O JUCA Estava todo mundo com sono, né? Essa reunião do Zé com a sua coleguinha, que não acabava mais...

Nova rodada de bate-boca, como no dia da cigarra, a turma enrolando fio e desligando as máquinas, tentando fugir do climão de Cassavetes,

A MARIA Você podia aprender a ficar calado, Juca.

o Zé insistindo na placidez, mas à beira da combustão, aquele jeito de mandar o mundo às favas com a revolta travada nas pupilas. Vai, Zé, explode. E estourou, daquele jeito do Zé estourar, ia acabar em doença, explosões para dentro, e instituiu uma manhã de folga no dia seguinte, que relaxassem, dormissem, só aparecessem ali depois das duas. A assistente de direção ficou encarregada de reacomodar os trabalhos no cronograma, o roteirista daria uma revisada nas cenas que faltavam, que uma ou duas fossem simplificadas, eliminariam alguns planos e abreviariam a tortura, falou assim o Zé, essa tortura, para a equipe toda ouvir, especialmente o Juca e a Maria. Olhares tóxicos, sinais trocados pela equipe, Zé surtou, tá surtando, o líder assinava a rendição,

O ZÉ (*gritando ao volante, sufocado*) Chegando em casa telefono para o Cláudio e dispenso todo mundo, pronto, acabou o filme, não tem clima, pago os cachês e adeus, vou virar ermitão, ser editor, trabalhar confinado no quarto, não quero mais saber de dirigir.
O FELIPE Você precisa dormir, vai acordar melhor..
O ZÉ Era pra você me ajudar, mas ficou no seu canto, vendo eu me foder na frente de todo mundo.

e levava o Felipe junto, as palavras cuspidas em labaredas, Felipe tentou desviar, mas velhas portas foram se abrindo, que já queriam se abrir havia tempos, o Espeto era um buraco negro que puxava tudo para dentro.

> O ZÉ Vendo meu filme descer pelo esgoto, e calado.
> O FELIPE Você vai mesmo continuar com isso? Vai me culpar pelo fracasso do seu filminho?

Filminho? Não, Felipe. Você sabe, as palavras no diminutivo, a cidade, assim como Lisboa, tem adoração por diminutivos, rola um solzinho, pega um cineminha, o último copinho, um minutinho só, mas diminutivo é pele de cordeiro, filminho? Oxe.

> O ZÉ Filminho, então. Pelo menos disse alguma coisa. É por isso que tá assim, estranho? Meu filme é uma boa merda e você não teve a decência de dizer?
> O FELIPE Não fui eu que passei cinquenta minutos dentro do quarto com a Maria, enquanto a equipe caía de sono.

Em boca fechada não entra mosca, o silêncio é de ouro, esqueceu?

> O ZÉ Eu estava colocando a Maria no lugar dela, Felipe, minha função de diretor.
> O FELIPE Sei o que vocês estavam fazendo, Zé. Ouvi tudo.
> O ZÉ Você escutou minha conversa?
> O FELIPE Vocês dois falando de mim, vocês dois se beijando...
> O ZÉ Nós dois o quê?

Não conseguiu evitar, escapou, e a discussão, à medida que avançava, parecia cair de costas, retroagiram e chegaram aos tempos de escola antes mesmo de o carro ser estacionado na garagem, a caixa de Pandora arreganhada e despejada no elevador, assuntos proibidos na sala de estar, quartos, cozinha, e dá-lhe uísque, o filminho, e mais uísque, filmeco, a palavra se embrenhando cada vez mais no diminutivo e atirada como um dardo, e um Felipe praticamente inédito rasgava o silêncio e entrava em combate, e de cabeça, trouxe a menina do agreste, a garçonete daquele bar, as meninas da adolescência, todas misturadas ao filminho, o filmeco embaralhado aos deslizes do Zé, às seduções veladas, menina um, menina dois, menina três, e os meninos também, uma seleção de meninas e meninos vomitada no carpete.

O ZÉ A Ana?
O FELIPE Vai negar?
O ZÉ Nunca coloquei os olhos na Ana, você tá inventando.
O FELIPE Ela me contou tudo.

Contou tudo o quê? Àquela altura desconfianças se convertiam em provas, medos em verdades. O Zé seduzia até parede, por que não a Ana?, tipinho diferente o da Ana, suave e temperamental, meiguice no rosto e fibra nas palavras, o Zé cairia de paixão caso tivesse conhecido a rapariga primeiro, de quatro, se não houvesse o freio de um verdadeiro incesto. Pensa bem, Felipe. Nada para ser exumado aí. Mas eram em momentos como aquele, quando a imaginação invade o campo do ressentimento, que os entraves se inflamavam ainda mais e os ataques escapavam ao controle. Livre associação o nome. Tudo embaraçado, abrindo o labirinto e, em seguida, partindo o fio da meada. Tudo o quê? O que foi que a Ana contou? Patavinas. Não seria natural que comentasse? Pensa bem, o que estaria entocado no silêncio da Ana, o quê? Nada, rapaz, uma mulher comedida, apenas isso, e que adorou seu melhor amigo, achou bonito, e simpático, sim, e que aguentou o charme automatizado do Espeto em deferência ao namorado, e até permitiu um flerte em tom de bazófia, em nome da terrinha, mas que não quis trepar com o Zé, não quis apunhalar o Felipe, nunca quis coisa alguma com o Zé Mário. Nunca quis?

O ZÉ   Liga pra Ludmila e pergunta se aconteceu alguma coisa entre a gente.
O FELIPE   Pode não ter acontecido, mas você quis.

Não sei, mas com certeza. A Ludmila era altamente desejável, primeira garota bonita que o Felipe beijou sem precisar catar na lixeirinha, quer estímulo maior para o predador? A Ludmila atravessada no orgulho do pilantra fazia quinze anos, e agora ali, vomitada pela casa, Ludmilas atiradas pelos cantos do apartamento bem decorado e cheirando a sachê, o novo matadouro com paisagem premiada na janela, bela porcaria, essa baía imunda, e é claro que o Felipe não parou, e o assunto foi para o Rio de Janeiro, toda discussão volta pra casa um dia, ou não?

O ZÉ   Você foi morar em Londres, em Berlim, em Lisboa, no cu do Judas, foi embora falando mal do país, e...
O FELIPE   Não vou montar uma teoria sobre minhas aversões, não gosto daqui e pronto, é simples. Você também foi embora, não foi? Pro Recife, claro, não sabia se virar fora da asa da mamãe..
O ZÉ   Esse país é isso, o Rio é aquilo, mas foi morar onde? Em Lisboa, a mesma merda, só que mais limpinha..
O FELIPE   Cagão, filhinho mimado...
O ZÉ   O garoto eternamente atormentado, sem casa, sem pai e mãe, sem irmão, sem ter onde cair morto.

E não parou aí, dois monólogos em choque, o sedutor acidental versus o eterno torturado,

O ZÉ   Guarda-roupa? Não foi por querer, Felipe. Tomo um baita cuidado com esse assunto, não me lembrava de guarda-roupa nenhum.

e os papéis não paravam de se inverter, uma gangorra, o Zé Mário recuava, e o Felipe abria o peito, soltava o grito, apontava,

> O FELIPE Na hora em que o Fábio morreu, onde eu estava? Não vá dizer que não lembra... Era para a Maria se esconder na varanda. Não estava no roteiro. Você olhou pro guarda-roupa, olhou pra mim, associou e enfiou a Maria lá dentro. Você lembrou, Zé, não mente, vi na sua cara.

Marlon Brando versus Paul Newman, e aquele tom melodramático não casava nem com um nem com o outro,

> O ZÉ Você deveria registrar patente das histórias que conta por aí, que tal?
> O FELIPE Não conto minhas histórias por aí.
> O ZÉ As histórias ficam no ar, um dia sedimentam e alguém conta. É assim que funciona.

e, num pestanejar, você pode virar um ladrão de ideias e histórias alheias, um cineasta sem personalidade ou caráter, homem de vida estéril,

> O ZÉ Todo mundo tem uma história sobre móveis de infância pra contar. Eu, por exemplo, não conseguia dormir se alguma gaveta do quarto estivesse aberta. Todo mundo algum dia já se escondeu debaixo da cama ou atrás da cortina, móveis e portas sempre foram máquinas de fazer monstros, são imagens universais.
> O FELIPE O Bergman era um fodido, o Cassavetes, o Truffaut era fodido mas contava as próprias histórias, tirava as imagens do próprio baú. É por isso que você acha seus filmes falsos. Eles são mesmo.

e você, de uma hora para outra, passa a ser um jogador de frescobol irresponsável e falso, que cismou em fazer cinema só porque o melhor amigo teve a ideia antes, você vira um boa-vida, e falso, brincando de professor mal pago enquanto conta com a bolsa-cinema do pai e o plano de saúde da mãe, apartamentozinho com ar-condicionado a uma quadra da praia de Boa Viagem, é, que a amiga da minha mãe alugou baratinho, a amiga da mãe indicou,

> O ZÉ Não acredito, escutando as conversas dos outros pelo microfone de lapela, canalha...

a amiga da mãe conhece não sei quem no ministério ou na prefeitura, na casa do cacete, mamãe dá um jeito, conte com os amigos, ó camaradagem,

> O FELIPE Grava o som, Felipe, edita o som, desenha o som, faz isso pro seu irmão, seu amigo, ajuda o Zé a realizar seus sonhos, e agora o longa-metragem que todo mundo esperava, que todo mundo vinha cobrando, já era tempo, vai lá, coragem...

e se o filme ficar uma merda o papai reembolsa, mamãe dá beijo, e a culpa? A culpa você divide, que não é trouxa, reparte em fatias e enfia uma na conta do amigo, que largou a mulher doente em Portugal e veio gravar essa merda de história, o filmeco,

> O ZÉ Então eu sou assim, tiro dinheiro do meu pai, dos editais públicos, roubo casa e comida dos pobres, exploro minha mãe e, de quebra, ainda vampirizo a miséria do meu melhor amigo... E, pra encerrar, também faço filmes falsos e...
> O FELIPE ...

O ZÉ Sempre fui um cara triste, Jiló, foi daí que nasceu nossa amizade, ou você não consegue lembrar? Eu e você sonhando em fugir naquela joça de Caravana Rolidei, eu e você sozinhos, Antoine e René, matando aula em Paris...

O FELIPE ...

O ZÉ Em contraste com você posso até parecer o rei da alegria, mas nunca fui, é o jeito como você me enxerga. Não preciso das suas tragédias pra simular minhas tristezas, não minto nos meus filmes, eles são sobre mim, não sobre você, escutou?

O FELIPE ...

O ZÉ Se você prefere pensar assim, tudo certo, a vidinha de merda do Felipe, vai ser esse o nome do filme então, *Felipe, uma tragédia*, grande bosta, estou me sentindo tão só, oh, tenha dó de mim... Queria ter um irmão só pra poder empurrar da janela e justificar minha tristeza, é o que eu vou fazer, vou empurrar você pela janela e chorar o resto da vida.

e mais uísque, até esvaziar todas as garrafas. O silêncio, no fim. Sempre volta. De que tipo, aquele silêncio? Silêncio de contar vivos e mortos, avaliar estragos. Sempre fui um cara triste, eu e você, Caravana Rolidei, Antoine e René, sou triste, o Zé disse, e essa alegria toda, ah, só o jeito que você me enxerga. O jeito que você me enxerga. Não precisava das tragédias do Jiló para simular as próprias. Não mentia nos filmes, são sobre mim. O jeito que você me enxerga. Meus filmes não são sobre você.

O ZÉ Abre a porta, Jiló. Sou eu, teu irmão.

Você pinta imperfeições, talha um defeito ou outro para que o herói passe por verossímil, você monta um melhor amigo, brother de fé, irmão camarada, tão diverso do amigo que o próprio amigo montava diante do espelho. Não existe, o amigo do Felipe, ou existe? Também morava na penumbra, atolado nas próprias idiossincrasias, defeitos e tristezas, o Zé Mário era esse homem capaz de respeitar os silêncios, e aguardar o fim dos silêncios, paciente, e não bastava? O Zé sabia, como talvez apenas a Ana e o avô soubessem, o silêncio era o único lugar em que o Felipe conseguia segurar a própria história com a mão. Único lugar onde parar o curso das coisas era possível, barrar o tempo, impedir que algo mudasse e seguisse rumo, você fica em silêncio e o mundo encalha, nada anda, e a vida nunca se transforma em algo definitivo, ainda não. Um adiamento, um ainda não, segura o tempo, que o passado, você sabe, muda a cada segundo. E mudava mesmo, não mudava? O passado dos dois, por exemplo: Zé e Felipe, separados por uma parede. Não tinha acabado de mudar?

O ZÉ Abre a porta, Felipe. Sei que você tá acordado.

Mujo. Ia dizer o quê? Fugiu para o quarto, para o cinema, para a Europa, e fugia agora do Zé, aquele vento passando rápido nas orelhas. É bom, o vento do mirante, primeira e última vez que experimenta um daqueles, sem forma e essencialmente sem som, inflando as pálpebras e as narinas. E essa gaivota? Vento e pássaro, uma coisa só.

O ZÉ Você sabe descrever esse vento, Felipe?

Pois bem, está aqui. Impossível gravar, o atrito com o microfone estragaria tudo, não dá para registrar esse vento, mostraria ao Zé com orgulho, se desse, uma alça de retorno. É capaz de passar a vida no mirante. É a mesma cidade, no fim. E acolhe o Felipe, parece. Você sabe descrever esse vento, Felipe? Queria ter como gravar. O vento é o silêncio da gaivota. Um retumbante silêncio, é isso. E existe, o silêncio?

20

Apartamento na Gávea, tarde

O dia anterior foi pela metade, e de ressaca, a equipe como uma colônia de cupins, no monta e desmonta, faz e pronto, cenas e planos pulando do papel com o mínimo de repetições. Assim, linha de produção mesmo. A turma amuada com a Maria e o Juca, outra vez os dois, silêncio de protesto, do tipo que deixa o caminho livre, na esperança de ver o tempo passar rápido. O Zé descansou a cabeça e, ainda bem, voltou atrás nas decisões de abortar o filme, apenas uma cena cortada, alguns planos condensados, o Juca chegou a pedir para que um ou outro plano fosse reinserido, virtuoses fotográficas que não fariam falta na montagem,

O ZÉ   Agradeço a sugestão, mas vai ser assim, tá bom? Obrigado pelo empenho. Tudo certo para a próxima cena?

e o Zé, decidido a simplificar os trabalhos, retomou o leme, não queria hora extra. A qualidade dos trabalhos não foi comprometida pelo clima de fim de feira, o Juca se esmerou na concentração e na discrição, enquanto a atriz, com a energia amputada, até displicente, conseguiu bons efeitos de atuação, essas coisas surpreendentes que às vezes brotam de intenções flácidas. E o filme seguiu para a reta final.

O DIRETOR (*para o ator, em voz bem alta*) Davi, por favor, pergunta pro Felipe se a mesa de som está ligada, já vamos começar.
O ATOR Eu? Perguntar pro Felipe?
O DIRETOR Deixa, não é nada. Ele já deve ter escutado.

Apesar de revelado, o jogo de esconde-esconde entre o Inquilino e a Intrusa continua. O desenlace foi uma incógnita para o Zé durante os anos de maturação do roteiro, mas funciona. A artificialidade gritava no papel, mas ali, no pelo das filmagens, as soluções soam plausíveis e necessárias, como se o caminho trilhado fosse o único possível. A Intrusa segue passando as noites no quarto de tralhas, o Inquilino vive como se estivesse a sós. A cópia da chave do apartamento é pendurada num porta-chaves, o Inquilino deixa para a Intrusa a decisão de prosseguir ou não com a brincadeira. A comunicação entre os dois se dá por dois canais. O primeiro são os filmes. Todas as manhãs a Intrusa visita as imagens que o Inquilino deixa encarapitadas na tela do notebook, gravações feitas com a câmera de celular, o sujeito trabalhando em uma sala comercial, no almoço com os colegas, nas gôndolas do supermercado ou pedalando no calçadão. As imagens de celular foram gravadas antes do início dos trabalhos oficiais, o Zé encomendou ao Davi registros de cenas de seu dia a dia, realizados com o máximo de amadorismo, tarefa muito bem cumprida, o ator enviou os arquivos e o diretor tratou o material pessoalmente, cobrindo as cenas com um filtro ainda mais amador. A Intrusa usa o mesmo artifício, transmite as horas no apartamento com a câmera do notebook, arrumando a cama, cozinhando, conversando com a diarista e, claro, estrelando vídeos eróticos. A maior ousadia da Intrusa é gravar a chuveirada do Inquilino, agachada junto à porta do banheiro. E, na noite do mesmo dia, o Inquilino se deixa absorver pelo próprio banho, a mão vai para dentro do short e, sutilmente, estimula a imaginação, hipnotizado, excitado com a presença atrás da câmera. A Intrusa, ali, tão perto. Uma interpretação mais preguiçosa talvez rotulasse a cena como um ritual narcísico, mas não, um sofisticado jogo de espelhos se estabelece, e o Zé fez questão de creditar a criação, em voz alta, ao Luna. Brilhante, a palavra que usou. A outra forma de comunicação entre os coabitantes são as oferendas, o Inquilino presenteia a Intrusa com roupas novas, sandália, nada de sutiã, algumas camisetas, um bom vinho aberto na geladeira, rosas no vaso da sala, e, na contrapartida, encontra o forno quente e a mesa posta. Formam um casal. O Felipe e a Ana, de vez em quando, passavam dias assim, uma casa ao estilo John Cage, passarinhos e chaleira apitando. O Inquilino até cogita chamar a companheira para dividir um jantar, coloca outro prato na mesa e, à porta do quarto de tralhas, reflete a respeito. Não chama. Por algum motivo, vá saber, decide pela continuidade do jogo. Esse medo de pôr fim ao prazer, talvez, esse gosto pela contravenção, a relação estabelecida em bases tão peculiares, por que não abrem aquelas portas? O Felipe evitava avançar em conclusões, continuavam o jogo porque queriam, ou porque foi assim, foi assim e pronto. O casamento com a Ana, afinal, levava as mesmas tintas de acaso. A moça aceita, numa noite quente de janelas abertas, o convite, o Felipe se arrisca de chef de cozinha no conjugado de poucos móveis e naquela mesma noite fica para dormir, e aceita ficar mais uma, e outra, até que magicamente amanhecem em um apartamento maior, e tomam posse desse apartamento, começam a acumular objetos, panelas do El Corte Inglés, cadeiras da Ikea, começam a listar silêncios e preparar comidinhas, adotam a Lulamae, montam aquela cosmogonia particular, e em breve comemorariam bodas de estanho, mais algumas semanas e zás, dez anos. E a cena mais marcante da última fase do filme beira a genialidade, o Inquilino anuncia que vai viajar por dez dias, obrigações de trabalho, e convida a Intrusa a permanecer no apartamento, promoveria nova festa ao retornar, e a companheira sairia novamente do quarto de tralhas, e dessa vez não haveria apenas um brinde, a Intrusa deixaria de ser uma intrusa.

>O INQUILINO Se você aceitar, vou ficar feliz. Caso não aceite, bem... Melhor acabar com isso e ir embora antes da minha partida. Quer dizer. Não sei. O que acha? Você aceita?

No dia seguinte, a Intrusa de lá para cá, como enjaulada, sem lugar que baste. As roupas empilhadas na cama, as malas do Inquilino feitas. A Intrusa toma a decisão e gira a chave. Abre a porta. E, depois de olhar ternamente para a câmera do notebook, sai. Em um plano fechado, vemos a chave ser empurrada por debaixo da porta. Foi embora. No fim da mesma tarde, o Inquilino retorna do trabalho, mais cedo que o habitual, ainda nem é noite, o transtorno mal contido, e marcha decididamente até o quarto de tralhas, põe a mão na maçaneta e, depois de puxar uma lufada de coragem, entra. Vasculha atrás das cadeiras, abre o guarda-roupa, e nada, apenas casacos de inverno e o pequeno ninho onde a intrusa costumava se esconder. Dá a volta pela varanda, vai até a cozinha, procura pela chave. Acabou. Descobre que está sozinho. Vai até o notebook e assiste à despedida, a Intrusa fechando a porta. Não se contém, abandona a gravação, sai de cena ainda mais transtornado, e ficamos ali, com as imagens gravadas na tela do computador. Lentamente, nos aproximamos da imagem na tela. Um pequeno detalhe. Os dedos da intrusa, tentando, tentando, até que finalmente alcançam a chave por debaixo da porta. A porta se abre e a intrusa ressurge. Está ali ainda, mas o Inquilino não sabe. Vai até a cozinha e volta com um bloco de notas, então o exibe para a câmera. Um sim, escrito à mão.

A ANA Meu deus. Que bonito, isso. Gosto.
O FELIPE Acho sentimental demais.
A ANA Não, não é. Não é mesmo.

O Inquilino deixa o corpo tombar na cama, a expressão carregada e triste, embarcou na decisão, alteraria o curso da história. Passa as costas da mão pelo rosto, um desespero, deita de bruços, talvez tente dormir. A câmera corre horizontal pela barra da colcha, a faixa escura logo abaixo, a escuridão que reina sob as camas, imagem universal, diria o Zé, tomada delicada, das mais belas fabricadas pelo Juca. A câmera estaciona. O Inquilino pende o braço, as pontas dos dedos quase encostam no assoalho. E, lentamente, a mão feminina surge do breu, desliza nos tacos de madeira e para bem abaixo dos dedos do rapaz. Fica ali, sem pressa. A urgência daquela mão, uma contenção cinética, até que Intrusa e Inquilino se tocam. O contato dos dedos se converte em carícia. E a carícia quer se intensificar, a força quer assumir os movimentos, mas a Intrusa desiste e volta para a escuridão da cama. A câmera sobe e chega ao rosto do Inquilino, adormecido. Ficamos ali, naquele rosto entorpecido. Dá para pegar o silêncio no ar, o sublime brota das banalidades, é assim, mas passa depressa, tem gente que nem vê.

O DIRETOR Queria fazer um anúncio, turma. Não vou repetir a
cena. Essa não precisa.

Aplausos silenciosos. A atriz sai de debaixo da cama e dá um longo abraço no Zé, cumprimenta o Davi com um beijo, ignora a presença do Juca e, saindo do quarto, libera o maior dos sorrisos para o Felipe. Cabíria, depois de uma noite de serviços prestados, Gelsomina após uma apresentação na praça. É uma atriz, é seu ofício, e o Felipe não se cansa de acompanhar os meandros daquela profissão. Um par de mãos trocadas, a luz delicada, fotografia sutil, o movimento instintivo da câmera, velocidade no ponto, a cor da barra da colcha, o vermelho caindo do vinho mais fechado até o coral, tudo se encaixando e fazendo valer os dias terríveis que carregava nas costas. Vum. O cinema era incrível. O cinema era a melhor coisa do mundo, a maior invenção humana, jamais haverá algo tão importante quanto o cinema. Vum. O Felipe retribui o sorriso, dá um beijo na testa da Maria, e fica ali, de pé, disfarçando o constrangimento. A Maria passa a mão na barba do Felipe e agradece, nem sabe o que dizer, um obrigada tremido, pela companhia discreta dos dias, quem sabe?, ou pelo beijo mesmo, como se fosse natural o Felipe beijar a testa de uma atriz. Recua um passo e bate com os olhos no Zé, parado à porta do quarto, acompanhando a cena. Em casa, pela manhã, sem comunicação, foram dois fantasmas, uma frase cada um,

> O ZÉ Não quer carona?
> O FELIPE Prefiro andar um pouco.

e pronto, o Felipe vagando pelo bairro, aquelas vibrações de Antonioni, a noção enevoada de um destino à frente, a arquitetura sufocante, a ausência encaixilhada em linhas retas. Já havia se decidido, partiria o mais rápido possível para Lisboa. As gravações estariam encerradas na noite seguinte, anteciparia a passagem de retorno, no domingo gravaria os sons de Copacabana, na segunda-feira gravaria outros efeitos, na terça decolaria em voo diurno, enviaria o material organizado em arquivos, lá de Portugal. Queria a Ana e o inverno sem sustos de Lisboa. Mas.

> A ASSISTENTE DE DIREÇÃO Equipe, atenção. Amanhã seria nosso último dia de trabalho, mas acabamos de receber uma informação do síndico. A companhia elétrica avisou que o

fornecimento de energia vai ser suspenso entre as dez da manhã e as seis da tarde. Nosso dia reservado para cenas extras, o domingo, que não seria utilizado, vai precisar ser ocupado para as cenas finais.

O DIRETOR Sinto muito, turma. Um imprevisto, mas a gente se planejou para isso. Amanhã, infelizmente, não teremos gravação. Sábado de folga.

Sábado de folga. Não quer folga, não vai saber o que fazer com o tempo. Visitar a família, talvez? Guarda o equipamento no armário habitual, senta na poltrona da sala para arrumar a mochila e, ao ajustar as alças para alavancar o peso às costas, sente a eletricidade. Aquela mão que, havia pouco, vibrava entrelaçada aos punhos do Inquilino.

A MARIA Amanhã lá em casa. Pode ser?

Amanhã lá em casa. Bom, pode pensar em muitas coisas para fazer com a Maria em um sábado, muitas, mas quais são as ideias da atriz para o dia de folga?

A MARIA Você não tinha marcado com o Davi? De ir até a casa dele, no domingo, para gravar os sons da rua?

Ah, sim, claro, os sons de Copacabana. Tinha marcado, tinha sim, ainda precisaria enfrentar o bairro, gravaria os sons para aplicar ao fundo do filme e carregar o apartamento da Gávea para algum lugar entre as dezenas de esquinas de Copa. E, logo atrás da atriz, o Davi, com as desculpas no rosto, que amanhã minha casa vai estar cheia, o cara que mora comigo tem reunião, pode ser na casa da Maria, a gente mora tão perto, e o efeito vai ser o mesmo,

O FELIPE Ah, não se preocupe, eu me viro.

lançou um agradecimento ao Davi, outro à Maria, e sai. Para no corredor. O Zé, junto ao elevador, em conversa com o Umberto. Conhece a atmosfera, o jeito, o assunto não é o dia de trabalho, o Zé e o diretor de arte, o inconfundível magnetismo, mas não o carisma natural, não a aura de conquistador em moto-contínuo, é o Zé Mário predador que se apresenta. Um sábado vazio, o que fazer com um sábado inteiro, ficar no apartamento do Flamengo, trancado, resolvendo as questões com o Felipe? Bem, talvez não seja boa ideia. Felipe ou Umberto? E o predador, como se soubesse que a cena aconteceria exatamente assim, reconhece a presença e solta a fala, como se o Felipe estivesse ali há horas, acompanhando a conversinha.

O ZÉ (*para o Felipe*) Vejo você amanhã.

Amanhã, vejo você amanhã. E entra no elevador com o Umberto. As tatuagens, o corpo todo do Umberto aos gritos, raro encontrar alguém, naqueles dias, sem tatuagem, todo mundo precisa dizer alguma coisa, certo? Desperdiçar a pele? Deixar em branco? Então não conversariam, o Felipe e o Zé. Não naquela noite. Sem reconciliação. Sem música e bebida, piadas ou implicâncias. O gesto oficializava a situação, estão rompidos, pá de cal. Ou não, o recado foi outro, não quero a Maria, não beijei a Maria, não falei de você para a Maria, foda-se a Maria. Fica parado ali, à espera de não sabe o quê, a microfonia sobe ao primeiro plano, o vum se eleva aos ouvidos, sente os movimentos da equipe, logo atrás, à porta do apartamento, e os ruídos presos ao ouvido quase roubam o equilíbrio, capaz de cair, dar mais vexame. Ficar ou ir embora? Recua três passos. Os pés traçam um percurso consciente, está fazendo exatamente aquilo que, um segundo antes, decidiu fazer. No sofá, Maria conversa ao telefone, mas a voz é um zum-zum sem forma. Um aperto. Sim ou não? A ligação é encerrada, uma coreografia, a cabeça pende para o lado, e a Maria sabe, não há obstáculos entre os dois.

A MARIA   Às duas horas fica bom pra você?

21

Apartamento em Copacabana, madrugada

Nos filmes do Tarkóvski, os sonhos não vêm etiquetados. A imagem não ganha uma membrana de vapor e tremula na tela, sabe como? Você abre a porta e, sem nenhuma cerimônia, cai em um sonho do outro lado. Ou verte o café na xícara e pá, já atravessou o espelho, você abre os olhos e pode ser lembrança, ou a mais concreta das ações, ou pode ser mesmo sonho, não dá para saber. O sujeito levava a sério essa história de memória e desejo.

O ZÉ Não entendi nada desse filme, você entendeu?
O FELIPE Tô achando que não era mesmo pra entender.

A ilusão de continuar em um sonho interrompido, raro acontecer, mas acorda e pá, como dentro de um filme. Descia uma colina, estradinha de terra, o bosque de árvores espaçadas ao longo das duas margens. Vinha tocando sanfona, sempre desejou dominar uma no lugar do piano, o Kawai deixado para trás em um canto da sala, quatro anos de aulas com a professora de riso fácil, cinco anos de táticas contra as teclas para, no fim, esquecer quase tudo. E tocava a sanfona com uma trupe de cúmplices, a Duda, colega dos dias de escola, batendo um tamborete, o Umberto com um instrumento de sopro, oboé ou clarineta, nunca distinguiu bem a família das cornetas, e a Santa

Teresa dançando, sua função era apenas dançar, coroa de flores silvestres, saia cigana rodada, e mais uma dúzia de amigos anônimos. E a banda escorria declive abaixo até cruzar com uma mulher que saía do bosque, fisionomia nanica e arqueada, desalento, solidão na carcaça, até mesmo os cabelos pareciam acuados, a imagem da tristeza, e a moça triste se deixou misturar à pequena multidão, e foi, cortejada pela banda, permitindo que a música amaciasse os humores, não sem relutar, e, já sem forças, ou mesmo como se, subitamente, recuperasse as vontades, olhou para a lente, os vestígios negros de rímel, e surpreendeu o mundo ao sorrir para a câmera, o sorriso mais doloroso e cheio de futuro que o cinema criou. Obra-prima dos sorrisos, o da Cabíria. Visitou o Felipe nos sonhos, a prostituta do Fellini, a sensação maluca de sonhar e, dentro do sonho, reconhecer o filme, veja, estou dentro de um filme, e o filme está dentro do sonho.

> A VÓ Vesti roupa nova, comemos antes da sessão, fomos naquele restaurante da Duvivier.
> O VÔ E depois do filme fomos ao Plaza ver o Johnny Alf.
> A VÓ (*imitando a Giulietta Masina*) Hernando, você é um homem ou uma alcachofra?

Era a Cabíria, sim, naquele sonho. Por causa dos avós, já conhecia a Cabíria de nome antes de conhecer na tela. Amiga de família, como uma tia ou uma vizinha.

> O VÔ Você está fazendo confusão, meu anjo. Era Fellini, mas não era *La strada*, era *Noites de Cabíria*.
> A VÓ Você está certo, é verdade. Por outro lado, não fomos ao Plaza. Nunca fui ao Plaza.

Acordou nesse quarto amplo, teto rebaixado. Cata na penumbra as referências do quarto do Flamengo, chega a pensar que está de volta a Lisboa, o que não dura mais do que um instante. Que negócio era aquele na parede? As lâmpadas da rua mal iluminando a consciência, ainda noite. Uma brisa marinha por alguma fresta. Tudo aqui, sonho ou não, vai saber... Estático, o Felipe, vivendo na carne essa interseção. Vira o rosto para a direita e vê que tem companhia, é a atriz, encolhida de costas. O relaxamento típico do sono não está presente, os músculos parecem lúcidos e plenos de oxigênio, a Maria como que a postos. Chama, Felipe. Vai, diz: Maria? Não consegue, a garganta ainda dorme, e então entram os espíritos, a véspera chega, atravessando a superfície porosa da memória. A Cabíria, os dias na locação... Tinha mesmo reconhecido o cansaço de uma prostituta na expressão da atriz. Sonho ou memória? Gosta de pegar os sonhos com a boca na botija, processando cenas da vigília, mas o que significava aquilo? Nada, Felipe, não estraga, não manche o sonho com legendas, entre Freud e Jung escolha sempre o Fellini, não é assim que o Zé diz? E o sobressalto no peito, ao se dar conta da irmã. A Bianca, de repente, numa drogaria da Nossa Senhora de Copacabana, na tarde do dia anterior, as terríveis coincidências da província.

    A IRMÃ Você está no Rio há quanto tempo? A mãe não disse nada.
    O FELIPE Vim gravar um filme com o Zé Mário. Ele voltou pra cá, sabia?

E, instantaneamente, a Bianca compreendeu que o irmão estava na cidade em segredo, flagrante delito. O Felipe entrou na drogaria para comprar comprimidos contra dor de cabeça e encontrou mais motivo para inflamar os nervos.

    A IRMÃ Você não ia procurar a gente?
    O FELIPE Queria fazer uma surpresa.

Risos na plateia. Gargalhadas. A Bianca não era trouxa, o nome do Felipe era planejamento, antecedência era o sobrenome. E a Bianca, num clique, abandonava a expressão de espanto para assumir a de aborrecimento, máscara favorita, um profundo aborrecimento, das duas ou três imagens que o irmão tirava do bolso quando pensava na irmãzinha, a desgostosa, tudo no mundo tinha o indubitável objetivo de enterrar suas remotas possibilidades de felicidade.

> A IRMÃ Papai e mamãe estão em Friburgo, passando umas semanas com o vô. Que, aliás, não anda muito bem.
> O FELIPE Bom, vou ter que subir até lá. Não quer vir comigo? Na segunda, de repente.
> A IRMÃ Pelo amor de deus, Felipe. São minhas semanas de folga e você quer me carregar para o inferno? Você e o Miguel não fazem ideia do que é cuidar daquela dupla enquanto vocês vivem suas vidinhas de aventureiros. Não posso nem ver a cara do papai. Sabe qual foi a última?

E ali estava a irmãzinha, zumbindo nos ouvidos. Precisou acompanhar pelos lábios para não perder nada, a voz da Bianca subindo aos agudos e disparando em velocidade. Tanta coisa para ser dita. A atriz podia entrar a qualquer momento, ficou fumando na calçada, era torcer para que permanecesse por lá.

> A IRMÃ E com as próprias mãos, Felipe. Você acha que o papai tem condições de pintar sozinho um apartamento daquele tamanho?

E é claro que a mãe não gostou da cor da tinta e mandou trocar, claro que o pai tinha comprado tudo sem nota fiscal em uma biboca que não aceitava trocas, claro que o pai comprou mais do que o dobro de latas necessárias para pintar o apartamento e a Bianca precisou intervir e contratar um profissional,

> A IRMÃ Você não faz ideia de quanto está cobrando um pintor no Rio de Janeiro. As Olimpíadas, eles dizem, viraram desculpa pra tudo, até o preço dos remédios está mais alto por causa das Olimpíadas...

é claro que o pintor fez um serviço ruim e a mãe se enfureceu, foi parar no posto de saúde com a pressão na casa do caralho,

> A IRMÃ Não adianta fazer cara feia, Felipe, quero mais é que as pessoas escutem, foi na casa do caralho mesmo, a mãe podia ter morrido...

a Bianca teve que passar um sábado inteiro cuidando dos nervos da mãe, que não parava de chorar e passar a mão pelas paredes feito alienada, teria que enfrentar aquele tom de bege para o resto da vida, já enfrentava a feira das terças, enfrentava a reunião de condomínio a que o marido se recusava a ir, enfrentava a maresia que oxidava as baixelas de prata, a vida era aquela guerra permanente, e a mãe agora teria que enfrentar uma batalha dentro da própria casa, enfrentaria aquelas paredes diariamente até morrer,

> A IRMÃ É como sua mãe chamou a cor das paredes, amarelo-diarreia, claro que é um exagero, você conhece a peça, a mamãe nunca deixaria passar a chance...

e claro que a Bianca teve que dar um fim àquelas latas de tinta, depois de passar semanas ocupando espaço na área de serviço, colocou um anúncio num site de vendas e se livrou de algumas, o restante o pai resolveu levar para Friburgo, como tudo o que não servia mais, o sítio de veraneio dos avós era o quarto de tralhas de toda a família,

> A IRMÃ E que ia aproveitar pra dar uma mão de tinta na casa do vô, ai-ai-ai, a mamãe surtou, gritou pra todos os vizinhos ouvirem que não ia sentir cheiro de tinta durante as férias, e eu, claro, a palhaça...

a Bianca teve que intervir mais uma vez, fez atendimento psicológico de emergência, o pai voltava a dar sinais da velha depressão, e prometeu ao pai que contrataria alguém para cuidar da casa do avô, aconselhou que guardasse as benditas latas de tinta no quarto de tralhas e tentasse não contrariar a mãe, que a mãe estava nervosa, que os remédios não estavam fazendo mais efeito, que precisaria levar ao psiquiatra para trocar a dose, e que a máquina de lavar roupas tinha parado de funcionar e o conserto daquelas coisas no Rio de Janeiro saía mais caro do que duas novinhas, e o que iam fazer com aquela máquina velha?, o pai não queria se desfazer de uma máquina que servira aquela casa por mais de vinte anos, isso mesmo, servira, a máquina prestava serviços à família, ingratidão com a máquina, desperdício de dinheiro, e claro que a expressão "desperdício de dinheiro" trouxe de volta a questão das tintas, e a batalha contra as paredes cobertas com diarreia,

> A IRMÃ Você tem que ver, o serviço ficou mesmo uma droga, sim, ficou, mas a cor não é tão feia, tudo é motivo...
> O FELIPE Eu tenho que ir, Bianca...
> A IRMÃ Tenho pena é do Grumpy, coitado...

e tinha a questão do Grumpy, o buldogue que a irmã comprou depois que o bassê fugiu do manicômio. Como alguém deixava um cachorro fugir pelas ruas de Copacabana, e com aquelas perninhas? Dizem que cachorro e dono vão ficando com a mesma cara com o passar dos anos, mas a Bianca encurtou a história e comprou um com a carinha já aborrecida, e a mãe estava estragando o Grumpy, dava comida fora da hora estipulada pela mommy, era como a irmã se apresentava ao bassê dos infernos que rosnava para o Felipe, vem com a mommy, que a vovucha é louca.

> A ATRIZ (*parando diante dos dois*) Oi.
> A IRMÃ Oi.
> O FELIPE Maria, essa é a Bianca, minha irmã.
> A ATRIZ Uau. É a sua cara.

Woody Allen, de novo. O personagem irrompe e começa a tagarelar, enquanto o protagonista, vivido pelo próprio Allen, se atrapalha com a mistura desastrada de universos.

> A ATRIZ Se eu visse você na rua diria na hora que é irmã do Felipe.

Não, não diria. O Felipe e a Bianca não se assemelhavam em nada, mas você geralmente encontra algum traço para fazer coincidir, o ser humano faz isso. O Felipe parecia com o Fábio, a Bianca com o Miguel, essa, a lei doméstica, e mais tarde a Maria diria que os dois sustentavam a mesma expressão enfezada, o termo que a Maria usaria era enfezado, para os dois.

> O FELIPE Esta aqui é a Maria, ela está no elenco do filme.
> A IRMÃ Conheço você, não conheço?

Sim, a Bianca reconhecia a Maria de um pequeno papel na novela infantil que o SBT reprisava no começo da noite. Assustador não foi descobrir o demérito no currículo de uma atriz tão boa quanto a Maria, assustador foi saber que a irmã assistia àquela empulhação. Imaginou a irmã saindo do consultório às cinco em ponto para fugir do trânsito e passando na casa dos pais para estacionar o carro, que era do pai, e pegando o filhote na creche, já que os cachorros da Bianca eram os únicos incapazes de aguentar a própria solidão e precisavam ser deixados com os vovozinhos todos os dias, e imaginou, por fim, a irmã caminhando de volta para casa com o Grumpy, já noitinha, para ligar a TV de LED e ver a Maria na novelinha, de saia xadrez e suspensórios. De onde tinha saído aquela irmã, nunca saberia. E, claro, como rezam os códigos de uma comédia razoável, a atriz desfiou todas as informações que o Felipe não pretendia que vazassem para o clã, que o irmão estava na casa do Zé e que as gravações já completavam três semanas, tempo suficiente para várias visitas-surpresa à casa dos pais, e que o Felipe, homem casado, esposa com câncer, passaria a tarde na casa da menina, uma chiquitita de vinte e poucos aninhos, que ia até a casa da chispita gravar os sons de Copacabana, o mesmo bairro onde os pais e a irmã moravam, dois apartamentos à disposição para que os sons de toda a redondeza fossem gravados sem pressa ou tentações, e com a vantagem de poder matar a saudade da família, mas que não, que o Felipe preferia gravar os sons daquele jeito, de favor.

A IRMÃ Você está há três semanas no Rio, Felipe?

Aquilo tudo tinha acontecido na véspera. E àquela altura o celular da mãe já devia ter tocado para que as novidades seguissem o caminho natural. Precisaria fazer uma visita aos pais e ao avô em Nova Friburgo, gastaria sua última segunda-feira no país para resolver o imbróglio.

O VÔ Filósofo, responda logo à sua mãe. Você é um homem ou uma alcachofra?

A MÃE   Não é hora de brincadeira, seu Hernando. Estou falando muito seriamente com seu neto. Por quê, Felipe? Por que você não avisou que vinha ao Rio?

O estômago vazio emite sinais. Fome, mas também enjoo. Resquícios de álcool. Havia drogas naquela história, o rebote inconfundível bem no centro da testa, e havia sexo, o melado entre as pernas. O Felipe e a Maria tinham feito sexo. E a coisa tinha sido bonita, um arranhão arde no braço esquerdo, o corpo percorrido por uma onda, órgãos e membros religados um a um, e agora é a vez das dores, coceiras, incômodos musculares. A memória segue, toma a ardência emprestada para dar aulas sobre a origem do arranhão, obra da Maria, sim. E teve também o bloco. Um bloco de Carnaval.

O FELIPE (*pedindo silêncio e sussurrando*) Espera aí.
A MARIA (*também sussurrando*) Tá conseguindo gravar?
O FELIPE   Tô delirando ou é uma banda se aproximando?

A folga, por causa da falta de luz. Isso. A folga compulsória, que não era para ser. Acordou na casa do Zé, como todas as manhãs. Isso. Acordou e viu o papel dobrado na mesa de cabeceira. Abriu, mesmo presumindo o conteúdo, *O eclipse*, do Antonioni, a trilogia da incomunicabilidade. Depois de uma manhã de perdas recorde na bolsa de valores, Monica Vitti segue um engravatado gordo até o bar. Perdeu milhões de liras em questão de minutos, o gordo, e toma um comprimido, no balcão, enquanto rabisca em um pequeno bloco de notas. Arranca uma folha e deixa sobre o balcão, como se fosse uma gorjeta, como se fosse dinheiro, o que não tem mais. A Monica Vitti pega o papel e volta a andar lentamente pelo auê romano, nos arredores da bolsa, até que reencontra o Alain Delon em um café e mostra o papel. Esperamos um bilhete de desespero, quem sabe de despedida, ou uma cifra, esperamos tudo, menos isso.

    A MONICA VITTI (*mostrando o papel*) Ele desenhou flores.
    O ALAIN DELON Quem?
    A MONICA VITTI O homem que perdeu todo aquele dinheiro.

Ramos de flores desenhados por toda a superfície do papel. O que significava? Tanta coisa. Mas era um papel cheio de flores desenhadas a lápis, basicamente isso, e o Felipe e o Zé reciclaram o artifício algumas vezes como pedido de desculpas, aquelas que nunca pediriam em voz alta. O Zé na sala com a cabeça encaixada entre as pernas. Isso. O Felipe sentou ao lado, ficaram sentados um ao lado do outro, um odor de café frio saindo da caneca sobre a mesa de centro. E o Zé se levantou, alguém fazia barulho no quarto, teve essa impressão. E o Felipe voltou para a cama, ignorando o alvoroço do outro lado da parede, devia ser mesmo o Umberto, será? E vai dormir mais um pouco, e às duas da tarde toca a campainha da atriz na rua Santa Clara, para gravar os ruídos de Copacabana, e ali capta uns quinze minutos de ótimo material. Ótimo. Agora tudo aparecia projetado no teto, nitidamente, todos os transistores ligados. Gravou os sons de Copacabana da janela do apartamento, sim, muito bem, e depois trombou com a irmã na drogaria da Nossa Senhora, sim, ótimo, horrível, e então almoçou com a atriz em um restaurante por quilo e voltou à casa da atriz com a desculpa de gravar a atmosfera de Copacabana em um fim de tarde, excelente desculpa, que a atriz fingiu engolir, e então veio o bloco.

    A MARIA (*colocando os fones no ouvido*) É. Parece mesmo um bloco de Carnaval. Vamos descer?

O Felipe em um bloco de Carnaval, um bloco em pré-estreia. O Rio é uma zona limítrofe onde um elefante azul pode aterrissar na areia, esse absurdo fora de temporada, essa multidão em meio ao comércio de sábado cantando marchinhas, cerveja, e um boteco também entrou na história, cachaça, o Felipe não bebia cachaça, a queimação subindo pelo esôfago, e vem o arranhão, e o sexo.

O FELIPE Não, obrigado. Nada de bloco. Odeio Carnaval.
A MARIA Ainda não é Carnaval.
O FELIPE Isso é verdade.
A MARIA All work and no play makes Jack a dull boy.

E ainda citava filmes, a Maria, e no texto original, fazendo carinha de psicopata. Quanto tempo sem trepar? E o sonho com a Cabíria, aquela tristeza, o sorriso lançado ao Felipe, um presságio? Não acredita nessas coisas. A Giulietta Masina sorrindo o sorriso mais extraordinário da história do cinema, só isso. O Felipe na cama, o Felipe deitado com a Maria, a Maria de ladinho, o contorno do maxilar, orelha pequenina, os cabelos cobrindo a extremidade pontuda do lóbulo, orelhinha de duende, pescoço branco, uma irritação avermelhada no pescoço, o ombro esquerdo nu, a alça da camisola bem em cima da marca de vacina. A taquicardia que dá no Felipe. Precisa organizar o quadro. Não sabe bem o que aconteceu ali. Não sabe de nada, sabe?

O FELIPE Maria? Você está acordada?

22

Apartamento em Copacabana, tarde

A coleta de sons. O desenho da casa da atriz não muito diferente do desenho da casa do Inquilino, cozinha à direita, quartos à esquerda. Piso de taco, lustres e tapetes com cara de antiquário, uma decoração nada jovial denunciando que talvez se tratasse de um apartamento alugado, ou dividido com a tia. As janelas são de madeira e de correr, mas não na horizontal. São como as janelas guilhotina da infância, correm na vertical, e com as mesmas travas laterais, que permitiam três diferentes combinações. Combinação um: a metade de cima totalmente aberta. Dois: a parte de baixo parcialmente aberta, com meio palmo de espaço entre o parapeito e o caixilho. E três: a metade inferior totalmente aberta, disposição proibida em casas com gatos ou crianças pequenas. Na infância do Felipe, a última disposição não era permitida, nada de janela aberta ao alcance dos filhos. Disfarça o desconforto em subir o vidro, não é fácil lidar com o Fábio que há ali. Um ano depois da tragédia já viviam em outro apartamento, janelas modernas de alumínio e gradil de proteção em todos os cômodos, os gradis removidos apenas quando o Miguel passou dos quinze. É a primeira vez que, adulto, lida com uma daquelas. Como o Fábio teria aguentado aquele peso, não sabia. Alguém teria deixado aberta a janela do quarto dos pais, sim ou não? Não. Acomoda o equipamento sobre a cadeira bem abaixo da janela e liga as chaves.

O trânsito da Barata Ribeiro se encontrava com o da Nossa Senhora de Copacabana, as engrenagens quentes do bairro. O gasto estridente dos freios de ônibus, o ar comprimido das portas sanfonadas, o estrépito dos motores acelerando em ultrapassagens não permitidas. O excesso se propagava pela umidade pesada e alcançava os fones, a água borrifada do mar se imiscuindo entre os edifícios e ajudando a sonoridade a se espalhar. As paisagens sonoras não são apenas a soma de sons individuais, o resultado é maior, o som do bairro era um arranjo aquoso, os barulhinhos de Copacabana são moles, molengas de água, como biscoitos úmidos esquecidos fora do pacote, ruídos pachorrentos, abafados pela altura desumana dos edifícios, que reverberam na solidez dos paredões e nadam no ar até se chocar contra o concreto, nadando e batendo, nadando e batendo, um efeito, som-estufa, é isso. E havia os gritos dos velhos amalucados que, a partir das nove da manhã, assumiam o plantão diário nas portas dos botequins. Saudavam a passagem dos conhecidos aos berros, os velhos, fala aí, Claudionor, diga aí, dona Ieda, era sábado, mas poderia ser qualquer dia, a rotina daqueles aposentados nunca mudava. E os latidos. Não havia bairro assim, com tantos cães, impossível, não haveria bairro como aquele em qualquer outra cidade do mundo, os cães de companhia latindo e uivando uns para os outros, poodles, collies, buldogues, e aqueles cachorrinhos com corpo de ratinho, quase sem pelos, e os fox paulistinhas, boxers, dálmatas, ainda havia dálmatas em Copacabana, e lulus, terriers, galgos, labradores e cockers espremidos em neurose, esperando a iniciativa de um coleguinha para abrir a sessão de cantoria, respondendo e perguntando, entrecortados pelos irmãos mais pobres, as centenas de vira-latas mendicantes num vaivém diário pelo quadriculado das ruas, catando comida nos canteiros e perseguindo pombos, os malditos pombos. O ruflo das asas dos pombos. O arrulho dos pombos nos vãos dos aparelhos de ar condicionado. O tiritar dos aparelhos de ar condicionado de escritórios de advocacia, consultórios médicos, cursos de idiomas, autoescolas, salões de beleza, lojinhas de todas as especialidades, milhares de aparelhos ligados em força máxima para vencer o verão de onze meses. Os caminhões de entrega, desrespeitando a proibição do horário de circulação, descarregando mercadorias para o comércio de fim de semana, o arrastar das caixas, o empilhar das caixas, o rosnado de esforço para levantar aquelas caixas, hip, hamp, opa, o funk distorcido no alto-falante de um automóvel, que essa batida tem que ser assim, repetida, tã-tsss-tã-tã, o desafinado turbinado das funkeiras, que ruído é poder. Essa brecha de mar, de ondas, de comércio praiano, ouviu um mate-limão-olha-o-mate-limão igualzinho ao dos anos setenta. E veio o tamanco, o baldinho, o rádio igual ao do tio Mauro, só que azul. Sempre vinha, tudo o que se diz em Copacabana-na-na reverbera, você fala e sente um halo de voz ao redor do corpo, você ri e a risada flutua, vai embora deixando pista, vai-não--vai, a risada vai-não-indo, indo, indo... Sim, toda cidade tem seus sons, mas o Felipe nunca encontrou ruído branco semelhante. Ouvir aquele fundo traz tudo o que os outros sentidos não são capazes de, pela distância do tempo e do espaço, resgatar. O cheiro de bronzeador à base de coco e urucum que saía de dentro da bolsa de praia da mãe, o cheiro de turismo e cerveja mijada que vinha dos botecos,

> A BETHÂNIA Quando cheguei no Rio de Janeiro, foi Copacabana que me recebeu, com seu cheiro de gasolina e batata frita, as suas tardes de raios e trovões inesperados...

o sabor pastoso da batata frita servida em restaurantes com guarda-sóis vermelhos sobre as pedras portuguesas do Burle Marx, o aroma de cravo que emanava do bolo de milho da vó, misto de sabor e cheiro, tabuleiro trazido desde a Tijuca, o bolo já cortado em quadradinhos,

> A VÓ O fogo lá de casa assa o bolo por igual, o daqui não, o gás é molhadinho.

molhadinho, dinho, dinho, o conforto da colcha de chenile e nos invernos inimagináveis do Rio de Janeiro, o relevo do desenho fazendo cosquinha, o toque do veludo dos cortinados, cortina guardiã, barrando a agressividade dos estímulos, e o azul esmaecido do céu retangular que o Felipe relanceava ao olhar para o alto, nariz espremido contra o vidro da condução para o colégio, e o mar de janelas indiscretas dos prédios defronte ao quarto, uma enciclopédia digna de Balzac, aberta à curiosidade dos irmãos,

> O IRMÃO MAIS VELHO Sai daqui, Bianca, menina não pode ver.
> A IRMÃ (*gritando e correndo*) Pai, os meninos estão vendo safanagem na janela...

irmãos escolados na vida devassada das famílias vizinhas, uma generosa e colossal vila do meio-dia, gente que jantava diferente, que via televisão diferente, que abria a geladeira diferente, que levava a vida de um jeito ligeiramente diferente da família Viegas. E o cheiro de sexo bêbado e bronzeado, agora sabe, o cheiro que desconhecia na infância, mas que intuía. Descobriu aquele cheiro aos dezesseis anos, uma balzaquiana que aliciava adolescentes na rua, o Felipe cheio de espinhas e com o short armado na fila do correio. Depois daquele fim de semana, passou a distinguir o cheiro de vadiagem e putaria que Copacabana continha, e ainda contém, e talvez sempre vá conter, caso o bom-mocismo gentrificante desanime nos intentos de acabar de vez com a individualidade dos lugares. Com a balzaquiana não trepou, mas fez todo o resto. Todo o resto. O cheiro de sexo em Copacabana era inigualável. Sexo e fuligem. Quentes, o sexo e a fuligem. A sacanagem morava em cada estampido e burburinho, coisa feia, pensando bobagem, fazendo lambança, coisa que não deve, impureza d'alma, pecado, safadeza, safanagem. Copacabana sacana, a safada, a princesinha do mar rodando bolsinha numa esquina do Lido. A princesinha do mar fazendo compras no mercadinho da Duvivier. A princesinha do mar cantando no culto da Universal, que já foi magazine, e que já foi cinema, e que já foi boate com palco, orquestra e crooner,

> A BETHÂNIA E as suas noites inesquecíveis, mágicas, de puro glamour...

tudo era realeza em Copacabana, o Rio de Janeiro é uma zona imperial, uma corte rebaixada a cotidiano. Um cronista acertou em cheio, a lenda contava que os garçons cariocas eram descendentes diretos da nobreza órfã dos tempos do Império. Boa. Você pede um café e entende na hora. O silêncio da concessão. Foi no mundo das crônicas que contaram a história crua do Rio, e a verdade, se existiu, esteve nos jornais, sim, mas não nas primeiras páginas. Tudo ali era realeza puída, A Imperatriz das Sedas, O Rei do Bacalhau, Confeitaria e Panificadora da Condessa, O Império dos Estofados, Ao Barão das Ferragens. Princesinha do mar, calcinha arriada na madrugada para mijar nos canteiros, debaixo das amendoeiras, e aguentar mais meia hora de samba no Botequim Cruz de Malta, onde o Fábio e o Felipe iam aos domingos com casco de vidro debaixo do braço e dinheirinho contado no cós da bermuda para comprar a coca-cola Família do almoço. Almoço era o chiado de gás saindo do garrafão, era o borbulhar de água para passar o café, era o repinique mágico da Fada Sininho ninando o sono da tarde com o *Mundo de Disney* na Telefunken. O Felipe não aguenta, o aperto ali, espremendo água para os olhos, dar vexame na frente da atriz. Quinze, vinte minutos de arqueologia. Força o ouvido manco para mais alguns registros, e agora os sons se repetem, o estampido de chapinha de garrafa, o retinido do brinde entre amigos, o estardalhaço da vassoura lavando a calçada, a pancada do balde contra o calçamento, tudo chegando junto no microfone ambiente, lavoura de ruídos em colheita. Até os nove anos de idade, a cacofonia não era ruído, não havia nada de indesejável naquilo. Aquela cacofonia...

A atriz se aproxima do Felipe e avisa as horas. Precisam almoçar, está faminta. O Felipe vai desligar o equipamento e os dois vão sair para um almoço rápido em um quilo qualquer. Não. Uma padaria. Vão a uma padaria, uma dessas que não vendem apenas pão, servem prato feito, montam bufês, festival do quilo, uma dessas padarias com título de nobreza no letreiro e um bisneto de conde pronto para servir comida no balcão. Desliga o equipamento. E deixa para trás o silêncio de Copacabana.

23

Apartamento no Flamengo, manhã

Encosta a orelha boa na porta e espera. Não está em casa o Zé. Ou estaria cochilando no quarto, ou repassando as cenas gravadas, ansioso pelo fim. Usa as chaves com cuidado extra. Não tem Zé na sala. Não tem Zé na cozinha. Circula pelo apartamento, mapeia o espaço, desliza a atenção pelos nichos, a porta do quarto entreaberta, a orelhona sadia direcionada para dentro, sem ronco e sem teclas, nadinha. Empurra a porta, a cama desfeita, revirada de um lado e poupada do outro,

    O FELIPE Zé, tô entrando, cadê você?

encadernações espalhadas sobre o lençol, roteiro oficial, roteiro técnico, story board, caderno de anotações, e como anotava, o Zé Mário, anotador compulsivo, o telefone sobre o travesseiro, longe do carregador, o porta-retratos com uma foto desatualizada da mãe, a tia Paula já devia estar com a aparência bem diferente, um vasinho de plantas sobre o console perto da janela, único sinal de verde, cortinas translúcidas barrando a luz estourada da manhã, um céu azul do lado de lá, desses de domingo. Na parede acima da cama há um prego, um gancho sem quadro. Sim, o Zé comentou, um dos quadros na casa do Inquilino, o de faixas abstratas em cinza e vermelho, foi dali que saiu. A porta do banheiro aberta, produtos de higiene na bancada, tapete embolado no piso azulejado, toalha esticada para secar, o cheiro de banho persistia, água gotejando, vestígios de quem saiu com pressa, parece. O Felipe fecha o registro e as gotas cessam, volta à cozinha e sonda as sobras da semana, as prateleiras da geladeira desabastecidas, aqueles dias comendo na locação, apenas caixas de suco industrializado, manga e pêssego, uns potes de vidro com doce de alguma fruta, e maçãs com aparência passada. Pega uma das maçãs, cheirou e mordeu com vontade, sem se importar com as manchas escuras na casca. Azeda demais. Fica ali, estancado, mastiga espremendo os olhos, a fome é ainda maior do que a vontade de tomar banho, que era imensa, uma necessidade que vai tomando urgência à medida que o próprio suor emitia sinais.

O FELIPE (*tocando o ombro de Maria*) Você tá acordada?
A MARIA (*virando, de chofre*) Sai daqui. Sai daqui, agora.

A Maria deu um pulo para fora da cama e saiu do quarto com os braços cruzados na barriga, curvada, a porta do banheiro batida com força, as paredes chegaram a tremer. Ali, o Felipe, naquele quarto que recendia a doce, hidratante feminino, lençol sujo. Foi atrás da Maria, a água do chuveiro a toda, bateu na porta e não recebeu resposta. Bateu mais uma vez, bateu vezes seguidas, chamou,

A MARIA (*gritando, do chuveiro*) Quero que você vá embora, Felipe, por favor, sai daqui.

e ainda gastou um tempo decidindo, se esperava ou ficava, vestiu a roupa sem pressa e tomou dois copos de água. Ficar ou sair? Deixar bilhete ou enviar mensagem? Insistir ou desistir da Maria? Da rua, olhou para cima, a janela guilhotina, e o

Felipe na calçada, o equipamento pesando o dobro. A vertigem era astuta, nem precisava subir às alturas, se avistava uma janela, o irmão acenava, ainda mais ali, mesmo mecanismo de puxa e empurra, e as pedras portuguesas sob os pés, o edifício Marquês de Pombal a poucas quadras. Sentou num canteiro, encostou a cabeça na árvore. Uma conversa entreouvida pelo microfone de lapela: o Davi e o Umberto.

O DAVI Você não acha que a Maria tem cara de perturbada?
O UMBERTO De repente é do personagem.
O DAVI Às vezes essa menina me dá medo.

Um desconforto no estômago. Aquela menina dava medo. Quer vomitar, vai até o vaso do lavabo, não vem nada. Tira a camisa polo e joga longe, um cheiro de cerveja embolado ao suor, a cerveja dormida provoca náuseas, e dessa vez o vômito vem, mas sem força, um fio de bile, suficiente para uma trégua. Respirou. O celular vibra no bolso da calça. O Felipe queria atender, mas se atrapalha com a tonteira, levantou rápido demais e desabou contra a parede do lavabo, bate a nuca. O Zé. O Zé, lá fora, procurando pelo Felipe. Espera, monitorando a telinha, talvez ligue novamente. O aplicativo de mensagens acusa uma entrada.

O ZÉ Onde vc tá?

Aciona o número do Zé, entra caixa postal, e tenta novamente, e caixa postal, aí digitou a resposta,

O FELIPE Acabei de chega casa.

e digita outra, aqueles preciosismos do Felipe,

O FELIPE Acabei de chora em casa.

e os corretores ortográficos,

    O FELIPE Acabei de chegar em casa.

e aguarda alguma manifestação, um emoji que seja, não vem nada. O Zé sabe, claro que sabe, o Felipe passando a noite fora sem avisar, e aquela fuzilada que recebeu na locação, a Maria e o beijo na testa, o Zé devia estar bem bravo.

    O FELIPE Zé?
    O FELIPE Aconteceu alguma coisa?
    O FELIPE Onde vc tá?

Recolhe a camisa, uns brilhos azuis de purpurina, e vai tomar um banho quente e demorado. O Zé devia mesmo estar puto da vida, e quando soubesse de tudo o que aconteceu, caso o Felipe tivesse a coragem de contar, só de pensar...

    O ZÉ Você deve estar mesmo apaixonado. Sair num bloco de Carnaval.

E ririam. Porque o Felipe, num bloco, era coisa para rir. E o bloco, no fim, conduziria a amizade aos eixos. Um bloco. O Felipe. A Maria. O Felipe em um bloco com a Maria. Não cabe. Nem dava para imaginar.

    A MARIA (*forçando a voz, no meio do bloco*) Tá gostando?
    O FELIPE (*também forçando a voz*) Tô, tô gostando.

E gostando. O Felipe num bloco, e gostando. Da companhia, da excitação também, mas num bloco. E ainda nem era Carnaval, calça jeans e camisa polo em meio a bermudas, sarongues, abadás e fantasias.

A MARIA (*forçando mais ainda*) Não perguntei se você está gostando, surdinho. Perguntei se você está com sede.

Tá, mais cerveja. Surdinho. A Maria queria beber mais, e o Felipe no papel de responsável, nos trilhos, alerta,

> O FELIPE (*forçando*) Amanhã a Intrusa entra em cena, Maria, cenas finais, é melhor a gente ir com calma.
>
> A MARIA (*gritando para o alto*) Eu tenho vinte e seis anos, Felipe.

e ainda tinha que ouvir aquilo, ser chamado de velho, e gostando, o surdinho. O cortejo avançava pela Santa Clara arrebanhando homens e mulheres nos bares, senhorinhas atiravam papel picado pelas janelas, crianças subiam nas costas dos papais, rapazes vestidos de mulher, um grupo de amigas com orelhinhas da Minnie, o naipe de instrumentos prestes a cruzar a avenida, provável que chegassem à praia, a banda ainda acabaria em mergulho e bagunça na areia.

> A MULTIDÃO (*em coro*) Eu vou fazer uma canção pra ela/ Uma canção singela, brasileira/ Para lançar depois do Carnaval/

MPB em versão de marchinha, as variações aplainadas e sem amplitude, para facilitar a vida. Estudos indicam que o ambiente sonoro interfere no funcionamento do corpo, uma sirene paralisa, por exemplo, e que efeito haveria ali, com aquele ritmo, ditirâmbico? Oitenta, noventa, em decibéis, mas já não dava para saber. Uma ordem travestida de caos, de certa forma, e aquela gritaria, o ano teimando em não começar, o ano batia o pé e fazia beicinho, a contagem oficial só começava na semana pós-folguedos, reza a máxima dos conterrâneos. O remédio, ali, se transmutava em veneno, o improviso flertando com a tragédia, a informalidade com a contravenção, e simpatia, afinal, era quase amor.

A MULTIDÃO (*em coro*) Sobre a cabeça os aviões/ Sob os meus pés os caminhões/ Aponta sobre os chapadões, meu nariz...

E a canção-resumo do Caetano convertida em grito de bloco,

A MULTIDÃO (*em coro*) Viva a banda-da-da/ Carmen Miranda--da-da-da-da...

trombone e pistão, tambor e chocalho, virava folia e ilustrava a própria letra, o desvario, a multidão querendo se desgovernar de vez, e torcendo para que abolissem a segunda-feira, não para, não para, não pode, que aquilo ali não tivesse fim, que o mundo fosse assim para sempre, toda segunda-feira é de cinzas em Copacabana. Confessa, Felipe: está gostoso, não está? Dá para desconfiar de tanto ódio, não dá? Dá não?

A MULTIDÃO (*em coro*) Que tudo mais vá pro inferno, meu bem...

A Maria voltou com mais uma lata de cerveja na mão, dividiram cada lata comprada, o Felipe bebendo o dobro que a Maria, sempre bebeu rápido, ficava calado e bebia, calado e bebia, embora, ali, fosse a menina que ditasse o ritmo. A Maria puxa, canta alto, grita. E apertava a cintura do Felipe como se empurrasse a própria alegria para os pulmões do companheiro, cantava procurando o rosto dos foliões, todo mundo é uma câmera, o Felipe começa a se soltar, um casal ali ao lado cheirando lança, a garota oferece, uma cheiradinha, vai, o Felipe recusou, mas mesmo assim o lenço veio ensopado até o nariz, e a Maria junto, pulavam, pulavam, e gritavam, o Felipe também grita, viva Iracema-ma-ma, viva Ipanema-ma-ma-ma-ma, Munch, um desespero sem tamanho, que não cabe, nunca coube, quem disse que cabia? O menino grita, grita, e por quê?

O ZÉ (*batendo à porta*) Felipe, tô aqui.

O Zé não esperou o fim do banho, não esperou sequer a resposta. O Zé Mário era só transtorno, a maçaneta da porta bate contra a parede e a chave no chão. Antes mesmo de girar o registro até o fim, e o Zé está ali, no meio do banheiro. Desliza a porta de vidro, chegou a estender a mão para pegar a toalha, mas aquela expressão, o Zé Mário de pé, daquele jeito.

O ZÉ O que você fez?
O FELIPE Calma, Zé. Deixa eu me enxugar e...
O ZÉ Calma o cacete.
O FELIPE Deixa eu me enxugar e conversamos.
O ZÉ O que você fez, Felipe? Enlouqueceu? Meu deus, irmão. Você estuprou a Maria?

24

Uma estrada de terra, fim de tarde

Vou te contar um troço, senta aí. Dessas coisas que acontecem com um amigo. É, uma história. Você seleciona os fatos, articula esses fatos, escreve o roteiro, e eu vou acreditar, ou pelo menos tento. Toda história é desde sempre um fio que se emenda em outro, você puxa e não acaba. Esse troço com o Felipe, por exemplo. Uma história é essa brincadeira de esconder e revelar, embaralhar e separar. Primeiro ato, primeira virada, dizem os bons manuais de blockbusters, toda história que se preze pode ser encaixada no modelo, você encaixa tudo, só tentar. Jornada do herói, o nome, e os roteiristas esquematizaram bonitinho pra você. Então, quando você se dá conta, a primeira virada veio, a segunda vem chegando, roteirista matreiro, está querendo te enganar, os acontecimentos foram escolhidos a dedo e você nem percebeu, até espera, alguma coisa estaria a caminho, mas se deixa levar pelas cenas, os efeitos, atores e diálogos, as pistas falsas, e aí vira. Um golpe, um arremate, segunda virada, e aí não dá mais para piorar. Nos filmes de mistério, é hora da revelação. Nos dramas edificantes, a redenção. Nas tragédias, muito bem, hora da tragédia final, o passo maior que as pernas. E o espectador vai passar os próximos minutos catando as peças, preenchendo os buracos restantes, então era isso, então foi por isso naquela hora, e aquilo que foi dito, os detalhes, ah, e aquilo tudo que aconteceu... Aquilo tudo.

Tudo aquilo acontecendo e o Felipe pensando em quê? O mundo afundando e o Felipe repassando a história, assim, como um roteiro. Pensando em quê, Felipe? O cinema já era um senhor, um ancião centenário com morte decretada um par de vezes, mas o Felipe insiste. O cinema à beira da morte, os profetas estão sempre por aí, anunciando o fim, ocorreu o mesmo com os romances na literatura, e com a pintura em aquarela, a escultura em mármore e as orquestras de câmara, com o teatro dramático, o balé clássico, as canções de protesto, e com as monarquias e a União Europeia, e com a democracia e o socialismo, até o sistema capitalista já recebeu voz de sentença, e mesmo deus, e tantas vezes o universo. Tudo nasce, definha e morre, mas algumas coisas ainda encontram fôlego para se reinventar e morrer mais à frente, e então renascer e voltar a morrer, e essas coisas talvez nunca pereçam definitivamente, talvez apenas alternem a ordem com o caos, talvez seja esse o estado natural de toda forma de arte, e o cinema precisava tomar cuidado para não cochilar e despencar de cara, era a bola da vez, andava levando uma boa surra dos seriados de TV.

Cem anos. Mais de cem anos, bem mais que isso, cento e tantos anos antes de o Felipe pisar o calçadão de pedras portuguesas, rodar o filme do Zé e, enfim, fazer o que fez, mais de cem anos desde a noite em que o cinema nasceu. Vinte e oito de dezembro, 1895, uma das datas oficiais para o começo. Irmãos Lumière, Paris, região central. E se você contasse que saiu de casa para observar um trem se aproximar daquele jeito, aumentando de tamanho, a distância caindo, os detalhes da máquina a cada segundo mais nítidos, se você contasse em uma roda de amigos que recebeu um convite para aguardar a chegada de um trem sem ninguém relevante a bordo, e aguardasse o trem não em uma plataforma, mas sentado confortavelmente em uma cadeira, você seria acusado de louco, ou suicida, e é possível que não suportasse a pressão até o fim e desmaiasse antes mesmo de o trem parar, ou debandasse em desespero, gritasse de pavor, o que de fato aconteceu naquela noite. O senhor que roeu as luvas, o rapaz que molhou as calças, a esposa que procurou o ombro do marido pedindo aos céus pelo filho que dormia em casa. É, o cinema perdeu um pouco dessa magia, a inocência também já teve sua morte decretada e saiu de cena. Mais de cem anos de reinado daquilo que um italiano chamou de sétima arte, talvez a última. Depois de finalmente reproduzir o mundo em uma tela, com a fidelidade tão sonhada, num encontro seminal entre realidade e ficção, o que mais o homem poderia querer?

UM DOS LUMIÈRE O cinema não tem futuro comercial.

Uns cento e tantos anos antes de o Felipe sentir o gelo do mar emanado das ondas no Leblon, com aquela gaivota, e aquele trem avançava sobre a plateia. Houve quem olhasse para trás à procura de autoridades, quem gargalhasse de medo ou chorasse de emoção, mas também é possível, pela lei das probabilidades, e dada a qualidade intelectual daquele grupo de iluminados, que alguém tenha se flagrado como testemunha da história, alguém tenha pressentido a sinfonia sendo composta, o traço rabiscado na tábula rasa, e tenha se dado conta do surgimento de uma novidade definitiva, algo capaz de deformar o tempo, não na marcha estável de uma locomotiva, mas na aceleração descabida de uma avalanche. Alguém deve ter se dado conta da singularidade daquela inovação, o que aquele trem dos Lumière representava, e até antevisto que o mundo ia se acostumar àquilo, pode ser, e que boa parte da humanidade ficaria irremediavelmente à espreita, epidemia mundial, todo mundo conferindo movimentos em gabinetes escuros, sem escutar nada nas primeiras exibições, embalada em música ao vivo nas seguintes, em meio a imagens solitárias a princípio, mas logo acompanhando sequências encadeadas com certa lógica, e que uma nova gramática seria pacientemente formulada na base da tentativa e do erro, planos e contraplanos, códigos que virariam jargões. Alguém deve ter imaginado que daquela tela nasceriam gigantes, grandes mulheres e grandes homens, belezas sobrenaturais em cenários improváveis, e que sortudos viajariam à Lua, destemidos combateriam incêndios fora de controle, enfrentariam batalhas do futuro e monstros da antiguidade, e que vampiros finalmente sairiam das sombras e exibiriam seus dentinhos, donzelas em perigo pedindo socorro, mudas, até o dia em que alguém ganhasse voz, e que alguém falasse, e gritasse. Foi o surgimento do som que inventou o silêncio no cinema. Antes não havia, as coisas não paravam de acontecer, o som veio e trouxe o silêncio como recurso. E os estúdios priorizaram as filmagens entre quatro paredes para fugir dos ruídos da rua que os aparelhos, ainda rudimentares, não conseguiam separar. E o silêncio se estabeleceu em algumas obras, as canções eram uma espécie de silêncio nos musicais, um delicioso parênteses onde entrava a poesia e a imaginação. E o Gene Kelly, assim, dançou sob um temporal, singing in the rain. E o fluxo seguiu, e a Scarlett O'Hara procurou o futuro contido em um punhado de terra de Tara,

    A SCARLETT (*apertando o punhado de terra*) Eu juro, nunca mais sentirei fome.

diante de milhões de olhos úmidos, e sem que nada pudesse ser feito a não ser torcer, vamos lá, srta. O'Hara, você vai conseguir, tem que conseguir. E aí um gorila bípede batizado de King Kong por exploradores sem escrúpulos escalou o edifício mais alto do planeta com aviões de guerra bombardeando seu corpo, o baque gigantesco contra o asfalto. E uma ladra fugiu dos detetives para ser assassinada a golpes de faca pelo Norman Bates em um hotel de estrada, o fio cinza fluindo vermelho para o ralo da banheira, e o pequeno Antoine Doinel, o preferido do Felipe, venceu as grades do reformatório para correr na direção do mar, e um operário faminto e sem alternativas roubou uma bicicleta diante do filho, e um casal se beijou na Fontana di Trevi, mulheres perambularam sem destino pelas ruas de Roma e Milão, e um bilionário em busca da própria infância comprou o mundo e guardou tudo em um megalômano palácio,

O SR. KANE (*morrendo, sem forças*) Rosebud...

aquela boca balbuciante engolindo o público. E outro homem, em outra época, desafiou a morte em uma partida de xadrez,

O ANTONIUS E se deus ficasse em silêncio por meia hora? Que tipo de apocalipse viria a seguir?

e aquele cachorro na névoa, e aqueles relógios em tique-taque, e um extraterrestre que escapou da polícia escoltado por crianças, e um assalto em uma lanchonete, sangue em meio a conversas banais, e mais sangue, e mais conversas banais,

O BUTCH Bonsoir, Esmeralda Villa-Lobos.
A ESMERALDA Buenas noches, Butch.

e uma trupe de artistas desbravou caminhos à procura da pátria perdida, dando adeus ao passado, o presente invadido por antenas de TV,

A SALOMÉ Aqui já tem espinha de peixe. Vamos embora.

e tão pouca esperança no futuro. Alguém naquele salão parisiense deve ter atinado, alguém deve ter desconfiado de que o trem romperia aos poucos o breu das salas de exibição para invadir lares e consciências, e que tantos sucumbiriam àqueles momentos suspensos, e que os minutos iam se converter em dias, décadas, vidas inteiras, e que existências combalidas tomariam o lugar daqueles vagões, e boa parte da humanidade ia se encaixar nas mesmas bitolas e percorrer as mesmas retas e curvas, e tudo aquilo bem antes de o Felipe caminhar pela orla da Lagoa rumo à locação, a superfície plana espelhando o céu, as montanhas aninhando a cidade, as garças como pequenos pinos brancos pontuando a água e medindo a profundidade das bordas, todos aqueles indivíduos passeando e praticando esportes, os loucos, os suicidas, com o destino esboçado no longo plano sequência, e tão poucos acreditando em um fim. Quase ninguém acreditava num fim. Não um fim sem redenção, não um fim sem retorno e desprovido de sentido, jamais, mesmo com a tragédia viajando aos berros por satélites e antenas, mesmo assim, mesmo com o absurdo digitado em mensagens curtas e cifradas, ou estampado nas manchetes e pendurado nas bancas de jornal em bom e velho português, mocinhas e cavalheiros em desespero, falando, falando, e sem parar de falar, tentando segurar o tempo com palavras, em vez de sucumbir ao silêncio, mesmo com tantas vozes gritando, gritando na rua à luz do dia. Tanta coisa acontecendo pelo mundo. E o Felipe ali. Pensando em quê?

    A ESMERALDA VILLA-LOBOS Como é estuprar uma garota?
    O BUTCH Eu não sabia que estava estuprando, só fiquei sabendo agora, que você me contou.

É a última vez que percorre a estradinha de terra, uma última chance de reparar na cerca de arame farpado que separava a floresta dos carros. Chegavam no Passat do pai, que diminuía a velocidade para que os irmãos contassem as estacas, o Fábio contava de um lado e o Felipe do outro, depois comparavam os números, nunca batia. A estrada de terra não deixou de ser de terra, uma teimosia dos proprietários das casas que não queriam que o turismo invadisse as cachoeiras e os recantos do mato. Havia mudanças na paisagem, só procurar, mas a atenção do Felipe retém apenas as semelhanças. A cerca, as lombadas altas demais, as árvores de galhos embaraçados, os pássaros que já começavam com o estardalhaço do fim do dia, o horário de rush dos bichinhos, que voltavam para casa e tagarelavam as novidades, é como a vó contava, uma torrente de detalhes, tanta coisa acontecendo, a confusão instalada nos ouvidos, a doença da Ana, e o melhor amigo, e o trabalho abortado, e aquilo, aquilo lá, enterrando tudo de vez.

    O ZÉ Isso aqui não é filme nem novela, Felipe. Você parou pra pensar na gravidade dessa acusação?

    Parar para pensar, o Felipe. O Felipe, parando para pensar. Criminoso, meliante, fora da lei, réu, facínora, aproveitador, assediador, papa anjo. Estuprador. Não cabia.

    O ZÉ Isso não é um filme, Felipe. Para pra pensar.

Copacabana, almoço por quilo, bloco de Carnaval, cerveja, lança-perfume, sexo, sono, cama, Maria, banheiro, rua, chuveiro: estuprador. Ana Cristina, câncer, estio, Rio de Janeiro, locação, aquela voz, o tesão, foi som, espera aí, espera passar, o roteirista, o vum, a voz, o zumbido, a moça geométrica, e os agudos, sem agudos, nada de agudos, ouvido direito, colherinha no chão, microfonia, surdinho: estuprador.

    A MARIA Não perguntei se você está gostando.

O FELIPE Oi?
A MARIA Perguntei se você está com sede, surdinho.

Estuprador e surdinho. O Felipe. A Maria. O Felipe estuprando a Maria. Não cabia.

A MARIA Não, Felipe, eu não quero.
O FELIPE Eu também, Maria, eu também.

Não cabia. Pediria à mãe, por favor, uma contranarrativa. Procura na internet, mãe. Cerveja, os dois na cerveja. Cachaça, em algum momento a cachaça entrou. Lança-perfume. Os gritos, um objeto não identificado, tropicália, olha a banda-da-da, e aquela zona cinzenta que, agora, já se desfazia. Um lado puxa os pigmentos para o preto, e o outro, expulsando esses mesmos pigmentos, fica branco. Preto ou branco? Culpado ou inocente?

O APRESENTADOR É a primeira entrevista oficial que a atriz Maria Pedra concede após a tragédia que se abateu sobre sua vida e sua carreira.
A DIARISTA Eu não uso uma saia daquelas nem para ir à praia.
O INTERNAUTA 1 Covarde, filho da puta.
O INTERNAUTA 2 Quem conhece essa Maria sabe, ela provoca.
O INTERNAUTA 3 Força, Maria. Estamos com você.
O ZÉ Tava todo mundo cheirado, todo mundo bêbado.
A SANTA TERESA Não negocio essas coisas, estupro é estupro.
O UMBERTO O Felipe disse que não foi.
A SANTA TERESA Acusado de um crime hediondo, vai dizer o quê?
O JUCA Eu não sei o que ela estava querendo, mas com certeza não era coisa boa.

Eu não sei, mas com certeza a Maria gritou, foi o que ela disse, e por mais que o Felipe negasse, por mais que não confessasse,

O FELIPE   Eu juro, Zé, eu não fiz isso.

o desenho já estava feito, o empoderamento, sim, palavra nova que lançaram, e as posições de esquerda do Felipe, o herói aprovava os avanços, era como a mãe, um progressista, e os negros, e os gays, e os índios, e o avanço irreversível dos diretos das mulheres,

> A ANA   Eu não sei o que aconteceu naquela noite, mas com certeza o Felipe é inocente.

e havia o lugar de fala, mais uma expressão para as pessoas usarem enquanto almoçam, você não é mulher, não esqueça, não venha dublar as mulheres, não é você que decide.

> O FELIPE   A gente nunca vai saber como é, Zé. A gente nasceu do outro lado. Se ela disse que foi, é porque foi.

O que você faz quando acorda em uma manhã e descobre que foi parar do outro lado da história? No lado oposto a tudo o que defendia e acreditava? O Felipe, a Maria, a clássica trama do injustiçado em busca de uma prova para sua inocência. Foi estupro. A Maria disse. Era um estuprador, finalmente. Os exames comprovariam, e não haveria outra versão. Nada de contranarrativas.

> O FELIPE   ...

O silêncio que soterra a história, tantas histórias não contadas, tanta versão não dita, e as versões não ditas, há quem diga, formam a verdadeira história. Verdadeira, como se. Nem conseguir dizer aquela frase o Felipe consegue. O verbo hediondo, na boca do Zé, os ouvidos subitamente limpos para escutar.

Estupro. Estupro, estupro, um estupro. Estuprador. Um estupro prestes a ser denunciado em uma delegacia para mulheres de Copacabana, e o Felipe ali.

> O FELIPE A gente precisa ir, Zé. Terminar as gravações.
> O ZÉ Você parou pra pensar na gravidade dessa acusação? A Maria não vai mais fazer o filme. Meu filme acabou. E você, irmão, você precisa ir embora. Entendeu?

Vamos lá, Zé, vambora para o passado, assistir a filme em VHS, ouvir Morrissey e Elis em vinil, coloca seu CD especialmente gravado para a ocasião, há bons motivos para amar o passado, o saudosismo não é bom por acaso.

> O FELIPE A Maria estava de camisola, Zé.
> O ZÉ E o que tem isso? E daí a camisola?
> O FELIPE Como é que alguém sofre uma violação dessas, veste uma camisola, se deita ao lado do violador, e dorme?

As narrativas pretéritas ficam assim, fechadinhas, sujeitas a reinterpretações, uma ou outra, ganhando novos sentidos, mas só mais à frente, não se preocupe, a gente faz uma homenagem, minutinho de silêncio em desagravo.

> A ANA CRISTINA Eu quero que você vá embora, Felipe.
> A MÃE Você o quê? Você fez o quê?
> O PAI Avisei, esse troço de cinema, essa gente.
> O FELIPE A gente precisa ir, Zé. Terminar as gravações.
> O ZÉ Isso aqui não é um filme, Felipe.

Há um excelente motivo para odiar esse século, o vigésimo primeiro, todo mundo quer, todo mundo tenta, obcecados em escrever o presente no calor do agora, você caça a linha de sentido ao mesmo tempo que vive, loucura, de deixar qualquer um insano, só mesmo esse grito inflamado, jogado da varanda.

    O FELIPE Onde você vai, Zé?

O Zé abriu a janela, e, na ausência de uma varanda como a que tinha no Recife, gritou diante da boca escancarada e desdentada da Baía de Guanabara.

    O ZÉ (*gritando*) Isso. Aqui. Não é. Um filme.

Antes fosse. E passou rente ao Felipe, foi até a cozinha, os ruídos de um homem com sede, a sucção da borracha da geladeira, o tilintar das garrafas, o acomodar das prateleiras. O Zé esvaziando a garrafa pelo gargalo.

    O ZÉ Acho melhor você antecipar sua passagem. Sai daqui. Agora.
    A MARIA Sai daqui, Felipe. Vai embora.
    O ZÉ Vai ser melhor.

E agora aqui, subindo a estradinha de terra que, horas antes, desceu com a Cabíria e a bandinha de amigos. A última casa da estradinha é a dos avós. Chega ao portão, a luz do alpendre acesa, a noite pronta para cair. O avô está ali, na cena clássica de um avô à espera, não se sabe de quê, balançando em uma cadeira. Os pássaros encerram a sessão de balbúrdia, grilos começam a dominar, logo será a vez dos sapos. A cadeira do avô para de balançar. O avô ali, o Felipe ainda do lado de fora da propriedade, junto ao portão. O avô parece perceber a presença do neto. Ultrapassar ou não? Dentro ou fora? Um estrépito de água rompe o canal estabelecido entre avô e neto, uma sonoridade também conhecida, a bomba que puxava a água do subsolo, a caixa transbordando, a água avançando por um cano em alta pressão e lançada contra o concreto do quintal.

A MÃE (*gritando, de dentro da casa*) A bomba de água! Desliga!

O pai, claro, vai correr para interromper o fluxo, e o avô se levanta, pela água, ou pelo Felipe, e entra no chalé. A tela contra mosquitos. A porta de madeira. Desfaz as voltas da corrente, abre o portão azul, o portão azul continuava igualzinho, só um pouco descascado. Já dentro do terreno, busca o celular na mochila. Sem notícias. Sem sinal. Nada de Ana. Nada de Zé. Pensa em ligar para a Maria, mas não. Deus, o que é que a Ana vai dizer?

O ZÉ Corta!

Não tem clima para confraternização, mas o filme chega ao fim. Sem o Felipe. Sem a Maria, um novo final escrito às pressas, final sem Intrusa, não tinha mesmo clima para final feliz. O Zé tinha razão, o Zé sempre tem razão.

O ZÉ Bacana ter o roteirista no set, não é?

Cena noventa, apartamento em Copacabana, fim de tarde. A porta da rua se abre. O porteiro do edifício entra de costas, puxando uma escrivaninha. Os pés do móvel, em atrito com o piso de taco, produzem um assobio. Baixo, o assobio, quase não dá para perceber. O pai do Inquilino entra logo em seguida e empurra a escrivaninha para dentro da sala. A intermitência do fôlego, o bate-bate do varal na área de serviço, oscilando com a brisa. O porteiro e o pai do Inquilino param, o pai fecha a porta. Em cima da mesa, uma maçã com apenas uma mordida. Mordida fresca, a carne da maçã úmida, alva, nem uma mancha de oxidação.

> O PAI DO INQUILINO (*chamando*) Tem alguém aí? (*para o porteiro*) A Francisca falou que tinha uma hóspede.

Cena noventa e um, os dois entram no quarto de tralhas, o primeiro puxando a escrivaninha, o outro empurrando.

> O PORTEIRO Será que ele não quer vender? Eu compro.
> O PAI DO INQUILINO Esta escrivaninha é do tempo de criança. Pediu pra ficar, eu trouxe. Coloca ali, do lado das cadeiras.

Os dois puxam, empurram e, finalmente, encaixam a escrivaninha entre as cadeiras e o armário.

> O PAI DO INQUILINO Depois ele vê o que faz com isso.

Saem. Os dois seguem conversando, palavras indistintas, a porta da rua se fecha, chaves. Silêncio. O quarto de tralhas aparentemente vazio. Depois de alguns segundos, a porta do armário se abre, apenas uma fresta de poucos centímetros. A porta forçada, bloqueada pela escrivaninha, empurrada com vigor pelo lado de dentro. A escrivaninha cede um tanto, mas a pilha de cadeiras impede que o móvel se desloque o suficiente, uma cai e o conjunto de móveis, agora travado, vai sendo empurrado pela força da porta. Vezes seguidas. Empurra, empurra, até a engrenagem de móveis se paralisar de vez. Sem movimento, sem espaço. Silêncio de sobrevivência, ou desistência, e entra a cena noventa e dois, a cena final. Cozinha vazia. A porta da rua se abre, a diarista entra. Estranha. Abre a geladeira, verifica. Nada. Olha na direção da pia. Estranha. Tira uma garrafa de água. Na porta da geladeira, preso por um ímã, um papel. Um "sim" em letra de fôrma, escrito à mão, aquele mesmo sim, da Intrusa. A diarista se serve de um copo de água e bebe. Vai até a pia e abre a torneira, lava o copo. Ao fechar a torneira, olha na direção da área de serviço. Pendurado no varal, que bate contra os azulejos no ritmo da brisa, um vestido de flores azuis. Pendurado, estendido. É o vestido da Intrusa. Não era para ser assim, mas foi. Ótimo, o Luna na locação, fazendo filminhos de bastidores. O final reescrito, e quem falou que o jeitinho nacional não tem utilidade? Aplausos, boas críticas, Zé Mário será o diretor do momento, ainda mais com todo o escândalo.

> O ZÉ Você viu, Jiló? Você viu?
> O FELIPE A Ana também adorou.
> O ZÉ A Fernandinha veio ver, meu velho. Felipe, meu velho, eu te amo.

A serração começa a descer, e o Felipe no jardim do chalé, jardim de infância, as férias com os irmãos, Zé Colmeia, pique-cola e jogo da velha. A neblina vai ficando espessa, e o Felipe insiste, sem querer perder contato com a casa. A luz do quarto do andar de cima se apaga. Questão de segundos e a luz da sala se acende na parte de baixo, o janelão a alguns passos do Felipe, o quadrado de luz vencendo a película branca da névoa.

> O STALKER Que silêncio. Estão ouvindo? E se eu abandonasse tudo, pegasse minha mulher e me mudasse para cá?

Stalker. Dos filmes do Tarkóvski, o predileto. Distopia poética. Um homem invade a zona proibida, um ex-presidiário guiando dois visitantes a um lugar guardado por militares, onde ninguém entra, zona mágica, é o que dizem, e chega ao coração daquele mundo, o amplo quarto cravejado de goteiras. Dizia a lenda que quem entrasse ali teria os desejos realizados, os ecos aquosos, o recinto em ruínas, tragicamente bonito e enevoado. Névoa seria aquilo, o stalker e a casa dos avós. E os filmes do mestre, assim, foram desde sempre o conforto infantil de uma casa na montanha.

  O FELIPE Vô, eu vou ficar escondido no quartinho dos fundos. Não conta pra ninguém. Nem pro Fabinho.
  O VÔ Meu netinho enfezado, vai lá. Mas cuidado...

Talvez fizesse aquilo. Daria a volta na casa e, sorrateiro, ficaria escondido no quarto dos fundos, no meio das latas de tinta, móveis antigos, caixas e malas, esperando passar. Vou chamar minha mulher, vou trazer a Ana, a gente fica escondido no quarto dos desejos, escutando sons de infância, onde tudo começou, a chaleira borbulhando para o chá da vó, chinelos de pano contra a aspereza do chão de madeira, a renitência da cadeira de balanço, o estalo de lenha. Um latido. Por um momento, pensa no pastor-alemão, o cachorrão do mestre Tarkóvski, das polaroides com paisagens como aquela, e vem o golden retriever, a polêmica do cão morto, e vem a cigarra, o assassinato da cigarra, mas não, não quer. O cachorro da irmã vem latindo na direção do estuprador, alguns passos na direção do animal, vê a mãe surgir na janela, afastando as cortinas, e para. A mãe não distingue o Felipe. A mãe tenta enxergar, mas o lusco-fusco, e a serração. A mãe bate no vidro. O guardião para de latir, espera um tanto sem mexer o focinho, dá as costas e vai embora, some na curva da casa, deixa o invasor para trás. Os sapos começam a coaxar, àquela hora indefinida, dia ou noite, nem dia nem noite, os sapos e rãs dizendo vá, siga em frente. Caminha na direção da casa. O portal. Você vai e atravessa, e aí tudo muda. A escadinha não range como antes, alguém andou ajeitando, e escala, é esse o termo, o menino enfrenta a escada, e escala. Um degrau, dois degraus, três. O assoalho do alpendre, este sim, solta um gemido de madeira. O Felipe bem perto da porta.

Você é um menino agora, e puxa a tela contra mosquitos, impede que a tela se feche com a lateral do pé, as pernas curtas. A porta da casa à sua frente. Do outro lado da porta, essa mãe, esse pai, o vô, o cãozinho da Bianca. Cerimoniosamente, você encosta a palma da mão e, em seguida, cola o ouvido bom na superfície.

O VÔ   O Fabinho estava lá fora, no portão.
A MÃE   Está muito escuro, seu Hernando.
O VÔ   Eu vi. Era o meu neto. Estava olhando pra mim. Vai ser filósofo, o Fabinho.

E uma dor, de algum lugar, um sopro quente por debaixo da pele, aquela febre, calor no fundo dos olhos. A garganta fecha, o mundo se altera, a superfície das coisas, a superfície da porta amolece, e o chão. Essa vertigem. Uma vontade de gritar, empurrar a porta, e dizer o quê?

O IRMÃO MAIS VELHO   Vou fechar a porta e você não sai. Fica aí, Felipe. Não pode sair, nem pode gritar.

Empurra a porta. Sem barulho, com cuidado. Os adesivos sobre o verniz, o vulto do quarto, a escrivaninha, a colcha multicolorida sobre a cama, a fenda se amplia até a luz dominar tudo, branca e estourada, e tudo fica branco. O corredor vazio. A furadeira para, não sabe onde está o pai, se lê jornal, é possível, essa Clarice, alguém entende? E a batedeira também para, a massa pronta para ir ao forno. Cadê a mãe? O Fabinho, cadê? Pé ante pé, sem alarde. Não pode chamar, ninguém vai saber, não podia sair do esconderijo, era o trato, vai ganhar um cascudo do irmão. E, no quarto dos pais, o irmão contra a luz. O calor. Parece mesmo que o sol nunca mais vai se pôr, leva a mão contra a luz. De costas, o Fábio, sentado no parapeito. O Fábio ali, pensando em quê, com as pernas penduradas para fora? Pé ante pé, vai chegando perto do irmão. E um barulhinho bobo, curto, um nada, um qualquer, desses barulhos que a gente nem escuta, de algum lugar da casa, um inseto que bateu as asas, um taco do piso que se acomodou, uma criança engatinhando no andar de cima. Assim. O Fabinho vira o rosto, esse impulso subindo pelo corpo, os ombros, o braço. O Fábio chega a ver o irmão, os dois se olham e o tempo se dilata, fica imenso. Esse pedaço de tempo onde tudo pode ser diferente, as promessas tácitas que o silêncio traz. O Fabinho. Um susto. E cai. O Felipe ali. E uma dor, de algum lugar, o sopro quente por debaixo da pele, calor no fundo dos olhos, garganta fechada, o mundo se altera, o quarto dos pais amolece, e o chão, uma vertigem. O baque, o som da carne contra as pedras portuguesas, ossos. Um grito, um rasgo feminino e maduro. Dá um passo atrás. Espera um segundo, dois, volta pelo corredor sem colocar peso nos pés, a luz do sol, poeirinhas em suspensão, e abre a porta do armário, e agora um movimento, em algum lugar da casa, é a mãe, o pai, e uma palavra indecifrável do Miguel acordando do sono da tarde. Dá um impulso e se aninha entre os brinquedos. Fecha a porta e fica lá, esperando. E depois disso mais nada. Só o rastro do grito.

Agradecimentos

A Luciana Gerbovic, Marcelo Calliari e Ana Paula Hisayama, primeiros leitores desta história. A meu irmão de vida, Carlos Antunes, que ajudou a construir meus personagens. A minhas madrinhas Heloísa Jahn, Marta Garcia e Noemi Jaffe. A meu editor sagaz, Leandro Sarmatz. A Marlom Meirelles e toda a equipe de filmagem de *Olhos de botão*. A Frederico Foroni por todas as cenas que rodamos juntos. A Raquel Pinhão, Adriana Berardi, Catherine Vieira, Sabrina Isnard, Railda Lopes, Lucia Riff, Marianna Teixeira Soares, Marcelo Jambeiro, Ziggy, Leonardo Ventura, Flavio Silva e todos que estiveram por perto em algum ponto do processo. A meus amigos do Rio de Janeiro, nossa cidade tão amada e machucada. Um agradecimento especial a Maria Thereza, Teresa Cristina e toda a turma da Bendito Seja e da Praia do Espelho, por me acolherem em retiro. E, claro, ao coelho Oswald, meu amigão orelhudo.

© Flavio Cafiero, 2018

Todos os direitos desta edição reservados à Todavia.

Grafia atualizada segundo o Acordo Ortográfico da Língua Portuguesa de 1990, que entrou em vigor em 2009.

capa
Renata Mein
imagem de capa
Vava Ribeiro, série "Ipanema"
preparação
Lígia Azevedo
revisão
Valquíria Della Pozza
Jane Pessoa

Dados Internacionais de Catalogação na Publicação (CIP)
——
Cafiero, Flavio (1971-)
Espera passar o avião: Flavio Cafiero
São Paulo: Todavia, 1ª ed., 2018
272 páginas

ISBN 978-85-88808-25-6

1. Literatura brasileira 2. Romance
3. Literatura contemporânea I. Título

CDD B869.93
——
Índice para catálogo sistemático:
1. Literatura brasileira: Romance B869.93

todavia
Rua Luís Anhaia, 44
05433.020 São Paulo SP
T. 55 11. 3094 0500
www.todavialivros.com.br

fonte
Register*
papel
Munken print cream
80 g/m²
impressão
Geográfica